있다. 주로 죽음과 생매장, 죽음 후의 소생 등의 소재로 그로테스크한 작품을 많이 남겼다. 오거스트 뒤팽 시리즈로 탐정소설의 창시자로 간주되기도 하며, SF 장르의 기틀을 세우는 데도 일조했다. 「검은 고양이」, 「어… 「어셔가의 몰락」, 「리지아」, 「모르그 가의 살인」… 등의 단편이 있고, 장편소설로 …귀」 등의 작품을 남겼다.

아서 코난 …

도일은 1859년 … 태어났다. 어린 시절 알코올 중독에 빠진 아버지 때문에 … 생활이 어려웠지만 책에 대한 열정이 큰 어머니가 들려주는 이야기를 들으며 자랐다. 체벌로 다스리는 엄격하고 편협한 교육을 펼치는 예수회 기숙학교에 다닐 때 어머니에게 편지를 쓰며 위안을 얻었다. 도일이 학교를 졸업한 후 도일의 아버지는 정신병원에 입원했다. 이후 그는 에든버러 의과대학에 입학해 관찰과 추론, 진단의 대가이면서 훗날 홈즈의 모델이라고 스스로 말한 조셉 벨 박사와 인연을 맺었다. 그는 이 시절부터 단편을 쓰기 시작했다. 의대 졸업 후 선박의 의료 장교를 거친 후 개원하면서 병원 일과 작가 활동을 병행했다. 1887년 「주홍색 연구」로 범죄 소설, 또는 탐정 소설의 상징인 셜록 홈즈 시리즈를 시작했다. 홈즈 시리즈는 장편 4편, 56편의 단편에 달한다. 이외에도 판타지와 SF, 희극, 시, 역사 소설 등을 썼다. 『클룸버의 미스터리』, 『잃어버린 세계』, 『백색 군단』 등의 작품을 남겼다.

로버트 루이스 스티븐슨 1850~1894

스티븐슨은 1850년 스코틀랜드 에든버러에서 태어났다. 부계는 등대를 디자인하는 엔지니어 집안이었고 모계 밸푸어 가문은 스코틀랜드의 명문가였다. 선천적으로 기관지가 약했던 스티븐슨은 일생 동안 질병으로 고생했다. 독실한 장로교 신자 집안에서 자란 어린 시절 내내 어머니와 유모에게 이야기를 들려주기도 하고 직접 쓰기도 했다. 1867년 집안의 바람대로 에든버러 공과대학에 들어갔으나 공학에 흥미를 갖지 못하고 법으로 전공을 바꿨다. 당시 가족과 수시로 여행을 다니며 글쓰기의 영감을 받았고 이후 여행 이야기를 즐겨 썼다. 대학 시절 대마를 피우고 매음굴에 드나들기도 했으며 종교를 저버리고 아버지와 갈등을 빚기도 했다. 1880년 두 아이의 어머니인 이혼녀 패니 반 드 그리프트 오스번과 결혼한 후 의붓아들 로이드와 그림을 그리다가 『보물섬』을 집필했다. 이후 어린이 책을 내다가 1886년 자신이 꾼 꿈을 바탕으로 쓴 『지킬 박사와 하이드 씨』를 출간해 즉각적인 성공을 거두었다. 1890년 건강이 악화된 스티븐슨은 남태평양의 사모아로 이주해 원주민들의 사랑을 받으며 여생을 보냈다. 1894년 44세의 나이로 뇌출혈로 사망했다. 「자살 클럽」, 『유괴』, 『밸런트레이 귀공자』,『팔레사의 해변』 등의 작품을 남겼다.

나의
더블

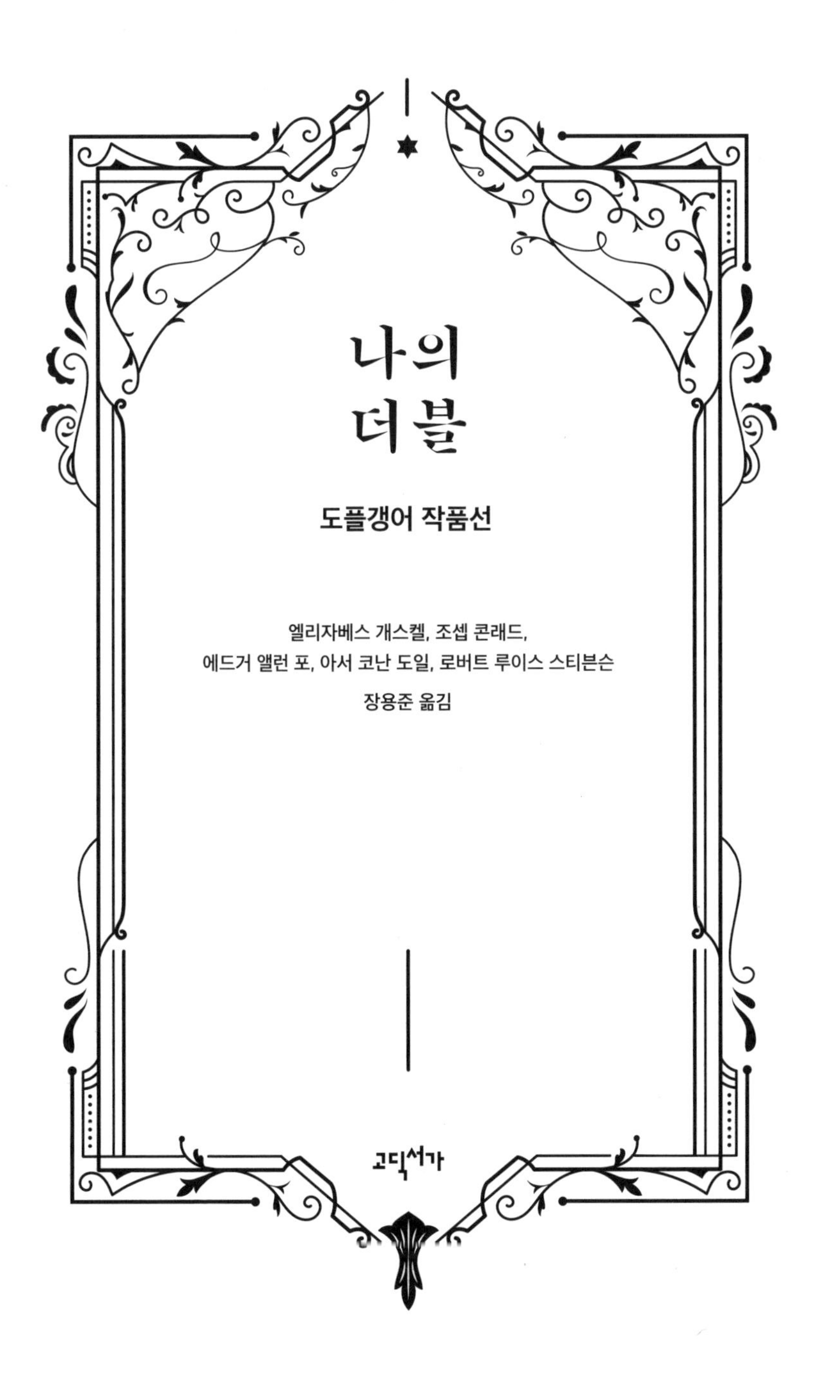

나의 더블

도플갱어 작품선

엘리자베스 개스켈, 조셉 콘래드,
에드거 앨런 포, 아서 코난 도일, 로버트 루이스 스티븐슨
장용준 옮김

고딕서가

차례

일러두기

소설에 나오는 주석은 모두 내용 이해를 돕기 위한 옮긴이 주입니다.

클라라 수녀 막달렌

엘리자베스 개스켈

제1장

1747년 12월 12일.

내 인생은 비범한 사건들로 기이하게 얽혀 있었다. 그중 일부는 내가 그 사건들의 주요 당사자들과 그 어떤 인연이나 연결점을 맺기도 전에 발생했다. 아니, 사실 그들의 존재조차 몰랐던 때 벌어졌다. 나는 노인들 대부분이 나와 마찬가지로 많은 사람들에게 엄청난 흥미를 유발할 만한 사건들이 눈앞에서 펼쳐진다 하더라도, 그걸 구경하기보다 애틋한 시선으로 자신이 살아온 일생을 되돌아보는 걸 더 선호한다고 생각한다. 이게 노인의 일반적 성향이라면 나는 더할 나위 없을 정도로 그렇다! ……가여운 루시와 연관된 그 기이한 이야기를 하려면 오래전으로 거슬러 올라가야 한다. 내가 루시 집안의 역사를 알게 된 것은 그녀를 알고 난 후였다. 그러나 이야기를 명료하게 전하기 위해 내가 사건을 알게 된 순서가 아니라 사건이 일어난 순서대로 정렬하도록 하겠다.

랭커셔 북동쪽 크레이븐이란 지역과 맞닿아 있는 볼랜드 골짜기에는 오래된 고택이 있었다. 스타키 영주 저택은 균형에 맞춰 건설한 저택이라기보다 거대한 옛 회색 성 주위에 많은 방들을 증축한 형태의 건축물이었다. 사실 이 저택은 스코틀랜드 사람들이 이 지역까지 남하해 침략해왔던 시기에는 오직 중앙에 거대한 탑 하나가 전부였던 것 같다. 그러고 나서 스튜어트 왕조가 들어섰고, 이 지역은 토지 소유권 측면에서 안정을 얻었다. 당시 스타키 가문은 탑을 빙 둘러 2층짜리 낮은 건물을 지었다. 내가 젊은 시절에는 건물 근처 남쪽 언덕에 거대한 정원이 있었다. 처음 이곳을 알게 되었을 때는 농장의 채마밭이 이곳에 속한 유일한 경작지였다. 사슴들이 응접실 창가에서 보이는 곳까지 내려왔다. 너무 사납거나 너무 사람을 가리는 게 아니라면 저택에 아주 가까운 곳까지 다가와 풀을 뜯곤 했다.

스타키 영주 저택 자체는 볼랜드 골짜기의 측면을 이루는 툭 튀어나온 언덕 고원지대의 반도형 돌출부에 서 있었다. 이 언덕들은 꼭대기까지 바위로 이루어져 황량했다. 아래쪽은 잡목림과 두터운 초록 양치류로 덮여 있었고, 아주 오래된 거대한 잿빛 나무들이 마치 저주의 말을 내뱉듯 이곳저곳에 그 무시무시한 흰색 가지들을 드높게 뻗치고 있었다. 이 나무들은 옛 7왕국 시절*부터 존재했던 숲의 자취라고들 했고, 심지어 그 시절에도 이 지역의 명소였다고 했다. 나무들의 맨 꼭대기에 노출된 가지에는 잎사귀가 없는데다, 고령으로 수액이 소진되어 껍질이 벗겨져 희게 보이는 것도 이상할 일이 아니었다.

저택에서 멀지 않은 곳에 성과 같은 시절에 지은 것으로 보이는 오두막이 몇 채 있었다. 아마도 영주를 모시던 하인들이 기거하는 곳으로, 하인들의 가족과 그들이 키우던 얼마 안 되는 가금과 가축이 있었으리라. 그중 일부는 거의 폐허가 되어 있었다. 그 집들은 특이한 방식으로 지어져 있었다. 적당한 거리를 두고 튼튼한 대들보가 땅에 굳건히 박혀 있었는데, 위쪽 끝단은 두 개씩 서로 단단하게 묶여 있어 집시 텐트 같은 둥근 마차지붕 모양(크기만 훨씬 더 큰)을 이루고 있었다. 그 사이 공간은 진흙과 돌, 고리버들 가지, 폐기물, 회반죽 등 비바람을 막아줄 수 있는 온갖 재료들로 채워져 있었다. 이런 조악한 오두막의 중앙에는 불을 피우는 시설이 있었고, 지붕의 구멍 하나가 유일한 굴뚝이었다. 하일랜드 오두막도 아일랜드 통나무집도 이보다 더 조악하지는 않을 것이다.

이번 세기 초에 이 영지의 소유주는 패트릭 번 스타키였다. 그의 가문은 옛 신앙을 유지하는 독실한 로마 가톨릭

*

켄트·에식스·서식스·웨식스·이스트 앵글리아·머시아·노섬브리아까지 일곱 국가를 말한다. 앵글로색슨족이 건설하여 5~9세기까지 이어진 부족국가 형태의 소왕국들이다.

신자였다. 그들은 심지어 신교도와 결혼하는 일도 죄악으로 여겼다. 아무리 상대가 가톨릭교도로 개종할 의사가 있다 하더라도 마찬가지였다. 패트릭 스타키의 아버지는 제임스 2세의 추종자였다. 그는 피해가 막심했던 제임스 2세의 아일랜드 침략 당시 아름다운 아일랜드 여인 미스 번과 사랑에 빠졌다. 그녀는 그만큼이나 가톨릭교와 스튜어트 왕가에 열정적이었다. 그는 프랑스로 도망갔다가 아일랜드로 돌아와 그녀와 결혼한 후 함께 생제르맹 궁으로 갔다. 그러나 망명한 제임스 2세 주변의 난잡하고 방탕한 신사들 일부가 아름다운 아내를 모욕하는 일이 벌어지자 환멸을 느꼈다. 그리하여 그는 생제르맹에서 앤트워프로 갔다가, 몇 년 후 조용히 스타키 영주 저택으로 돌아왔다. 랭커셔의 이웃 일부가 스타키와 그 지역 실세들이 화해하도록 중재해주었다.

패트릭 스타키의 아버지는 여느 때와 마찬가지로 독실한 가톨릭교도였으며 스튜어트 왕조와 왕가의 신성한 권리를 굳건하게 옹호했다. 그러나 그는 종교적 신념이 너무나 강해 거의 금욕주의자의 지경에 이르렀다. 그는 엄격한 검열이 몸에 밴 도덕주의자로서 생제르맹에서 가까이 지냈던 사람들의 행동을 견딜 수 없었다. 따라서 그는 충성은 바쳤으나 존경할 수는 없었고, 자신이 아직 권력 찬탈자로 간주하는 사람의 강직하고 도덕적인 성격을 진실로 존중하는 법을 배웠다. 윌리엄 왕의 내각은 그러한 사람을 두려워할 필요가 없었다. 그리하여 그는 앞서 언급한 것처럼 군주의 신하로, 군인으로, 망명자로 살아가다가 서글프게 폐허로 변해버린 가문의 옛 영지로 돌아왔다.

볼랜드 골짜기로 들어가는 도로는 마차 바퀴 자국으로나마 겨우 알아볼 수 있는 험한 길이었다. 저택으로 오르는 길은 경작지를 따라 사슴 사냥터로 이어졌다. 그 지역 시골 사람들이 스타키 부인이라고 부르는 마담은 말에 탄 남편의 뒤에 앉아 남편의 가죽 승마벨트를 가볍게 붙들고 있었다. 영주의 어린 2세(훗날 이곳의 지주인 패트릭 번 스타키가 될 사람)는 하인이 끄는 조랑말을 타고 있었다. 중년을 넘긴 여인이 짐을 잔뜩 실은 마차 옆에서 힘센 발걸음으로 걸어가고 있었고, 마차의 제일 높은 트렁크 위 행낭과 상자 사이에는 눈부시게 아름다운 소녀가 사뿐하게 앉아 있었다. 소녀는 늦은 가을 험한 길을 따라 나아가다 보니 마차가 덜컹거릴 때마다 덩달아 앞뒤로 흔들리고 있었다. 그러나 전혀 겁먹은 기색이 아니었다. 소녀는 앤트워프 물결무늬 비단옷을 입고, 머리에는 검은 스페인 망토를 두르고 있었다. 그런 모습이다 보니 세월이 흐른 후 내게 영지에 대해 묘사했던 늙은 농부는 지역 주민 모두가 그 아이를 외국인이라 생각했다고 말했다. 개도 몇 마리 있었고, 개를 이끄는 남자아이도 있었다. 일행은 "마침내 돌아오는" 진짜 지주에게 인사하기 위해 이곳저곳 오두막에서 나와 기다리고 있던 주민들을 진지한 표정으로 바라보며 조용히 나아갔다. 그 지역 시골 주민들은 입을 쩍 벌리고 신기한 표정으로 작은 행렬을 바라보았다. 사람들은 행렬에서 몇 마디 외국어가 들리는 것을 놓치지 않고 주목했다. 그렇게 빤히 쳐다보던 한 청년이 지주의 부름을 받고 마차가 영주 저택으로 들어가는 행차를 돕게 되었다. 그의 말에 따르면, 마담이 뒤쪽 안장에서 내릴 때 앞서 마차 옆에서 걷고 있었다고 언급한 중년 여인이 재빨리 앞으로 다가와 마담 스타키(날씬하고 섬세한 몸매의 여인)를 안고는 문간을 넘어 영주의 저택 안에 내려놓았다. 그러는 동시에 열정적이고 이국적인 축복의 말을 쏟아냈다. 영주는 옆에 서서 처음에는 진지한 미소를 보이다가, 축복의 말이 들리자 자신의 아름다운 깃털 모자를 벗고는 고개를 숙였다. 검은 망토를 입은 소녀는 어두운 홀 안으로 들어와 마담의 손에 입을 맞췄다. 그것이 바로 청년이 돌아와 쏟아놓은 이야기였다. 청년이 돌아오자마자 그를 에워싼 사람들은 모든 것을 낱낱이 듣고 싶어 했으며, 영주가 그에게 봉사료로 얼마를 주었는지도 알고 싶어 했다.

영주가 돌아왔던 시점의 저택은 매우 황폐한 상태라고 들 했다. 튼튼한 회색 벽은 온전하게 남아 있었지만 안쪽 방들은 온갖 용도로 쓰이고 있었다. 대응접실은 창고로 쓰이고 있었고, 웅장한 태피스트리 방은 양털 창고가 되어 있는 식이었다. 영주 일행은 차츰 어질러진 공간을 손보아 정돈했다. 영주 내외는 새 가구를 들일 돈은 없었더라도 옛것을 손보아 최상의 상태로 만드는 손재주가 있었다. 그는 목공 솜씨가 나쁘지 않았고, 우아한 아내는 무엇을 하건 손대는 것마다 기품이 묻어났다. 게다가 그들은 유럽 대륙에서 진귀한 물건들을 많이 가지고 왔다. 사실 영국의 그쪽 시골에서나 진귀한 물건이라고 하는 게 맞을 것이다. 조각품과 십자가와 아름다운 그림 들이었다. 거기에 볼랜드 골짜기에는 목재가 풍부했기에 어둑한 옛 방들마다 활활 타오르는 장작불이 반짝반짝 빛을 발하며 춤을 추었다. 그 불빛은 따뜻하고 안락한 가정의 분위기를 만들어주었다.

내가 이 모든 일을 나열하는 이유가 무엇일까? 나는 영주와 마담 스타키와는 아무런 관계가 없다. 그런데도 나는 내 인생과 그토록 기이하게 얽힌 실제로 만난 사람들의 이야기로 넘어가는 게 마뜩치 않은 것처럼 그들의 이야기를 길게 늘어놓고 있다. 아일랜드에서부터 마담을 양육한 유모는 그녀를 팔에 안아 남편의 랭커셔 저택으로 들이며 축복했던 바로 그 여인이었다. 브리짓 피츠제럴드는 본인의 짧은 결혼 생활 기간을 빼고는 한 번도 마담 곁을 떠난 적이 없었다. 그녀의 결혼 생활—자신보다 신분이 높은 사람과의 결혼—은 불행했다. 남편은 죽었고, 그녀는 남편을 처음 만났을 때보다 훨씬 더 곤궁한 처지에 빠졌다.

그녀에겐 딸이 하나 있었다. 바로 짐을 실은 마차를 타고 온 아름다운 아이였다. 마담 스타키는 브리짓이 과부가 되자 다시 그녀를 자신의 하녀로 들였다. 브리짓과 그녀의 딸은 인생의 모든 굴곡에 안주인과 함께했다. 그들은 생제르맹, 앤트워프에서 함께 살았고, 이제 랭커셔 저택으로 함께 온 것이었다. 영주는 이곳에 도착하자마자 브리짓에게 오두막 한 채를 주었고, 자신의 저택보다 그 집을 꾸미는 일에 더 큰 공을 들였다. 하지만 그 집은 그저 명목상으로만 브리짓의 집이었을 뿐, 그녀는 거의 대저택에 머물렀다. 사실 자신의 오두막에서 안주인의 저택에 이르는 길은 숲을 가로지르면 닿는 짧은 거리였다. 브리짓의 딸 메리도 마찬가지로 원하는 대로 이 집에서 저 집을 드나들었다. 마담은 어머니와 딸 둘 다를 극진히 사랑했다. 그들은 마담에게 커다란 영향력을 행사했고, 마담을 통해 영주에게도 마찬가지로 영향을 끼쳤다. 브리짓이나 메리가 원하는 것이라면 무엇이든 통했다.

모녀는 다른 하인들에게 미움을 사진 않았다. 비록 거칠고 열정적인 성격이긴 했지만 그들의 본성은 관대했다. 그러나 다른 하인들은 남몰래 이 집안을 지배하는 자들이라며 그들 모녀를 두려워했다. 영주는 모든 세속적인 일에 관심을 잃었다. 마담은 온화하고 인정 많으며 순종적이었다. 부부는 서로 애정이 깊었고, 아들에게도 마찬가지였다. 하지만 영주 부부는 점점 그 어떤 일이건 결정을 내리는 수고를 피하고 싶어 했다. 따라서 브리짓이 그토록 독재적인 권한을 휘두를 수 있었다.

그러나 모든 이가 브리짓의 “우월한 마음의 마법”에 굴복한 건 아니었다. 딸만은 적지 않게 반항했다. 그 모녀는 기질이 너무나 닮아서 의견을 같이하는 일이 쉽지 않았다. 둘은 사나운 언쟁을 벌이기도 했고, 그보다 더 격렬하게 화해하곤 했다. 서로 화가 솟구쳐 싸움이 최고조에 이를 때면 서로를 칼로 찌르기라도 할 것처럼 굴었다. 하지만 다툴 때를 빼고 나머지 상황에서는 그들 모녀 둘 다, 특히 브리짓이 더욱더 상대를 위해 기꺼이 목숨도 내놓으려 했다. 딸을 향한 브리짓의 사랑은 너무나도 깊었다. 실로 딸이 헤아릴 수 없을 만큼 아주아주 깊었다. 그렇지만 메리는 집에 몹시 싫증을 냈고, 안주인이 자신을 위해 다른 지역에 하녀 자리를 마련해주길 빌고 있었다. 더 행복했던 시절을 보냈던 바다 건너 대륙의 삶을 동경했다. 메리는 일반적인 젊은이가 그러하듯 그런 삶이 영원히 지속될 것이라 생각했다. 또한 자신이 외동딸이라 하더라도 2~3년 정도는 어머니와 떨어져 지낼 수 있는 아주 짧은 시간이라고 생각했다. 브리짓은 생각이 달랐으나 자존심 때문에 감정을 내비치진 않았다. 자식이 자기 품을 떠나고 싶어 한다면, 그러지 못할 이유가 무엇인가. 그래, 가고 싶으면 가야지. 그러나 사람들은 브리짓이 이 당시 2개월 동안 10년은 더 늙었다고 말했다. 그녀는 딸이 자신을 떠나고 싶어 한다고만 생각했다. 하지만 사실 메리는 당분간 그곳을 떠나 무언가 변화를 맛보고 싶었고, 기꺼이 어머니와 함께 떠날 수도 있다고 생각했다.

실제 마담 스타키가 해외의 신분 높은 귀부인의 시녀 자리를 잡아주었다. 메리는 떠날 시간이 다가오자 열정적으로 어머니 품을 파고들며 눈물을 쏟아내고는 자신은 절대 어머니를 떠날 수 없다고 울먹였다. 마침내 감긴 팔을 풀며 눈물 없는 진지한 얼굴로 약속을 지키고 드넓은 세상으로 나가라고 설득한 것은 오히려 브리짓이었다. 메리는 소리 높여 흐느꼈다. 그리고 끊임없이 뒤를 돌아보며 떠났다.

브리짓은 그 이후 죽은 사람 같았다. 숨을 제대로 쉴 수도, 돌처럼 굳은 눈을 감을 수도 없었다. 마침내 그녀는 오두막으로 돌아와 육중하고 오래된 나무 의자를 문간에 기대놓고는 거기 앉아 꼼짝하지 않고 타다 남은 재를 바라보았다. 안으로 들어가 유모를 위로하게 해달라는 마담의 간절한 목소리에도 귀를 막고 꼼짝하지 않았다. 브리짓은 꼬박 24시간이 넘도록 귀를 막고 돌처럼 꼼짝하지 않았다.

그러다 마담이 메리가 사랑하던 어린 스패니얼 개, 사라진 어린 주인을 찾아 밤새 낑낑거리던 그 개를 데리고 눈이 쌓인 길을 걸어 세 번째로 유모를 찾아왔다. 마담은 눈물을 흘리며 닫힌 문 사이로 낑낑대는 개 이야기를 전했다. 어제처럼 유모 얼굴에 드리운 한결같은 끝 모를 고뇌의 표정 때문에 흘린 눈물이었다. 마담의 품에 안긴 작은 개 역시 애처로이 울고 있었다. 마치 추위에 떠는 것처럼 보였다. 브리짓의 마음이 동요했다. 그녀가 움직였다. 귀를 기울였다. 또다시 길게 이어지는 낑낑거리는 울음. 브리짓은 그 울음이 딸을 향한 울음이라고 생각했다. 그리고 자신이 돌보던 마담에게는 거절했던 마음을 메리가 사랑했던 그 말 못하는 짐승에게 허락했다. 브리짓은 문을 열고 마담의 품에서 개를 받아 안았다. 그러자 마담이 들어가 늙은 여인에게 입 맞추며 위로했다. 그러나 브리짓은 넋이 나간 듯 마담도, 그 어떤 것도 인식하지 못했다. 이 젊고 다정한 마담은 패트릭 도련님을 저택으로 보내 불과 음식을 가져오게 한 후, 그날 밤 유모 곁을 지켰다. 다음날 영주 본인이 직접 아름다운 외국의 그림을 가지고 방문했다. 가톨릭교도들이 '성스러운 마음의 성모마리아'라고 부르는 그림이었다. 그림에는 가슴에 화살이 여럿 박힌 성모마리아가 그려져 있었다. 각 화살은 그녀의 심대한 고뇌 하나하나를 상징했다. 그 그림은 내가 브리짓을 처음 보았을 때도 오두막에 그대로 걸려 있었다. 지금은 내가 그 그림을 가지고 있다.

몇 년이 흘렀다. 메리는 여전히 외국에 있었다. 브리짓은 활동적이고 열정적인 모습이 사라지고 조용하고 준엄한 모습으로 변했다. 작은 개 미뇽은 브리짓이 애틋하게 사랑하는 소중한 존재였다. 브리짓은 끊임없이 개에게 말을 걸었다. 물론 대부분의 사람들에게는 입을 굳게 다물었다. 영주와 마담은 브리짓을 극진히 배려했다. 그럴 만도 했다. 왜냐하면 브리짓이 그 어느 때보다 더 헌신적으로 충직하게 일했기 때문이었다. 메리는 꽤 자주 편지를 보내왔다. 현재 자신의 삶에 만족하는 것 같았다. 그러다 마침내 더 이상 편지가 오지 않게 되었다. 나는 그게 스타키 집안에 심각하고 무서운 슬픔이 찾아오기 전인지 후인지 잘 알지 못한다. 먼저 영주가 발진티푸스로 앓아누웠다. 그러고는 마담이 남편을 돌보다 전염되어 결국 죽고 말았다. 브리짓이 다른 어떤 사람도 가까이 있도록 놔두지 않고 직접 간병했음을 확실하게 밝히는 바이다. 그리고 마담이 태어날 때 받았던 바로 그 손으로 젊고 아름다운 마담의 머리를 누이고는 마지막 숨을 거두게 했다.

영주는 다소 회복했다. 그렇지만 결코 건강을 완전히 되찾지는 못했다. 다시 미소 지을 일도 없었다. 그는 그 어느 때보다 더 금식하며 끊임없이 기도만을 올렸다. 사람들은 그가 상속을 철회하고 모든 재산을 외국의 수도원 건립에 쓸 수 있도록 노력했으며, 언젠가 어린 지주 패트릭이 신부가 되길 기도했다고 말했다. 그러나 그는 그 일을 실행하지 못했다. 엄격한 상속법과 가톨릭교도에게 불리한 법률 때문이었다. 그리하여 그는 그저 자신과 종교가 같은 신사들을 아들의 후견인으로 지명하는 일밖에 하지 못했다. 아들의 영혼에 관한 많은 책무와 영지에 관한 몇 가지 사항, 또 아들이 성년이 되기 전까지 영지 관리를 위해 지켜야 할 사항 등이 상속에 포함되었다. 물론 브리짓도 잊지 않았다. 그는 임종에 처하자 브리짓을 불러 한번에 목돈을 받을지, 연금으로 수령하고 싶은지 물었다. 브리짓은 즉각 목돈을 받고 싶다고 했다. 딸을 생각해서 내린 결정이었다. 목돈은 딸에게 물려줄 수 있지만 연금은 자신이 죽으면 끝나기 때문이었다. 그리하여 지주는 브리짓이 죽을 때까지 오두막의 소유권을 주었고 꽤 큰돈을 남겼다. 그러고 나서 그는 세상을 등졌다. 나는 그가 이 세상을 등지며 그 어떤 신사보다 더 기껍고 달가운 마음으로 떠났을 것이라 믿는다. 그런 후 후견인들이 지주의 아들을 데리고 갔다. 브리짓은 홀로 남았다.

앞서 말했듯 브리짓은 한동안 메리의 소식을 듣지 못했다. 마지막으로 왔던 편지에서 메리는 안주인과 함께 이곳저곳을 여행 중이라고 했다. 메리의 안주인은 영국 출신으로 지위가 높은 외국 장교의 아내였다. 메리는 또 자신이 결혼을 잘하게 될 것 같다고 자랑했다. 어머니에게 놀라운 기쁨을 선사하기 위해 신사의 이름은 말하지 않았다. 훗날 들은 바에 의하면, 남편감의 지위와 재산은 브리짓이 예상하는 수준을 훨씬 뛰어넘었다. 그 마지막 편지 이후로 긴 침묵이 이어졌다. 그리고 마담이 죽었고, 다음으로 영주가 죽었다. 브리짓의 가슴은 불안으로 좀먹었다. 딸의 소식을 누구에게 물을지 막막하기만 했다. 글을 쓸 줄도 몰랐기 때문에 그동안은 영주가 딸과의 소통을 대신 해주었다. 브리짓은 허스트까지 걸어가 그곳의 훌륭한 신부를 만났다. 안트베르펜 시절에 알고 지냈던 그 사제에게 편지를 써달라고 부탁했다. 그러나 딸에게 답장은 오지 않았다. 마치 아무도 없는 지독하게 적막한 한밤중에 허공에 대고 소리치는 느낌이었다.

집 주변을 들고나는 브리짓의 일상을 익숙하게 보아오던 이웃들은 어느 날 그녀가 사라진 것을 깨달았다. 브리짓은 이웃 중 그 누구와도 가까이 지내지 않았다. 그러나 어쨌든 브리짓이 오가는 것을 보는 것이 일상이었기 때문에, 사람들은 그녀가 보이지 않자 차츰 궁금증이 커져갔다. 하루가 지나고 또 지나도 브리짓의 대문은 굳게 닫혀 있었다. 안에선 그 어떤 빛도, 화롯불 빛조차 새어 나오지 않았다. 마침내 누군가가 오두막 문을 열어보려고 했다. 그러나 역시 잠겨 있었다. 두세 명이 머리를 맞대고 셔터가 쳐지지 않은 창문을 깨고 안으로 들어가야 하나 어쩌나 고심했다. 그러다 마침내 그들은 용기를 냈다. 오두막 안으로 들어간 그들은 브리짓이 사라진 것이 사고가 났거나 죽은 게 아니라 계획된 일임을 알 수 있었다. 세월과 습기에 손상을 입을 수 있는 작은 가구들은 상자에 담긴 채 쌓여 있었다. 성모마리아 그림은 보이지 않았다. 한마디로 브리짓은 연기처럼 자취를 감췄고, 어디로 떠났는지 흔적조차 남기지 않았다.

나는 훗날 브리짓이 자신의 작은 개와 함께 잃어버린 딸을 찾아 긴 여행을 떠난 것임을 알게 되었다. 글을 쓸 다른 방법을 찾아 편지를 많이 보냈지만 본인이 글을 읽을 수 없기 때문에 편지에 믿음을 가질 수 없었다. 브리짓은 자신의 강렬한 사랑에 믿음을 품고 있었으며, 자신의 열정적 본능이 자식이 있는 곳으로 자신을 인도할 것이라고 믿었다. 게

다가 외국 여행이 낯설지 않았고, 여행 목적 정도는 설명할 수 있을 정도로 프랑스어를 할 줄 알았으며, 더 나아가 종교적 믿음이 강했기 때문에 곳곳의 수도원에서 환대받을 수 있다는 이점도 있었다. 그러나 스타키 장원 저택 주변 사람들은 이러한 사실에 대해 아무것도 몰랐다. 그들은 브리짓이 어떻게 되었는지 무감했다. 가끔 궁금해했지만 어느 정도 세월이 지나자 아예 그녀에 대한 생각을 잊고 말았다.

몇 년이 흘렀다. 장원 저택과 오두막 둘 다 황폐해졌다. 지주의 아들은 후견인의 보호하에 먼 곳에서 살고 있었다. 저택의 응접실들에는 양털과 곡물이 들어찼다. 그리고 인부들과 시골 사람들은 이따금 처량하게 허물어져가고 있을 늙은 브리짓의 오두막에 들어가서 좀먹고 녹슬고 있을 물건 중에 그나마 아직 상하지 않은 것들을 골라내야 하는 것 아니냐며 수군거리곤 했다. 그러나 그런 이야기를 주고받다가도 브리짓의 강한 성격과 격정적 분노를 기억해내고는 언제나 그 생각을 접었다. 그러면서 그녀의 오만한 성정과 맹렬한 의지력에 관한 경험담들을 늘어놓았다. 그 집의 물건에 손을 대서 그 여자의 비위를 건드린다는 생각 자체가 일종의 공포로 다가오는 식이었다. 사람들은 브리짓이 죽었건 살았건 반드시 복수할 거라고 믿었다.

그러던 어느 날 브리짓이 갑자기 돌아왔다. 떠날 때처럼 소리 소문 없이 돌아왔다. 그저 누군가가 그 집 굴뚝에서 피어오르는 가느다란 푸른 연기 한 줄기를 목격했을 뿐이었다. 대문은 활짝 열려 안으로 대낮의 햇볕을 들이고 있었다. 이내 누군가가 긴 여행과 슬픔으로 찌든 늙은 여인이 우물에 두레박을 내리는 모습을 보았다. 그 사람 말에 의하면 자신을 올려다보던 엄숙한 검은 눈이야말로 이 세상 그 누구보다 브리짓 피츠제럴드의 눈 같았다고 했다. 그러면서도 그 늙은 여인이 지옥 불에 그슬린 듯한 모습이었다고 했다. 너무나 그을렸고 겁먹은 모습이었지만 한편으론 맹렬해 보였다고 했다. 차츰 더 많은 사람들이 그 여자를 보았다. 그리고 한 번 브리짓의 눈빛과 마주친 사람들은 두 번 다시 그녀를 훔쳐보다가 들키고 싶어 하지 않았다. 브리짓은 끊임없이 혼잣말을 하는 버릇이 들었다. 아니, 그보다는 스스로에게 묻고 대답하는 모습이었다. 말하는 순간 어느 쪽을 보느냐에 따라 말투가 달라졌다. 밤중에 감히 그 집 문밖에 귀를 기울일 엄두를 낸 사람이라면 그 여자가 어떤 영혼과 대화를 나누고 있다고 믿는 것도 이상할 것이 없었다. 요컨대 브리짓은 제 스스로 마녀라는 무시무시한 평판을 얻어가고 있었다.

브리짓과 함께 유럽 대륙의 절반을 헤맨 작은 개 미농은 그 여자의 유일한 동반자였다. 행복했던 시절을 생각나게 하는 말 못하는 짐승. 한번은 그 개가 아픈 적이 있었다. 브리짓은 개를 데리고 5킬로미터 넘는 거리를 걸어가, 그 당시 온갖 종류의 짐승 치료법에 능하다고 소문났던 지주의 옛 말구종을 찾았다. 이 남자가 무슨 수를 썼는지 몰라도 개는 회복했다. 그리고 브리짓이 축복의 말(기도라기보다 행운을 기복하는 말)을 섞어가며 감사를 전하는 말을 들은 사람들은 다음해 말구종의 암양들이 쌍둥이를 출산하고, 그의 목초지가 풍성하게 변하는 광경을 목격하고는 놀라움을 금치 못했다.

그러던 중 1711년 지주 아들의 후견인 중 하나였던 필립 템페스트 경이 자기 피후견인의 영지가 사냥하기에 안성맞춤이라는 생각을 했던 모양이었다. 그는 친구들 네다섯을 데리고 와서 저택에서 1~2주 머물기로 했다. 사람들 말에 따르면 그들은 야단스럽게 놀며 꽤 방탕하게 지냈다. 나는 다른 사람들의 이름은 듣지 못했지만 딱 한 명 지주 기즈번이란 이름만은 들었다. 그는 당시 중년이 되지 않은 나이였다. 외국 생활을 많이 했고, 그러던 중 필립 템페스트 경을 알게 되어 그에게 도움을 준 모양이었다. 그는 당시 앞뒤 가리지 않고 방탕하게 놀던 작자였다. 경솔하고 겁없는 성정이라 싸움을 피하기보다 싸움에 가담하길 좋아하는 성격이었다. 성질을 부릴 땐 사람이건 짐승이건 봐주는 일이 없었다. 그래도 그를 잘 아는 사람들은 그가 술에 취하지 않았거나 화가 나지 않았거나, 또는 어떤 식으로든 짜증이 나지 않은 때에는 사람 좋은 인물이라고 평하곤 했다. 나중에 내가 직접 알게 된 때의 그는 많이 변한 모습이었다.

어느 날 신사들이 모두 사냥하러 나갔는데 소득이 거의 없었던 모양이었다. 기즈번 씨는 한 마리도 잡지 못해 심기가 매우 불편했다. 스포츠맨답게 총을 장전한 채로 집으로 돌아오는 길에 미농이 그의 앞길을 가로지르고 있었다. 그가 막 숲에서 나와 브리짓의 오두막 옆을 지날 때였다. 한편으로는 악의에 받쳐, 또 한편으로는 살아 있는 생명에게 화풀이라도 하기 위해 기즈번 씨는 총을 겨누고 발사했다. 그는 그때 절대 총을 쏘지 말았어야 했다. 그 불운한 총질이라니. 그렇게 그는 미농을 맞췄다. 그 가여운 개가 울부짖는 소리에 집 밖으로 나온 브리짓은 무슨 일이 벌어진지 한눈에 파악하고 말았다. 그녀는 미농을 끌어안고 상처를 바라보았다. 가여운 개는 게슴츠레한 눈으로 브리짓을 바라보았다. 온통 피범벅이 된 상태였음에도 꼬리를 흔들고 손을 핥았다. 기즈번 씨는 후회하는 마음을 숨기고 그저 못마땅한 어조로 윽박질렀다.

"개가 내 앞에서 알짱거리지 못하게 했어야지. 어디 조그만 개새끼가 앞길을 막아!"

바로 그 순간 미농은 다리를 쭉 뻗더니 브리짓의 품에서 뻣뻣해졌다. 잃어버린 메리의 개, 수년 동안 그녀와 방랑하며 슬픔을 나누었던 개. 브리짓은 곧바로 기즈번 씨의 앞으로 나아가 무시무시한 검은 눈으로 그의 눈을 똑바로 노려보았다. 기즈번 씨는 뚱한 태도로 달갑지 않은 눈빛을 보였다.

"나에게 해를 끼친 사람은 절대 잘 살지 못하오. 나는 이 세상에 혈혈단신 아무 힘없는 사람이외다. 하늘에 계신 성자님들께서 내 기도를 더 많이 들어준다오. 제 말씀이 들리시나요, 축복받은 자들이시여! 여기 이 잔인하고 나쁜 남자에게 슬픔을 내려주시길 간청하옵니다. 이 사람이 나를 사랑하는 유일한 생명을 죽였나이다. 내가 사랑하는 말 못하는 짐승을 죽였나이다. 그 대가로 이자에게 무거운 슬픔을 내려주소서. 오, 성자님들이여! 이자는 내가 힘없는 사람이라고 생각합니다. 제 외롭고 가난한 모습을 보았기 때문이지요. 하지만 하늘에 계신 군사들은 나 같은 사람을 위한 것이 아니옵니까?"

"자, 자!"

그는 다소 켕기긴 했지만 조금도 두렵지는 않았다.

"여기 은화 하나 받으시오. 이걸로 다른 개 한 마리 사시오. 받아요. 그놈의 저주는 그만두고! 그런 협박 따위 눈곱만큼도 신경 안 써."

"어디, 그럴까요?"

그녀는 한 발짝 더 다가갔다. 그러더니 저주의 외침을 속삭임으로 바꾸었다. 기즈번 씨를 따르던 사냥터지기 아들은 옆에서 그 말을 듣고 온몸에 소름이 돋았다.

"당신은 당신이 가장 사랑하는 생명, 당신을 사랑하는 유일한 생명, 그렇지, 당신을 사랑하는 유일한 사람이, 이렇게 죽은 가여운 내 미농만큼 무구하고 다정한 사람이 차라리 죽는 게 낫겠다며, 모두에게 공포와 혐오의 대상이 되는 모습을 보게 될 거요. 이렇게 피를 보게 한 대가라오. 들리시나요, 오 성스러운 성자님들이여! 도움의 손길 하나 없는 사람들을 돌보시는 성자님들이여!"

브리짓은 가여운 미농의 피로 물든 오른팔을 휙 내둘렀다. 그러자 기즈번의 사냥복에 핏방울이 튀었다. 사냥터지기 아들의 눈에는 불길한 징조로 보였다. 그러나 그는 그저 웃을 뿐이었다. 경멸을 담은 쓴웃음이었다. 그러고는 저택으로 가버렸다. 그래도 그는 저택에 도착하기 전 금화 하나를 꺼내 청년에게 주며 마을로 돌아가는 길에 늙은 여인에게 갖다주라고 했다. 청년은 수년이 흐른 후 내게 말했듯이 "겁나게 쫄았다." 그는 오두막에 들어갈 엄두를 내지 못하고 밖에서 머뭇거렸다. 그러다 마침내 창문으로 살짝 엿보았다. 깜박이는 장작불 불빛에 브리짓이 성모마리아 그림 앞에 죽은 미농을 뉘인 채 무릎을 꿇고 있는 모습을. 브리짓은 두 팔을 앞으로 쭉 뻗은 격정적인 모습으로 기도를 올리고 있었다. 청년은 두려움으로 뒷걸음질 치지 않을 수 없었다. 그는 아귀가 잘 맞지 않는 문 아래 금화를 놓고는 황급히 자리를 떴다. 다음날 금화는 퇴비 더미 위에 나뒹굴고 있었다. 거기 그렇게 놓여 있었지만 감히 아무도 그걸 건드릴 엄두를 내지 못했다.

한편 기즈번 씨는 궁금하기도 하고, 또 한편 불안하기도 하여 불편한 마음을 삭일 요량으로 필립 경에게 브리짓이 어떤 사람인지 물었다. 이름을 몰랐기에 그저 외양만 묘사해서 물었다. 필립 경도 모르기는 마찬가지였다. 저택에는 이 사냥 행사 때문에 다시 일을 하러 온 스타키 집안에서 오래 일한 늙은 하인이 있었다. 저택에서 일할 당시 그는 해고를 당할 뻔한 경우가 한두 번이 아니었는데, 전성기 시절 브리짓이 번번이 구해주었던 비열한 인간이었다. 그가 브리짓에 대해 말했다.

"나리께서 말씀하시는 사람은 늙은 마녀입니다. 물속에 처박는 고문을 당해야 할 여자가 있다면 그건 바로 그 여자 브리짓 피츠제럴드일 겁니다."

"피츠제럴드라!"

두 신사가 동시에 입을 열었다. 그리고 필립 경이 먼저 말문을 열었다.

"딕컨, 그 여자를 물속에 처넣는다는 이야기는 하지 말게. 가여운 스타키가 나더러 보살펴달라고 부탁한 여자란 말이야. 하지만 내가 지난번 여기 왔을 때는 어딘가로 떠나고 없었고, 아무도 어디로 갔는지 몰랐지. 내가 내일 가서 좀 만나봐야겠어. 그리고 이봐, 입조심하게. 그 여자에게 해를 끼치거나 그 여자가 무슨 마녀라든가 그런 이야기가 들리면 내 가만히 있지 않을 거야. 사냥개 한 무리를 풀어서 여우 사냥하듯 입을 함부로 놀리는 악당 놈을 끝까지 추적할 테니까. 그러니 고인이 된 자네 주인님의 충직한 하인을 물속에 처박는다느니 그 따위 말 함부로 놀리지 말게."

"그 여자에게 딸이 있소?"

잠시 후 기즈번 씨가 물었다.

"모르겠는데…… 아, 맞아요! 있었던 것 같소. 마담 스타키의 시중을 들던 아이였소."

"맞습니다요, 나리."

기가 한풀 꺾인 딕컨이 말했다.

"브리짓 부인에겐 딸이 있습니다. 메리라고요. 그런데 외국으로 가더니 소식이 끊겼습니다요. 사람들 말로는 그래서 브리짓이 제정신이 아니라고들 합니다요."

기즈번 씨는 이마에 손차양을 했다.

"날 저주하는 말을 하지 않았으면 좋았을걸. 그 여자에겐 어둠의 힘이 있는 것 같소. 다른 사람들이 가지지 못한 그런 힘 말이오."

잠시 후 그는 다시 말을 이었는데, 그가 어떤 의미로 그런 말을 하는지 아무도 이해하지 못했다.

"쳇! 말도 안 돼!"

그는 그러고는 술을 시키고 다른 신사들과 함께 질펀한 술잔치를 벌이기 시작했다.

제2장

나는 드디어 이제껏 묘사한 사람들과 직접 인연이 닿게 된 시점에 도달했다. 그들과 어떻게 연결되었는지 설명하기 위해 먼저 나 자신에 대해 간단하게 소개하겠다. 내 아버지는 재산이 꽤 되는 데번셔 신사의 차남이었다. 큰아버지는 선조의 영지를 물려받았고, 셋째인 삼촌은 런던에서 저명한 변호사가 되었고, 내 아버지는 성직자가 되었다. 아버지는 대부분의 가난한 성직자처럼 대가족을 이루었다. 나는 미혼인 런던의 삼촌이 나를 맡아 자신을 이어 변호사로 교육시키겠다고 제안했을 때 그지없이 기뻤다.

나는 그레이 여관에서 멀지 않은 런던에 있는 삼촌 집에서 살게 되었다. 그러면서 삼촌의 아들로 대우받으며 사무실에서 함께 일했다. 나는 나이 든 신사인 삼촌을 매우 좋아했다. 그는 많은 시골 지주들의 신임을 받는 대리인으로 일하며 법률 지식뿐만 아니라 인간 본성에 대한 해박한 지식 덕분에 지금의 위치까지 오를 수 있었다. 물론 법률 지식도 충분히 해박했다. 삼촌의 전문 분야는 법이고 취미는 문장학紋章學이었다. 수많은 가문의 역사에 정통했을 뿐만 아니라 그 역사 속의 모든 비극들을 다 꿰고 있었기 때문에, 삼촌이 우연히 마주친 어떤 문장에 관한 이야기를 풀어놓을 때면 한 편의 연극이나 로맨스를 보는 듯했다. 삼촌이 애호하는 계보학과 연관된 토지 분쟁 사건들은 그 분야에 권위를 인정받은 삼촌에게 주로 의뢰가 들어왔다. 젊은 변호사가 상담차 삼촌을 찾아오면, 삼촌은 수임료를 받지 않고 그저 문장학을 꼼꼼히 살피는 일이 얼마나 중요한지에 대해 일장연설을 선사했다. 찾아온 변호사가 나이가 꽤 있고 입지가 다져진 경우에는 꽤 두둑한 수수료를 챙겼다. 그러고는 나중에 중요한 전문 분야를 소홀히 하는 태도에 대해 그이를 흉보는 식이었다.

오먼드가라 불리는 웅장한 새 거리에 있는 삼촌의 집에는 훌륭한 서재가 있었다. 그러나 소장한 책들은 모두 과거에 관한 책이었다. 미래를 계획하거나 내다보는 책은 하나도 없었다. 나는 열심히 일했다. 한편으로는 고향의 가족을 위해서였고, 다른 한편으로는 삼촌이 그토록 기쁨을 얻는 변호사 일을 진정으로 즐기는 법을 가르쳐주었기 때문이었다. 당시를 돌이켜보면 오히려 너무 열심히 일했던 게 아닌가 싶다. 어쨌든 1718년에 이르러 나는 건강이 나빠졌다. 사랑하는 나의 삼촌은 혈색이 나쁜 내 모습을 보고 심히 걱정했다.

어느 날 삼촌은 그레이 여관 거리에 있는 칙칙한 사무실의 직원 서기실로 벨을 두 번이나 울렸다. 나를 부르는 벨이었다. 내가 사무실 안으로 들어갔을 때 막 어떤 신사—얼굴을 보니 실력보다 더 좋은 평판을 얻은 아일랜드 변호사였다—가 자리를 뜨고 있었다.

삼촌은 천천히 두 손을 맞비비며 생각에 잠겨 있었다. 2~3분쯤 기다리자 마침내 삼촌이 입을 열었다. 내게 그날 오후 당장 짐을 싸서 밤 우편 마차로 웨스트체스터로 떠나야 한다고 했다. 변수 없이 여정이 잘 풀리면 닷새 후에는 그곳에 도착할 거라고 했다. 그 후 그곳에서 우편선을 타고 더블린으로 가라고 했다. 그리고 다시 킬둔이라는 마을로 가서 귀중한 영지가 가문의 딸에게로 이어진 집안의 후손에 대해 알아보아야 한다고 했다. 방금 나간 아일랜드 변호사가 이 사건 때문에 지쳐 있어서 적법한 상속 당사자가 나타나기만 하면 더 이상 시간 끌지 않고 기꺼이 자산을 넘겨줄 거라고 했다. 그는 삼촌 앞에 도표와 가계도를 펼쳐 보이며 상속 우선권을 주장하는 사람들이 너무 많다며 삼촌에게 일을 통째로 맡아달라고 간청했다. 삼촌은 젊은 시절이었다면 직접 아일랜드로 넘어가 모든 서류며 양피지 문서 등등을 찾아내 그 가문에 관해 전해 내려오는 소문을 추적했을 것이다. 그러나 이제 늙고 통풍까지 앓고 있어 나를 대리로 임명해 파견하는 것이었다.

나는 킬둔으로 향했다. 나는 계보학을 연구하며 기쁨을

느끼는 삼촌의 기질을 이어받은 게 아닌가 하는 생각이 든다. 왜냐하면 현장에서 아일랜드 변호사 루니 씨가 상속권이 있다고 주장하는 최초의 사람에게 재산이 넘어가야 한다는 자신의 주장을 곧바로 공표했다면, 변호사 본인과 상속권을 주장하는 사람 둘 다 큰 곤경에 빠졌을 거라는 사실을 알아냈기 때문이었다. 마지막 소유주와 근친이 되는 가난한 아일랜드인이 세 명이나 있었다. 게다가 그들보다 한 세대 이전에 더 가까운 친척이 있었는데 지금은 소재가 파악되지 않았으며, 아일랜드 변호사는 그의 존재 자체를 알지 못했다. 내가 그 가문의 옛 하인 중 일부를 찾아 그 사람의 존재를 알아냈다.

그는 어떻게 되었을까? 나는 여기저기 돌아다니며 수소문했다. 나는 프랑스로 넘어갔다가 다시 아주 희미한 단서를 가지고 돌아왔다. 방탕한 난봉꾼으로 살던 그 사람이 아들 하나를 남기고 죽었다는 사실을 파악했다. 그런데 그 아들이 아버지보다 더 인격이 좋지 않았다고 했다. 이 휴 피츠제럴드란 인물은 번 가문에서 일하던 매우 아름다운 하녀와 결혼했다고 했다. 그 여성은 태생은 그보다 아래였지만 인격적으로는 그보다 훌륭한 여자였다고 했다. 그는 결혼한 후 얼마 지나지 않아 자식 하나를 남기고 죽었다고 했다. 자식이 아들인지 딸인지는 알 수 없었고, 혼자가 된 아내는 다시 번 가문에 들어가 일했다고 했다. 그때 번 가문의 가장은 버윅 공작의 연대에서 복무하고 있었다. 그의 소식을 듣기까지는 오랜 시간이 걸렸다. 1년 넘게 기다린 끝에 그에게 짧고 오만한 태도가 묻어나는 편지를 받았다. 그는 군인으로서 민간인을 경멸하는 태도를 드러냈고, 아일랜드인으로서 영국인을 싫어하는 것 같았다. 자신은 망명한 자코바이트* 이기에 자신이 권력 찬탈이라고 여기는 정부 아래에서 번영을 누리며 평화롭게 살고 있는 사람을 질투하는 마음이 있었던 것 같았다. 그는 "브리짓 피츠제럴드는 나의 누이 스타키 부인을 충직하게 모셨고, 함께 외국생활을 하다가 누이가 돌아오고 싶어 해서 영국으로 돌아왔다"고 했다. 그의 누이 내외는 둘 다 죽었으며, 현재로서는 브리짓 피츠제럴드의 행방에 대해 아무것도 모른다고 했다. 아마도 조카의 후견인인 필립 템페스트 경이 더 자세한 정보를 줄 수 있을지 모른다고도 했다.

나는 남을 얕보는 단어를 사용하지 않는다. "충직하게 모셨다"라는 말은 말 그대로이지 그 이상 다른 의미는 없다. 그런 말에 다른 숨은 의미를 내포하는 것은 내 이야기와 아무런 관련이 없다. 필립 경에게 문의했을 때 그는 해마다 콜드홈(스타키 장원 저택 근처 마을)에 사는 피츠제럴드라는 늙은 여인에게 연금을 지불한다고 했다. 그러면서 여

*

1688년 영국에서 일어난 명예혁명 때 반혁명 세력의 통칭으로, 추방된 스튜어트 왕조의 제임스 2세와 그 직계의 복위를 지지한 세력이다.

인에게 자손이 있는지 여부는 알 수 없다고 했다.

3월의 어느 황량한 저녁, 나는 내 이야기 초반에 언급한 장소를 직접 보게 되었다. 그곳에서 늙은 브리짓의 집으로 가는 방향을 설명하는 지역민의 심한 사투리는 정말이지 알아듣기 어려웠다.

"저짝 거시기 까무락거리는 거 보이쥬?"

이리 굴리고 저리 굴려봐도 그 말이 저 멀리 저택의 창문에서 비치는 불빛을 향해 가라는 말로는 들리지 않았다. 그 저택은 이제 스물네다섯쯤 된 지주가 그랜드 투어*로 유럽 여행을 하고 있는 동안 집사 역할을 맡은 농부가 관리하고 있었다. 나는 어쨌든 브리짓의 오두막에 무사히 도착했다. 이끼가 잔뜩 낀 낮은 건물이었다. 한때 그 집을 둘러싸고 있었던 말뚝 울타리는 부러져 사라졌다. 숲의 덤불이 담벼락까지 침범해 창문이 어두컴컴했다. 7시경이었다. 런던의 생활 방식으로는 그리 늦은 시각이 아니었다. 하지만 한동안 문밖에서 노크하다 응답이 없자 집주인이 잠자리에 든 게 아닌가 하는 생각이 들었다. 그리하여 오는 길에 보았던 5킬로미터쯤 떨어진 교회로 발길을 돌렸다. 그리고 그 근처에 숙소를 얻어 하룻밤을 보냈다.

다음날 아침 일찍 나는 콜드홈으로 향했다. 여관 주인은

*
영국 귀족 자제의 교육이 마무리되는 시점에 하는 유럽대륙 여행을 뜻한다.

내가 전날 밤 왔던 길보다 지름길이라며 밭을 가로지르는 길을 알려주었다. 싸늘하게 추운 아침이었다. 바닥에 내려앉은 흰서리에 발자국이 새겨졌다. 그런 추운 날임에도 지나는 길 한쪽 덤불숲에서 한 노파를 보았다. 본능적으로 그 노파가 내가 찾는 인물이라는 직감이 들었다. 나는 머뭇거리며 그녀를 살펴보았다. 노파에게선 한창때 분명 키가 큰 체구였음이 느껴졌다. 구부린 자세에서 허리를 펴고 일어선 노파의 풍모에는 무언가 위풍당당하고 늘씬한 분위기가 묻어났기 때문이었다. 노파는 1~2분 후 다시 몸을 수그렸다. 아마도 땅바닥에서 무언가를 찾고 있는 것 같았다. 그렇게 고개를 숙인 채 내가 바라보던 쪽에서 다른 방향으로 몸을 돌리더니 내 시야에서 사라졌다. 그러다가 나는 어느 틈에 길을 잃었다. 할 수 없이 여관 주인의 안내를 무시하고 방향을 돌렸다.

내가 오두막에 도착했을 때 브리짓은 서둘러 온 기색이나 그 어떤 불편한 기색도 없이 이미 집에 도착해 있었다. 문은 비스듬히 열려 있었다. 나는 문을 두드렸다. 잠시 후 내 앞에 선 여인은 위엄 있는 태도로 무슨 이유로 찾아왔는지 설명을 요구하듯 조용히 기다렸다. 치아가 모두 빠져서 코와 턱이 우므러진 상태였다. 고른 회색 눈썹 아래 눈은 동굴처럼 깊게 자리하고 있었다. 두터운 백발은 낮고 넓은 주름진 이마 위에 은색 터럭으로 내려앉아 있었다. 나는 한동안 침묵으로 건네는 여인의 근엄한 질문에 어떻게 대답해야 할지 모른 채 가만히 서 있었다.

"성함이 브리짓 피츠제럴드 맞습니까?"

여인은 그렇다는 표시로 고개를 끄덕였다.

"드릴 말씀이 있습니다. 잠시 안으로 들어가도 될까요? 저 때문에 계속 서 계시게 할 수가 없어서요."

"난 괜찮아요."

아무래도 나를 집 안으로 들이기를 꺼리는 것 같았다. 그러나 다음 순간—노파는 그 짧은 순간 내 영혼을 들여다보는 듯했다—나를 실내로 안내했다. 그러면서 얼굴 일부분을 가리고 있던 회색 망토의 후드를 벗었다. 오두막은 조악했고 휑뎅그렁했다. 그러나 앞서 언급했던 성모마리아 그림 앞에는 싱싱한 앵초가 가득한 화병이 놓여 있었다. 나는 여인이 성모마리아에게 예를 표하는 동안 왜 그녀가 덤불숲을 헤매고 다녔는지 이해했다. 그러고 나서 노파는 자세를 돌리고 내게 앉으라고 권했다. 그러는 내내 나는 여인의 얼굴을 살폈는데, 전날 밤 여관 주인의 이야기처럼 나쁜 인상은 아니었다. 거칠고 엄격하고 사납고 완강한 인상에 외로이 눈물을 흘리며 산 세월의 고통으로 주름지고 흉터가 남은 얼굴이긴 했지만, 교활하지도 악의에 차 있지도 않은 얼굴이었다.

"제 이름이 브리짓 피츠제럴드입니다."

여인이 대화의 시작을 알리듯 말문을 열었다.

"그리고 남편은 아일랜드 킬둔 근처 노크 마혼 출신의

휴 피츠제럴드 맞지요?”

내 말에 여인의 검고 음울한 눈에 희미한 빛이 번쩍였다.

“맞습니다.”

“그분과의 사이에 자식이 있는지 여쭤봐도 될까요?”

순간 눈에 붉은빛이 팍 튀었다. 여인이 말문을 열려고 하는 게 눈에 띄었다. 그러나 속에서 무언가 치솟아 오르며 목구멍을 막는 것 같았다. 그러더니 낯선 사람 앞에서 차분히 말을 할 수 있을 때까지 기다리는 듯했다. 여인은 1~2분 후 다시 입을 열었다.

“딸이 있었습니다. 메리 피츠제럴드라고.”

그때 여인에게는 강한 의지보다 격정적인 성정이 더 높이 치솟는 것 같았다. 이어서 울음을 토해낼 듯 떨리는 목소리로 소리를 높였다.

“오, 세상에! 내 딸이 어떻게 된 겁니까? 어떻게 된 거냐고요?”

여인은 자리에서 벌떡 일어나 내게 다가오더니 내 팔을 붙들고는 눈을 똑바로 쳐다보았다. 이내 내가 자신의 자식이 어떻게 되었는지 전혀 알지 못한다는 분위기를 감지한 듯했다. 그러자 다시 털썩 의자에 무너지듯 주저앉아 내 존재를 잊고 몸을 떨며 낮게 신음을 내뱉었다. 나는 그 고독하고 무시무시한 여인에게 감히 말을 건넬 엄두가 나지 않았다. 잠시 후 여인은 성모마리아 그림 앞에 무릎을 꿇고 온갖 시적인 이름을 대며 탄원 기도를 올렸다.

"오, 샤론의 장미여! 오, 다윗의 탑이여! 오, 바다의 별이여! 이 쓰라린 가슴에 아무런 위안을 주지 않으시나요? 저는 영원히 기다리기만 해야 하나요? 그렇다면 그저 절망만 있을 뿐이라고 알려주세요!"

여인은 그렇게 내 존재를 잊고 기도를 이어갔다. 기도가 절망적으로, 격정적으로 치닫더니 광기와 신성모독의 지경에 이르렀다. 나는 나도 모르게 그녀의 기도를 멈추려는 듯 입을 열었다.

"딸이 죽었다고 믿을 만한 이유가 있는 건가요?"

여인은 자리에서 일어서더니 내게로 다가와 섰다.

"메리 피츠제럴드는 죽었습니다. 나는 다시는 딸의 육신을 보지 못할 겁니다. 그 사실을 말해준 사람은 아무도 없습니다만, 나는 내 딸이 죽었다는 걸 알아요. 나는 다시 그 아이를 보기를 너무나 열망합니다. 내 가슴속 의지는 불타오르도록 강합니다. 그 아이가 세상 저 반대쪽에서 방랑하고 있다 하더라도, 살아만 있다면 내 의지로 그 아이를 내 앞으로 이끌었을 겁니다. 심지어 가끔 내 자식을 무덤에서라도 불러내 내 앞에 모습을 드러내도록 하지 못하는 게, 그래서 내가 얼마나 자기를 사랑하는지 알려줄 수 없다는 게 의아할 때도 있답니다. 우리는 헤어질 때 응어리진 마음으로 헤어졌거든요, 선생님."

나는 변호사로서 필요한 사무적인 내용 이외에 다른 건 아무것도 몰랐지만 고독하고 절망에 빠진 여인에게 연민을 품지 않을 수 없었다. 그리고 여인은 사무친 눈으로 내게서 유별난 연민을 읽어낸 것이 틀림없었다.

"그래요, 선생님. 우리는 그렇게 헤어졌지요. 그 아이는 내가 자기를 얼마나 사랑하는지 절대 몰랐습니다. 싸우면서 헤어졌거든요. 그때 난 그 아이의 여행이 잘 풀리지 않기를 바란 것 같아요. 그것 때문에 마음이 갈기갈기 찢어질 것만 같아요. 나는 그저 딸이…… 오, 성모마리아시여! 난 그저 그 아이가 어미의 품으로 돌아오길, 이 세상에서 가장 행복한 곳으로 돌아오기만을 바랐을 뿐인데…… 하지만 내가 그런 소원을 바랐다는 건 끔찍한 일입니다. 내 기도의 힘이 내 생각보다 더 강했습니다. 내 말이 메리에게 해가 되었다면, 나에겐 이제 희망이 없습니다."

"하지만 딸의 생사 여부는 아직 모르지 않습니까? 지금이라도 살아 있길 바랄 수 있습니다. 제 말을 들어보세요."

나는 여인에게 내가 앞서 말한 모든 이야기를 들려주었다. 그저 무미건조한 방식으로 사실을 전달했다. 그 이유는 여인이 분명 젊은 시절에 지녔을 또렷한 분별력을 상기시키기를 바랐고, 또 사실들에 주의를 기울이게 만들어 격정적 슬픔을 통제하기를 바랐기 때문이었다.

여인은 내 이야기에 온통 몰두한 것 같았다. 그러면서 이따금 질문을 던졌는데, 나는 그런 태도를 보며 그녀가 고독하게 살고 불가사의한 깊은 슬픔을 겪었기 때문에 다소 무뎌지긴 했지만 꽤 총명한 사람임을 확신할 수 있었다. 그러고 나서 여인이 이야기를 이어나갔다. 그녀는 외국에서 딸을 찾아 헤맨 이야기를 짧게 들려주었다. 때로는 부대 뒤를 따르기도 했고, 때로는 주둔지를 쫓아갔고, 또 때로는 도시를 헤맸다. 메리가 시녀로 일한 집의 안주인은 메리가 마지막으로 집에 편지를 보낸 직후 사망했다. 외국 장교였던 안주인의 남편이 헝가리로 복무하러 갔다는 소식을 접하고 거기까지 따라갔지만 이미 때는 늦었다. 메리가 결혼을 아주 잘했다는 막연한 소문만을 접했다. 그러자 의구심이 일었다. 결혼으로 인해 성씨가 바뀌어 찾지 못하는 건가? 혹시나 자식의 소문을 매일 들었으면서도 바뀐 이름 때문에 알아차리지 못한 건 아닌가? 그러다 마침내 자신이 헤매 도는 내내 메리가 영국 랭커셔 볼랜드 골짜기의 콜드홈에 있는 고향집으로 돌아왔을 수도 있다는 생각에 사로잡혔다. 그리하여 브리짓은 고향으로 돌아왔지만 불 꺼진 텅 빈 집만 확인했을 뿐이었다. 그녀는 이곳에 머무는 게 가장 안전하다는 생각이 들었다. 메리가 살아 있다면 어머니를 찾을 곳이 바로 이곳 아니겠는가.

나는 브리짓의 이야기에서 내게 유용할지 모른다고 생각되는 한두 가지 내용을 받아 적었다. 특이하고 기이한 방식으로 추적을 더 해나가야겠다는 생각이 들던 참이었기 때문이었다. 브리짓이 멈춘 지점에서부터 다시 추적을 이어가야겠다는 강렬한 생각이 들었다. 그리고 그런 결심을 하게 된 이유는 이곳에 오기 전 가지고 있던 동기(이 문제에 관한 삼촌의 불안이나 변호사로서 내 평판 같은 것) 때문이 아니라, 바로 그날 아침 내 마음을 사로잡은 어떤 기이한 힘 때문이었다. 그리고 그 힘은 스스로 선택한 방향으로 내 마음을 이끌었다.

"제가 알아보겠습니다. 하나도 놓치지 않고 추적해보겠습니다. 저를 믿으십시오. 알아낼 수 있는 거면 뭐든지 다 알아내겠습니다. 돈이건 노고건 아니면 머리건 필요한 건 뭐든 아끼지 않겠습니다. 댁의 따님이 죽은 지 오래되었을 수도 있겠지만, 어쩌면 자식을 남겼을 수도 있지 않습니까?"

"아, 자식, 자식이라니!"

여인은 그런 생각은 한 번도 하지 못한 듯 소리쳤다.

"아, 성모마리아시여. 오, 이분의 말을 들어보소서! 이분이 제 딸이 아이를 남겼을 수도 있다고 합니다. 그런데 당신은 제게 한 번도 말씀해주시지 않았습니다. 자나 깨나 흔적이라도, 징조 하나라도 보여주십사 그토록 기도를 올렸건만!"

"아니오, 나는 댁이 지금 말씀하신 것 이외에는 아무것도 모릅니다. 따님이 결혼했다는 소문을 들었다고 하셨잖습니까?"

그러나 여인은 내 말을 전혀 귀담아듣지 않았다. 일종의 무아지경에 빠져 성모마리아에게 기도를 드릴 뿐이었다. 그런 상태라서 내 존재 자체를 의식하지 못하는 듯했다.

나는 콜드홈을 떠나 필립 템페스트 경의 저택으로 갔다.

그 외국 장교의 아내가 필립 경 아버지의 사촌이었다. 나는 필립 경으로부터 투르 도베른 백작에 관한 몇 가지 정보를 얻는다면, 그가 어디 있는지 알아낼 수 있을지도 모른다고 생각했다. 직접 가서 질문하면 희미해져가는 기억을 되살릴 수 있으리라. 나는 그 어떤 역경이 펼쳐진다 하더라도 꼭 기회를 붙잡으리라 작심했다. 그러나 필립 경은 외국으로 나가 부재했다. 그에게서 응답을 들으려면 시간이 걸릴 터였다.

나는 도깨비불을 좇는 듯 심신이 너무 지쳤다고 삼촌에게 편지를 보냈다. 그리고 삼촌이 보낸 조언에 따랐다. 삼촌은 내게 즉각 해러게이트로 가서 필립 경의 답장을 기다리라고 했다. 탐색과 연결된 장소 중 하나인 콜드홈과 가까우면서도 필립 템페스트 경이 돌아올 경우를 대비해 그와도 멀지 않은 곳에서 기다려야 한다는 것이었다. 그에게 추가로 물어보아야 할 것이 많다고 했다. 삼촌은 내게 기다리는 동안 당분간 모든 일을 잊고 푹 쉬라고 했다.

그러나 그런 문제는 말이 쉽지 간단치 않다. 목초지에서 어떤 아이가 휘몰아치는 바람에 흔들리는 모습을 본 적이 있었다. 그 아이는 폭풍을 견디며 가만히 서 있을 힘조차 없었다. 나는 그 아이를 보면서 내 정신 상태가 그와 비슷한 곤경에 빠졌다고 생각했다. 저항할 수 없는 무언가가 내 머리를 들쑤시는 것 같았다. 목표를 이룰 기회가 있는 가능한 모든 경로를 탐색해보라고 떠미는 것 같았다. 외출을 해도 바람이 몰아치는 황야가 눈에 들어오지 않았고, 손에 책을 들고 있어도 그 의미가 머리에 들어오지 않았다. 잠을 자도 늘 같은 생각에 싸여 있었다. 내 생각은 항상 같은 방향으로 흘렀다. 그런 식으로 생활하면 오래지 않아 몸에 나쁜 영향이 미치기 마련이다. 나는 급기야 병이 나 고통으로 몸부림쳤지만, 오히려 그게 안도감을 주었다. 왜냐하면 그로 인해 끊임없이 상상 속의 탐색에 젖어 사는 게 아니라 현재의 고통 속에 살 수 있었기 때문이다.

친절한 삼촌이 나를 돌보러 찾아왔다. 위급한 상태에서 벗어나자 나는 그리 나쁘지 않은 나른한 상태로 침잠해 두 세 달을 흘려보냈다. 예전처럼 끝도 없는 공상의 수렁으로 빠질까 봐 두려워 필립 경에게서 답장이 왔는지조차 물어보지 않았다. 그 일에 대한 생각 자체를 하지 않으려 했다. 삼촌은 한여름이 다 되도록 나와 함께 있다가 일 때문에 런던으로 돌아갔다. 완벽히 튼튼한 상태는 아니라 하더라도 거의 회복했기에 나도 2주 후에 런던으로 가기로 했다. 삼촌은 그러면 그때 "편지를 살펴보고 여러 가지 문제에 대해 논의하자"고 말했다. 그 말을 듣자 병이 나기 시작할 때 들었던 느낌이 떠올랐다. 그러면서 그와 연관된 생각이 꼬리를 물고 끊임없이 이어졌다. 나는 덜컥 겁이 났다. 그래도 어쨌든 나에겐 기운을 돋우는 상쾌한 요크셔 황야에서 어슬렁거릴 수 있는 기간이 2주나 남아 있었다.

그 당시 해러게이트에는 치유 효험이 있는 온천 근처에

여러 건물이 무질서하게 뻗어 있는 큰 여관이 하나 있었다. 그곳은 밀려드는 손님들을 다 수용하기에는 규모가 턱없이 부족했다. 그리하여 많은 방문객들이 그 지역 농가에서 숙박을 하곤 했다. 다행히 아직 성수기가 되지 않아 나는 여관을 거의 혼자 쓰다시피 했다. 나는 마치 개인 주택의 손님처럼 지내면서 앓는 동안 주인 내외와 매우 가까워졌다. 안주인은 자식을 대하는 어머니처럼 내가 황야에 나가 너무 늦게까지 있다거나, 식사를 거르는 일이 잦다고 꾸짖곤 했다. 또 주인은 나와 포도 수확과 와인에 관한 이야기를 나누기도 했고, 요크셔 지방에 내려오는 말에 관한 지식을 가르쳐주기도 했다.

이따금 산책을 할 때 다른 방문객들과 마주치기도 했다. 삼촌이 그곳을 떠나기 전에 나는 눈에 띄는 미모의 젊은 숙녀에게 무기력한 호기심이 일었다. 그녀는 언제나 나이 든 여인과 동행했다. 나이 든 여인은 신사 계급은 아닌 것 같았으나 어쨌든 인상이 좋아 왠지 호감이 갔다. 젊은 숙녀는 누가 다가가도 언제나 베일을 내렸다. 따라서 나는 길모퉁이를 돌다 갑작스럽게 마주친 한두 번 정도 외에는 그녀의 얼굴을 제대로 본 적이 없었다. 그나마 그 한두 번도 얼굴을 언뜻 봤을 뿐이었다. 처음에는 얼굴이 아름다웠는지 확신하지 못했지만, 그 이후 점점 그렇다는 확신이 커져갔다. 그러나 숙녀의 얼굴은 언제나 변함없이 슬픔으로 그늘져 있었다. 강렬한 고뇌에 빠진 듯 창백하고 조용하며 체념한 표정이었다. 나는 그런 모습에 매혹되지 않을 수 없었다. 사랑의 감정이라기보다 그토록 젊은 여인이 그토록 불행한 표정을 짓는 것을 보고 느껴지는 무한한 연민의 감정이었다. 나이 든 여인도 똑같이 조용하고 우울하며 절망적이면서도 체념하는 듯한 표정을 지었다.

나는 여관 주인에게 그들이 누군지 물어보았다. 주인은 그들이 클라크라는 이름으로 부르며 모녀지간으로 통하길 바라는 것 같으나, 자기가 생각하기에 그 이름이나 그들의 관계도 사실이 아닐 거라고 했다. 또 그들이 해러게이트의 한 외진 농가에 묵은 지 꽤 되었다고 했다. 농가 주인은 그들에 관해 아무것도 말하지 않으려 한다고도 했다. 세를 두둑하게 지불하고 아무런 해를 끼치지 않는다며, 혹여 일어날지도 모를 이상한 일들에 대해 미리부터 이러쿵저러쿵 떠들 게 무어냐고 떠들었다고 했다. 여관 주인이 예리한 관찰로 지적하듯 그런 식으로 말하는 농가 주인의 태도 자체가 그곳에 평범하지 않은 무언가가 있음을 반증하는 것 같았다. 여관 주인은 그 나이 든 여인이 농가 주인의 친척이기 때문에 그가 입을 다물고 있다고도 말해주었다.

"그럼 그 사람들이 그토록 은둔하며 지내는 이유가 뭐라고 합니까?"

"아이고, 그런 말은 안 하죠, 그 사람이. 그저 젊은 숙녀가 보기엔 굉장히 조용한데 이따금 이상한 장난을 한다더군요."

내가 상세한 내용을 알고 싶다고 하자 여관 주인은 고개를 저으며 자기는 말 못한다고 했다. 나로서는 그 점이 의심스러웠다. 여관 주인이 뭐라도 알고 있었다면 그렇게 수다스럽고 이런저런 말을 하기 좋아하는 사람이 입을 다물리가 없었기 때문이었다. 나는 삼촌이 떠난 후 다른 할 일이 없을 때에는 이 두 여인을 관찰하는 일에 몰두하곤 했다. 나는 기이한 이끌림을 느끼며 그들이 산책하는 길을 맴돌곤 했다. 그토록 자주 마주치다 보니 그들이 노골적으로 꺼리는 내색을 보였음에도 나는 행동을 멈추지 않았다.

어느 날 나는 운 좋게도 그들이 황소 한 마리에게 공격을 받는 불상사가 일어날 뻔했을 때 그들 가까이 있었다. 울타리가 없는 방목지에서는 매우 위험한 일이었다. 그런데 내가 그들을 구한 사고 자체보다 더 중요한 사실이 있다. 그 일로 인해 그들이 나와 안면을 트게 되었다는 사실, 그들로서는 마지못한 것이었지만 나로서는 적극적으로 그리했다고 말하는 것으로 충분할 것이다. 강렬한 호기심이 언제쯤부터 사랑의 감정으로 물들기 시작했는지 나 자신도 알 수 없다. 어쨌든 삼촌이 떠난 후 열흘도 안 된 시점에 나는 미스 루시에게 열정적으로 빠져 있었다. 그렇다, 그녀를 돌보는 여인이 그 이름으로 불렀다. 그런데 내가 보기에 나이 든 여인이 그녀를 부를 때 매우 조심했는데, 마치 둘 사이의 지위가 같은 것처럼 보일까 봐 꺼리는 태도 같았다. 나는 또한 클라크 부인이 나와 안면을 튼 후 초반에는 내가 보이는 관심을 부담스러워하다가 차츰 내가 젊은 숙녀에게 호감을 갖는 모습에 기뻐한다는 사실을 깨달았다. 마치 젊은 숙녀를 돌봐야 하는 무거운 짐을 조금이나마 더는 것에 기쁨을 느끼고 있다는 인상이었다. 부인은 분명 내가 자신들이 머물고 있는 농가에 방문하는 걸 좋아하는 것 같았다.

그러나 루시는 그렇지 않았다. 그녀가 보이는 우울한 태도와 나를 보면 움츠러들며 피하는 모습에도, 나는 그토록 매력적인 사람은 본 적이 없었다. 그녀가 괴로워하는 이유가 무엇이든 간에 분명 그것은 자신의 잘못에서 기인한 것이 아니라는 점을 즉각 감지할 수 있었다. 함께 이야기를 나누는 것은 어려운 일이었다. 그러나 나는 이따금 잠깐이나마 루시의 말문을 열게 하는 데 성공하곤 했다. 그럴 때면 그녀의 얼굴에서 비범한 지적 능력을 간파할 수 있었다. 또한 잠깐씩 내 눈과 마주치는 부드러운 회색 눈에서 신뢰하는 진지한 표정을 읽을 수 있었다. 나는 그곳에 방문하기 위해 온갖 핑곗거리를 만들어냈다. 루시를 위해 야생화를 찾아다니거나 산책 계획을 짜기도 했다. 밤이면 하늘을 바라보며 유난히 빛나는 아름다운 날에 광활한 보랏빛 창공을 함께 바라보자며, 클라크 부인과 루시를 황야로 이끌더라도 이해할 거라는 희망을 품곤 했다.

루시는 자신을 사랑하는 내 마음을 간파한 것 같았다. 그러나 왠지 나를 밀어내려는 것 같았다. 그렇지만 또 가슴속으로는 나에게 호감을 품고 있는 듯했고, 그렇기에 혼자서 씨름하고 있는 모습이 보였다. 아니, 나는 보았다고 생각했다. 그런 모습을 눈치챘을 때(나는 마음이 너무나도 설렜다) 애쓰지 말라고 간청이라도 하고 싶었다. 물론 그게 내 인생 전체의 행복을 포기하는 일이 될 수도 있을 테지만 아무튼 그랬다. 루시의 안색이 점점 더 창백해지고 슬픔이 더욱 절망적으로 치달을수록 날씬한 몸매가 더욱 가냘파지기 때문이었다. 나는 그때 삼촌에게 편지를 써서 이유는 대지 않고 해러게이트에 좀 더 머물 수 있도록 허락해달라고 간청했다. 나를 매우 사랑하는 삼촌은 기꺼이 허락한다는 답장을 보냈다. 단, 더운 날씨에 너무 무리하지 말고 건강을 잘 챙기라고 당부했다.

어느 찌는 듯한 저녁 나는 농가를 향해 가고 있었다. 그 집의 응접실 창문은 열려 있었다. 집 모퉁이를 돌아 첫 번째 창(그 작은 1층 실내에는 창이 두 개 있었다)을 지날 때 집 안에서 나는 소리를 들었다. 나는 루시의 모습을 또렷이 보았다. 그러나 문을 두드렸을 때—문은 항상 비스듬히 열려 있었다—루시는 보이지 않았다. 클라크 부인만이 보였다. 부인은 예민하면서도 넋 나간 태도로 테이블에 놓인 물건을 매만지고 있었다. 나는 본능적으로 심각한 이야기를 주고받을 때가 왔다고 느꼈다. 분명 이렇게 자주 방문하는 목적이 무엇인지 확실히 밝혀야 할 것이다. 나는 이런 기회가 온 것이 기뻤다. 삼촌은 내게 몇 번이나 아내감을 언제 집에 데리고 올 거냐며 묻곤 했다. 그러면 오먼드가의 오래된 집이 환하게 밝아질 거라고도 했다. 삼촌은 부유했고, 나는 그를 이을 상속자였다. 또한 나는 매우 젊은 변호사로 훌륭한 평판을 얻고 있었다. 그러니 나로서는 장애물이 없었다. 루시가 미스터리에 싸여 있는 건 사실이었다. 루시의 성씨(나는 클라크가 아님을 확신하고 있었다), 출생, 부모, 이전 삶에 대해서는 전혀 몰랐다. 그러나 그녀의 선량함과 곱고 순수한 면모에 대해서는 확신이 있었다. 그리고 루시에게 애처롭고 고통스러운 사연이 있음을 알았지만, 그게 무엇이건 그 슬픔을 함께할 준비가 되어 있었다.

클라크 부인은 그런 이야기를 꺼낸 것이 기쁘다는 듯 말문을 열었다.

"선생님, 선생님은 우리에 대해 아는 게 거의 없어요. 적어도 제 생각은 그렇습니다. 우리가 선생님에 대해 잘 모르는 것과 마찬가지로요. 이렇게 가까워진 것이 합당하다고 볼 만큼은 아니라는 말씀이지요. 선생님, 죄송합니다만 저는 그저 평범한 여자이고, 무례하게 굴 마음은 전혀 없습니다. 하지만 분명히 말씀드려야 할 점은 저는…… 아니, 우리는 선생님이 이토록 자주 저희를 보러 오지 않는 게 낫다고 생각합니다. 루시는 보호자가 없는 매우 무방비한 상태인데다……"

"부인, 제가 왜 찾아오면 안 되는지 알 수 있을까요?"

나는 내 입장을 밝힐 기회가 온 것에 기뻐하며 간절히 고백했다.

"솔직히 고백하겠습니다. 루시 아가씨를 사랑하기 때문에 이곳에 오는 겁니다. 그리고 아가씨도 저를 사랑하기를 바랄 뿐입니다."

클라크 부인은 고개를 저으며 한숨을 쉬었다.

"선생님, 그러지 마세요. 루시를 사랑하지도 말고, 또 선생님이 소중하게 생각하는 사람들을 위해서라도 루시가 선생님을 사랑하게 되길 바라지도 마세요! 이런 말을 하는 게 이미 때늦은 것일 수도 있겠지요. 그렇더라도 루시를 잊으세요. 지난 몇 주간의 시간을 잊으세요. 오! 선생님이 우리에게 오지 못하도록 했어야 하는데!"

그녀는 격정적으로 말을 이었다.

"하지만 아, 제가 뭘 어떻게 할 수 있을까요? 우리는 모두에게 버림받은 사람들인걸! 위대한 신만 빼고 모두에게 버림받았어요! 아니, 심지어 신께서도 이상하고 사악한 존재가 우리를 괴롭히도록 허락하신걸! 제가 과연 뭘 할 수 있을까요! 도대체 끝은 어디일까요?"

그녀는 비탄에 빠져 두 손을 쥐어짰다. 그러더니 나를 바라보았다.

"선생님, 어서 가세요! 루시를 더욱 사랑하게 되기 전에 가세요. 선생님 자신을 위해 하는 말입니다. 제발, 간청합니다! 그동안 저희에게 친절하게 대해주셨기에 저희는 오직 감사한 마음으로 선생님을 기억할 겁니다. 어쨌든 이제는 가시지요. 그리고 다시는 우리가 있는 이 불길한 곳으로 돌아오지 마세요!"

"아, 부인, 저는 절대 그럴 수 없습니다. 절 위해 그런 말씀을 하신다고요? 저는 두려울 게 없습니다. 그저 모든 사연을 알고 싶을 뿐입니다. 지난 2주 동안 루시 아가씨를 가까이에서 지켜보며 오직 선량하고 순진무구한 분이라는 사실만 확인했을 뿐입니다. 그리고 저는, 이렇게 말씀드려 죄송합니다만, 어떤 연유에서인지는 몰라도 두 분이 저로서는 알 수 없는 슬픔과 비탄에 빠져 있는 매우 외로운 상황이라는 점을 확인했습니다. 자, 제가 힘 있는 사람이 아니라 하더라도 저에게는 힘이 있으면서도 지혜롭고 친절한 지인들이 있습니다. 자세한 내막을 알려주시지요. 왜 그토록 슬픔에 빠져 계신지, 비밀이 무엇인지, 왜 이곳으로 오셨는지 말씀해주세요. 부인께서 지금 그 어떤 말씀을 하셔도 루시의 남편이 되고 싶은 저의 희망은 꺾이지 않습니다. 그뿐만 아니라 희망을 품은 사람으로서 앞으로 닥칠 그 어떤 어려움에도 움츠러들지 않을 겁니다. 부인은 친구 하나 없다고 말씀하셨지요? 그렇다면 왜 정직한 친구를 멀리하려 하십니까? 저의 인격과 저의 평판에 대해 그 어떤 질문을 하시더라도 그에 대해 명확히 답해줄 사람들을 말씀드리겠습니다. 저에 대해 무엇을 알아보신다 하더라도 저는 피할 게 없습니다."

그녀는 다시 한 번 고개를 가로저었다.

"가시는 게 좋을 겁니다, 선생님. 선생님은 저희에 대해 아무것도 모르십니다."

"이름은 알고 있습니다. 그리고 출신지가 어딘지 언급하는 말을 들은 적이 있어요. 황량하고 적막한 곳이라고 한 말을요. 그러니 주민이 아주 적은 곳일 테고, 제가 그곳에 가보기로 작정한다면 쉽사리 두 분에 대해 모든 것을 알아낼 수 있을 겁니다. 하지만 저는 부인께 직접 듣고 싶습니다."

나는 그녀를 자극해 무언가 확실한 정보를 말하도록 유도했다.

"선생님은 저희의 진짜 이름조차 모르십니다."

"음, 저도 그 정도는 추측했습니다. 그렇다면 말씀해주시지요. 루시 아가씨를 지키겠다는 제 약속을 못 믿는 이유를 말씀해주세요."

"오, 어찌 해야 하나? 제가 선생님이 말씀하시는 것처럼 진정한 친구를 외면하는 것이라면 어찌 될까요? 아아! 그래요, 가지 마세요!"

그녀는 급작스럽게 작심한 것 같았다.

"말씀드리겠습니다. 하지만 전부 다 말씀드릴 수는 없습니다. 선생님이 믿지도 않으실 거고요. 하지만 어쩌면 말씀하신 대로 그 어쩔 수 없다는 애정을 계속 이어나가겠다는 마음을 꺾을 만큼은 되겠지요. 저는 루시의 어머니가 아닙니다."

"저도 그렇게 생각했습니다. 계속하시지요."

"저는 루시가 제 아버지의 적출인지 사생아인지도 모릅니다. 하지만 그분은 잔인하게도 딸을 외면했습니다. 그리고 루시의 어머니는 세상을 떠난 지 오래되었습니다. 루시는 끔찍한 이유로 저 말고는 돌봐줄 사람이 아무도 없습니다. 루시는 겨우 2년 전만 하더라도 제 아버지의 집에서 사랑을 듬뿍 받는 아버지의 자랑거리였습니다! 아, 언제라도 루시와 관련된 기이한 일이 일어날 수 있습니다. 그러면 아마 선생님도 다른 사람들처럼 도망가겠지요. 그러고 나서 루시의 이름을 듣게 되면 루시를 혐오하겠지요. 다른 이들, 루시를 더 오래 사랑했던 사람들도 이전에 모두 그랬으니까요. 아, 가여운 아이! 신도 인간도 자비를 베풀지 않는 가여운 아이! 루시는 분명 죽고 말겠지요!"

여인은 눈물을 흘리느라 말을 멈추었다. 나는 마지막 말에 충격을 받았다. 그러나 잠시뿐이었다. 그토록 순진하고 순수해 보이는 루시에게 드리워진 이 알 수 없는 오점이 무엇인지 확실히 알기 전까지 그녀를 결코 저버리지 않을 것이다. 나는 그대로 말했다. 여인은 내게 더 확실한 확답을 바랐다.

"모두 다 알게 된 다음 루시에게 해를 끼칠 생각이라면 당신은 좋은 사람이 아닐 겁니다. 하지만 저는 너무 큰 슬픔에 빠져 있다 보니 미련하고 무기력해졌습니다. 그래서 선생님이 어쩌면 진정한 친구가 될 수도 있다는 희망을 갖고 싶습니다. 다 들으신 후 선생님이 더 이상 연인의 감정을 느끼지 못한다 하더라도 저희에게 연민 정도는 품을 거라 믿고 싶습니다. 어쩌면 저희가 어디에다 도움을 청할 수 있을지 알려주실 수도 있겠지요."

"비밀이 무엇인지 터놓고 말씀해주시지요."

나는 긴장되고 불안한 마음에 미쳐버릴 것 같았다.

"그럴 수 없습니다."

그녀가 진중하게 말을 이었다.

"저는 비밀을 맹세했습니다. 들으셔야 한다면 루시에게 직접 들으셔야 합니다."

여인은 방을 나갔다. 나는 이 기이한 면담에 대해 이리저리 궁리해보았다. 나는 습관적으로 몇 권의 책을 손에 쥐어보았으나 아무것도 눈에 들어오지 않았다. 그저 그 방에 남아 있는 루시의 흔적을 눈길로 찾아 헤맬 뿐이었다.

그날 밤 집으로 돌아와 곰곰이 생각해보니, 그 모든 사소한 흔적들이 루시의 순수하고 따뜻한 마음과 순결한 삶을 상징한다는 생각이 들었다. 그렇게 내가 루시의 흔적을 살피며 기다린 시간이 꽤 흐른 후 클라크 부인이 돌아왔다. 그녀는 내내 슬피 울고 있었던 모양이었다.

"네, 제가 걱정하던 대로더라고요. 루시도 선생님을 아주 많이 사랑하고 있습니다. 그래서 두려워도 모든 일을 제 스스로 말씀드릴 각오를 하고 있어요. 루시도 가능성이 희박한 일이라고 인정하고 있습니다. 하지만 만약 선생님이 조그마한 연민이라도 보인다면 루시는 말할 수 없이 큰 위안을 얻을 겁니다. 내일 아침 10시에 오세요. 그리고 괴롭더라도 연민을 품고 계신다면, 루시가 두렵고 혐오스럽게 느껴지더라도 부디 그런 내색은 삼가시길 부탁드립니다."

나는 살짝 웃음을 보였다.

"걱정 마세요."

루시를 혐오하다니? 상상만 해도 터무니없이 느껴졌다.

"루시의 아버지는 딸을 많이 사랑하셨죠."

그녀는 심각한 태도로 말했다.

"그렇지만 결국 무슨 괴물이나 되는 것처럼 딸을 쫓아냈어요."

그 순간 정원에서 갑작스럽게 큰 웃음소리가 들렸다. 루시의 목소리였다. 루시가 열린 창문 한쪽에 서 있는 것 같았다. 누군가 다른 사람이 한 말이나 행동이 재미있어서 갑자기 웃음이 터진 듯했다. 떠들썩하고 요란한 웃음이었다. 왠지 그 소리가 형언할 수 없을 정도로 귀에 거슬렸다. 루시는 우리가 어떤 이야기를 하고 있는지 알고 있었고, 적어도 분명 부인이 불안하고 초조한 상태라는 사실을 인지하고 있었을 것이다. 게다가 루시는 평상시 매우 점잖고 조용했다. 나는 무슨 일로 루시가 그토록 때아닌 요란한 웃음소리를 터뜨렸는지 본능적으로 호기심이 일었다. 그리하여 창밖을 내다볼 요량으로 자리에서 일어서려 했다. 그 순간 클라크 부인이 온몸을 던져 후다닥 달려들더니 내 손을 꽉 붙잡고 날 다시 자리에 앉혔다.

"제발!"

그녀는 얼굴이 허옇게 질린 채 온몸을 떨었다.

"가만히 앉아계세요. 그리고 조용히 하세요. 오! 조금만 참아주세요. 내일이면 모든 걸 다 아시게 될 겁니다. 자, 이제 돌아가주세요. 우린 지금 너무나 괴롭습니다. 더 이상 우리에 대해 알려고 하지 마세요."

또다시 그 리드미컬한 웃음소리, 그 소리는 내게 몹시 거슬렸다. 나를 꽉 붙든 부인의 손에 점점 더 힘이 들어가고 있었다. 나는 완력을 쓰지 않고서는 일어설 수조차 없었다. 창을 등진 채로 앉아 있었지만 따뜻한 햇볕이 내리쬐는 바깥쪽에서 무언가 지나가는 게 느껴졌다. 그러자 기이한 전율이 온몸을 훑고 지나갔다. 잠시 후 부인이 날 붙잡은 손을 풀었다.

"가시죠. 한 번 더 부탁드립니다. 저는 감히 선생님이 알고 싶어 하는 일을 감당할 수 없을 거라고 생각합니다. 제 마음대로 밀어붙였다면 루시가 그렇게 마음을 열고 선생님께 모든 걸 다 말하겠다고 약속하지 않았을 겁니다. 하지만 일이 어떻게 될지 누가 알겠어요?"

"모든 걸 알고 싶은 제 마음은 여전합니다. 내일 아침 10시에 다시 방문하겠습니다. 그때 루시 아가씨를 직접 만나 듣고 싶습니다."

나는 발길을 돌렸다. 솔직히 그때의 나는 클라크 부인이 온전한 정신인지 의심이 들었다.

부인이 건넨 말이 암시하는 바가 무엇인지, 또 그 이상한 루시의 웃음소리가 어떤 의미인지 마음이 불편하기 짝이 없어 제대로 잠을 이룰 수 없었다. 나는 아침 일찍 일어나 약속한 시간보다 훨씬 이른 시각에 오래된 농가로 이어지는 공유지 길에 들어섰다. 루시 또한 나만큼이나 불편한 밤을 보냈을 것이다. 길가에서 천천히 걷고 있는 루시의 모습이 보였다. 고개를 숙인 채 바닥에 시선을 고정한 모습이었다. 루시가 내뿜는 분위기는 성스럽고 순수했다. 가까이 다가가자 그녀는 화들짝 놀랐다. 우리의 약속을 상기시키자 얼굴이 더욱 창백해졌다. 루시를 보니 나는 그녀가 처한 곤경이 무엇인지 새로이 애가 타는 심정이 되어 초조하게 말을 꺼냈다. 그 모든 기이하고 무시무시한 암시, 그 요란한 웃음소리에 대한 생각은 모두 사라졌다. 나는 격정에 휩싸여 불같은 말들을 쏟아냈다. 내 말을 듣고 있던 루시는 얼굴이 허예지다가 다시 붉어지곤 했다. 그러다가 내가 열정적으로 말을 다 쏟아내고 나자, 부드러운 눈빛으로 나를 바라보았다.

"하지만 당신은 저에 대해 아직 잘 모르시잖아요. 저는 그저 이 말씀을 드리고 싶어요. 만약 당신이 모든 걸 다 알게 된 후 저를 멀리하시더라도 당신을 나쁘게 생각하지 않을 겁…… 아니, 훌륭한 사람이라고 생각하는 마음이 줄지 않을 겁니다. 아니, 안 돼!"

루시는 갑자기 터무니없는 말들이 터져 나올까 봐 두려

운 듯 툭 말을 끊었다가 잠시 후 다시 입을 열었다.

"제 이야기를 들어보세요. 제 아버지는 부유한 분이세요. 어머니는 기억도 나지 않지만요. 제가 아기였을 때 돌아가셨거든요. 저의 첫 기억은 제가 아주 크고 외로운 집에 살았고, 사랑하는 클라크 부인과 함께였다는 거예요. 제 아버지조차 기억에 없습니다. 아버지는 군인이셨…… 군인이고 외국에서 복무하십니다. 가끔씩 오셨죠. 저는 아버지가 올 때마다 절 정말 많이 사랑하신다고 생각했어요. 외국에서 진귀한 물건들을 선물로 가져오시곤 했거든요. 지금 와서 생각해보면 저와 떨어져 계실 때 얼마나 제 생각을 많이 하셨는지 알 수 있어요. 이제는 잃어버린 아버지의 사랑을 그런 것들로 추억하곤 한답니다. 그때는 아버지가 저를 사랑하는지 아닌지 그런 걱정을 한 적이 전혀 없었어요. 너무나 자연스러워서 공기를 들이마시는 것 같았거든요. 하지만 당시에도 종종 화를 내시곤 했어요. 하지만 절대 저한테 그런 적은 없었어요. 아버지는 또 아주 무모한 성향도 있으셨어요. 저는 한두 번 하인들이 아버지에게 불운이 닥쳤다고 소곤거리는 이야기를 들었어요. 아버지도 그 사실을 알고 있었고, 그래서 일부러 거칠게 행동하면서 잊으려고 하시는 것 같았어요. 때로는 술에 의지하기도 하셨죠. 그렇게 저는 그 거대한 저택에서 외롭게 자랐습니다.

주변에 무엇이든 제 마음대로 할 수 있을 것 같았고, 모두가 절 사랑했다고 생각했어요. 저 또한 모두를 사랑했고요. 그러다가 제가 똑똑히 기억하기로 2년 전에 아버지가 영국으로 돌아오셨어요. 아버지는 저를 매우 자랑스러워하셨죠. 제가 한 모든 일에 기뻐하셨어요. 그리고 어느 날 술에 취하셔서 그때까지 제가 모르고 있던 이야기를 많이 해주셨어요. 어머니를 얼마나 많이 사랑했는지, 또 자신이 얼마나 제멋대로 굴어서 어머니가 죽게 되었는지 그런 이야기들이었죠. 그러더니 이 세상 그 누구보다 저를 제일 사랑한다며, 언젠가 저를 데리고 외국으로 떠나고 싶다고 하셨어요. 유일한 자식인 저를 두고 홀로 있었던 게 견디기 힘들었다고도 하셨고요. 그런데 그때 아버지가 불쑥 이상하게 변하는 것 같았어요. 그러고는 아주 이상하고 거친 태도로 자기가 한 말을 믿으면 안 된다고 하셨어요. 나보다 더 사랑하는 것들이 아주 많다고, 이를테면 자신의 말을, 개를 더 많이 사랑한다는 식이었어요.

그러고는 바로 다음 날 아침 평소대로 아침 인사를 하러 아버지 방에 들어갔는데, 아버지가 몹시 화가 나서 제게 아주 사납게 대하시더군요. 저한테 물었어요. '왜 내가 그런 못된 장난에 놀아나야 하는 거냐? 저 유명한 네덜란드 튤립으로 꾸민 고운 정원을 짓밟으며 춤을 추다니?' 저는 그날 아침 문밖으로 나간 적이 없었거든요. 그래서 저는 아버지가 무슨 말씀을 하시는지 납득할 수 없다고 말했어요. 그랬더니 아버지는 저더러 거짓말쟁이라면서 진짜 혈통이 아니라고 하셨어요. 자기가 직접 제가 하는 못된 행동을 다

보았다고 하시면서요. 제가 무슨 말을 할 수 있었을까요? 아버지는 제 말을 들으려고도 하지 않으셨어요. 제가 눈물을 보이자 짜증만 내셨죠. 그날이 바로 고통스러운 슬픔이 시작된 날이었어요.

그로부터 오래지 않아 아버지는 제가 자신의 말구종들과 무람없는 행동을 한다며 꾸짖더군요. 숙녀답지 못하고 격에 맞지 않는다며 혼내셨어요. 제가 마구간 마당에서 웃고 떠들었다는 거였어요. 선생님, 저는 타고난 성정에 겁보 같은 면이 있어서 언제나 말을 무서워했어요. 게다가 아버지의 하인들은 아버지가 외국에서 데리고 온 사람들이었는데, 꽤 거칠었어요. 그래서 항상 피해 다녔거든요. 숙녀로서 아버지의 하인들에게 가끔 어쩔 수 없이 말을 걸어야만 하는 때만 빼고는 한 번도 말을 섞어본 적도 없고요. 하지만 아버지는 제가 들어본 적도 없는 이상한 욕을 제게 퍼부으셨어요. 한 번도 들어본 적은 없지만 정숙한 여자에게 수치심을 안길 만한 표현이라는 게 느껴졌죠.

그날부터 아버지는 저에게서 등을 돌리셨어요. 아니, 그로부터 몇 주도 지나지 않아 아버지가 손에 말채찍을 가지고 오셨어요. 그러고는 도대체 제가 알지도 못하는 사악한 행동을 했다며 호되게 저를 혼냈어요. 심지어 저를 채찍으로 때리려고 들었어요. 저는 완전히 어리둥절했죠. 그 거친 말을 듣느니 차라리 매질이 낫겠다는 생각까지 들더라고요. 그때 갑자기 아버지가 채찍을 휘두르다 말고 허공에서 동작을 멈추더니 비틀거리며 헐떡거렸어요. '저주야, 저주!' 저는 공포에 사로잡혀 아버지를 올려다보았죠. 맞은편 커다란 거울에 제 모습이 보였어요. 그리고 바로 그 뒤로 사악하고 무시무시한 또 하나의 자아가 보였어요. 저와 너무나 똑같아 보여 저는 영혼까지 바들바들 떨렸습니다. 저와 똑같이 생긴 저 몸이 누구의 몸인지 도대체 알 수가 없었어요. 아버지도 동시에 제 분신을 똑똑히 보았어요. 그게 뭔지는 몰라도 무시무시하게 현실적인 모습이었죠. 거울 속에 비친 모습도 무섭기는 마찬가지였어요. 그 순간 어떤 일이 벌어졌는지 몰라요. 저는 기절해버리고 말았거든요. 정신이 들었을 때 전 침대에 누워 있었고 충직한 클라크가 옆에 있었어요. 저는 며칠 동안이나 앓아누웠답니다. 그러는 동안에도 제 분신은 모두의 눈앞에 나타났어요. 집 안이며 정원이며 가리지 않고 싸돌아다니면서 못된 장난을 치거나 혐오스러운 짓을 저질렀죠. 모두가 저를 두려워하며 피한 것도 놀랄 일이 아니었어요. 치욕스러움을 참다못한 아버지는 끝내 저를 쫓아냈어요. 클라크 부인이 저와 함께 집을 나왔고요. 그렇게 우리는 이곳에서 기도를 올리며 경건하게 살려고 노력하는 중이랍니다. 그러다 보면 시간이 지나 저주에서 벗어날 수 있을까 기대하면서요."

루시가 이야기를 하는 내내 나는 마음속으로 그 이야기를 따져보았다. 나는 지금까지 마법을 그저 미신이라고 치부했다. 나는 삼촌과 논쟁을 벌이곤 했는데, 삼촌은 자신의 좋은 친구 매슈 헤일 경의 의견을 따르고 있었다. 어쨌든 이것은 마법에 걸린 사람의 이야기 같았다. 그게 아니라면 극단적으로 은둔해 사는 예민한 처녀의 신경증 같은 것일까? 회의감을 품은 나는 후자로 믿음이 기울었다.

"의사에게 문의했다면 아가씨 아버지가 보았다는 게 잘못임을 깨우칠 수도 있지 않았을……."

바로 그 순간 아침의 밝은 빛 속에서 루시의 맞은편에서 있던 나는 그녀의 뒤에 선 또 다른 인물을 보고 말았다. 소름 끼치도록 완벽하게 루시와 똑같은 모습이었다. 자태와 이목구비, 옷가지 하나하나가 모두 똑같았다. 그러나 혐오스러운 악마의 영혼이 내비치는 회색 눈에는 조롱과 관능의 빛이 번갈아 엿보였다. 나는 심장이 멎는 것 같았다. 몸의 모든 털이 곤두섰다. 두려움으로 온몸에 소름이 돋았다. 나는 뒤에 있는 인물에 사로잡혀 심각한 표정을 짓고 있는 다정한 루시를 바라볼 수 없었다. 나는 아무런 이유도 없이 그 인물을 붙잡으려 손을 뻗었다. 그러나 손엔 아무것도 잡히지 않았다. 그저 허공이었다. 온몸의 피가 얼어붙는 것 같았다. 한순간 아무것도 볼 수 없었다. 그러고 나서야 시력이 돌아왔다. 내 앞에 루시가 홀로 선 모습이 보였다. 송장처럼 창백한 루시는 몸이 거의 쪼그라든 것처럼 보였다.

"그게 제 가까이 왔나요?"

루시는 이미 알고 있는 사실을 마치 질문처럼 던졌다.

그 소리가 마치 그녀의 목소리와 분리된 것처럼 들렸다. 그 소리는 오래된 하프시코드의 현이 진동을 멈췄을 때처럼 거친 음이었다. 나는 답할 수 없었으나 루시는 내 얼굴에서 이미 답을 읽은 것 같았다. 처음에는 강렬한 두려움에 빠진 표정이었으나, 그런 표정은 이내 사라지며 아주 겸허한 인내의 표정으로 바뀌었다. 루시는 마침내 힘겹게 자신의 뒤와 주변을 살펴보았다. 보랏빛 황야와 멀리 햇빛에 반짝거리는 푸른 언덕이 보였다. 그 외에는 아무것도 보이지 않았다.

"저 좀 집에 데려다주시겠어요?"

나는 루시의 손을 잡고 싹이 트기 시작한 히스 황야를 조용히 걸어갔다. 우리는 감히 말을 꺼낼 엄두를 내지 못했다. 그 무시무시한 존재가 보이지는 않았지만, 혹여나 귀를 기울이고 있을 수도 있다는 생각 때문이었다. 그것이 갑자기 나타나 우리를 갈라놓을 수도 있을 것이다. 나는 지금 그 어느 때보다도 루시를 더욱 사랑했다. 그녀에 대한 생각이 소름 끼치는 그것에 대한 생각과 떼려야 뗄 수 없을 정도로 뒤엉킨 지금—형언할 수 없이 비참한 지금 이 순간—에도 말이다.

루시는 내가 느끼는 감정을 이해하는 것 같았다. 그녀는 정원으로 이어지는 정문에 도착할 때까지 꼭 붙들고 있던 내 손을 놓고는, 창가에 서서 초조하게 자신을 기다리던 친구에게 다가갔다. 나는 그 집에 들어갈 수 없었다. 그 존재에 대한 감각을 떨쳐내기 위해 침묵이 필요한지 대화가 필요한지, 또는 휴식이나 변화가 필요한지 갈피를 잡지 못했다. 나는 그저 정원에서 머뭇거리며 서 있었다. 왜 그랬는지 알 수 없었다. 아마도 홀로 돌아가다가 공유지 그곳, 아까 그 존재가 사라졌던 그곳에서 그 존재를 다시 볼까 두려워서 그랬을 것이다. 어쩌면 루시에 대한 표현하기 힘든 연민으로 그랬을지도 모른다. 몇 분 후 클라크 부인이 내게로 다가왔다. 우리는 조용히 걷기 시작했다.

"이제 다 아시게 되었죠?"

그녀가 심각한 어조로 물었다.

"그걸 보았습니다."

나는 낮은 목소리로 대답했다.

"그러면 이제 우리를 피하시겠죠?"

클라크 부인은 몹시 절망적인 모습이었다. 나는 그런 모습을 보자 마음속에서 용기랄까 선량함이랄까 그런 마음이 일었다.

"절대, 전혀 아닙니다. 인간의 몸은 어둠의 힘을 마주치면 움츠러듭니다. 이유는 알 수 없지만 순결하고 성스러운 루시가 그 힘의 희생양이 된 겁니다."

"선조의 죄는 자식에게 대물림되는 법이죠."

"루시의 아버지는 어떤 사람입니까? 이만큼 안 이상 확실히 알아야겠습니다. 다 알고 싶습니다. 말씀해주시지요, 부인. 그토록 선량한 이를 이토록 악마처럼 괴롭히는 일에 대해 아시는 모든 걸 다 말씀해주세요."

"그러겠습니다. 하지만 지금은 안 돼요. 지금은 루시에게 가봐야 해요. 오늘 오후에 오세요. 제가 혼자 뵐게요. 그리고 오, 선생님! 저는 선생님이 곤경에 처한 저희를 도울 방법을 찾으실 수 있을 거라고 믿고 싶습니다."

나는 정신을 잃을 정도로 기겁한 터라 비참할 정도로 녹초가 된 상태였다. 여관에 도착했을 때는 술에 취한 것처럼 비틀거렸다. 방으로 들어간 후 꽤 시간이 지나서야 내게 온 편지가 있다는 사실을 깨달았다. 삼촌에게서 온 편지 한 통과 데번셔 고향에서 온 한 통, 그리고 첫 번째 주소지로 갔다가 재발송된 편지 한 통이 있었는데, 문장의 인장이 눈에 띄었다. 필립 템페스트 경의 편지였다. 메리 피츠제럴드에 관해 문의한 내 편지가 리에주에 있던 그에게 전달되었다. 마침 바로 그때 그곳에 드 라 투르 도베르뉴 백작이 주둔하고 있었다. 백작은 아내의 아름다운 하녀를 기억했다. 하녀는 마찬가지로 외국에서 복무 중이던 신분이 높은 영국 신사와의 교제 문제로 고인이 된 백작 부인과 언쟁을 벌였다. 백작 부인은 그 신사의 의도가 의심스럽다고 보았다. 그러나 자존심이 세고 열정적인 메리는 신사가 자신과 결혼할 거라고 주장하며 안주인의 경고를 모욕으로 여겼다. 그 여파로 하녀는 드 라 투르 도베르뉴 백작 부인을 떠났고, 백작은 영국 신사와 함께 살러 갔다고 생각했다. 하녀가 그 신사와 결혼했는지 여부는 백작도 알지 못한다고 했다. 필립 템페스트 경의 편지는 이렇게 이어졌다.

어쨌든 메리 피츠제럴드에 관하여 알고 싶은 게 있다면 자세한 내용은 그 영국 신사 본인에게 물어보면 됩니다. 저는 그분이 다름 아닌 저의 이웃이자 지인인 웨스트 라이딩의 스킵퍼드 홀에 사는 기즈번 씨라고 알고 있습니다. 저는 그렇게 믿고 있는데, 그 이유는 그 자체로 확정적이지는 않은 몇 가지 작은 정보들을 모두 취합해보면 추정적 근거가 되기 때문입니다. 백작의 외국인 발음으로 추정해보건대 그 영국 신사의 이름이 기즈번인 것 같았습니다. 저는 스킵퍼드의 기즈번이 당시 외국에서 복무 중이었다는 사실을 알고 있습니다. 그는 그런 식의 일을 벌일 만한 사람입니다. 게다가 무엇보다도 그가 콜드홈의 브리짓 피츠제럴드라는 노파에 대해 언급한 적이 있었답니다. 그때 그가 했던 말도 생각납니다. 저와 함께 스타키 장원 저택에 머물 때 그 노파와 마주쳤다고 했습니다. 노파와 전생에 맺은 무슨 인연이 불쑥 떠오르기라도 한 것처럼 이상한 말을 했지요.

제 도움이 더 필요하다면 말씀해주십시오. 당신의 삼촌이 한때 제게 큰 도움을 주신 적이 있으니, 제가 그분의 조카에게 힘닿는 대로 보답할 수 있다면 기쁜 일입니다.

이제 내가 몇 달 동안 얻으려고 애썼던 정보에 거의 다 다른 것 같았다. 그러나 내 열정은 이미 식어버렸다. 나는 편지를 내팽개치고 그날 아침 있었던 일에 대해 생각하느라 골몰했다. 그 비현실적인 존재 외에 아무것도 현실적이지 않았다. 그것은 사악한 돌풍처럼 내 눈으로 들어와 머릿속에서 불타올랐다. 식사가 왔지만 손도 대지 않았다. 나는 이른 오후에 농가로 향했다. 클라크 부인 혼자 있는 모습을 보자 왠지 모를 안도감이 들었다. 그녀는 내가 듣고 싶어 하는 이야기를 할 준비가 된 것 같았다.

"루시 아가씨의 진짜 성씨를 물으셨지요? 기즈번입니다."

"설마 스킵퍼드의 기즈번은 아니겠죠?"

나는 너무 놀라 소리 질렀다.

"맞습니다."

그녀는 나의 태도에 아랑곳하지 않고 조용히 대답했다.

"아가씨 아버지는 명사이십니다. 물론 로마 가톨릭 신자라서 이 나라에서는 그 지위에 걸맞은 대우를 받지 못하지만요. 그런 이유 때문에 군인으로 근무하면서 대부분 외국에서 사시는 걸로 알고 있어요."

"그러면 루시의 어머니는요?"

그녀는 고개를 가로저었다.

"전 한 번도 못 뵈었어요. 루시가 세 살 무렵부터 제가 보살피기 시작했습니다. 루시 어머니는 그전에 돌아가셨고요."

"어쨌든 이름은 알지 않으세요? 혹시 메리 피츠제럴드

아닙니까?"

클라크 부인은 몹시 놀랐다.

"맞습니다. 그 이름이 맞아요. 어떻게 그분 이름을 아시죠? 스킵퍼드 저택에서도 아무도 모르는 이름이거든요. 그분은 매우 젊고 아름다웠는데, 기즈번 씨가 외국에 있을 때 그분을 꾀어 시녀로 일하던 저택에서 나왔다고 했어요. 듣기로는 기즈번 씨가 그분에게 끔찍한 사기를 친 것 같아요. 그분은 그 사실을 알아차렸을 때 기즈번 씨를 받아들일 수 없었고요. 도저히 가슴에 품고 있을 수가 없어서 기즈번 씨의 팔을 뿌리치고 급류에 몸을 던졌답니다. 저는 루시의 어머니가 그렇게 불행하게 죽었기에 기즈번 씨가 각별히 루시를 더 아낀다고 생각하곤 했어요."

나는 클라크 부인에게 킬둔의 피츠제럴드 가문의 후손이자 상속인을 찾는 내 변호사 일에 대해 간략하게 설명했다. 그리고 변호사라는 직업 정신에 입각해 루시가 아일랜드에 있는 큰 영지의 적법한 상속인임을 증명하는 데 문제가 없을 거라는 사실을 믿어 의심치 않는다고 덧붙였다.

그러나 클라크 부인의 잿빛 얼굴에 홍조 따위는 떠오르지 않았다. 눈에도 별다른 빛이 어리지 않았다.

"저 가여운 처녀에게 세상의 모든 부를 다 가져다준다 해도 그게 무슨 소용이겠어요? 그렇다고 그 무시무시한 마법에서 풀려나겠어요? 돈이라니, 아! 그게 다 무슨 소용이죠? 루시에겐 아무것도 소용없어요!"

"사악한 존재가 루시에게 더 이상 해를 끼치지 못할 겁니다. 아가씨의 성스러운 본성은 고고하게 남아, 이 세상 모든 악마의 짓거리에도 더렵혀지거나 모욕당하지 않을 겁니다."

"맞습니다! 하지만 사람들이 루시가 귀신 들렸다느니, 저주받았다니 하면서 전부 피하기만 하니, 이 얼마나 잔인한 운명입니까."

"어쩌다가 이렇게 된 것입니까?"

"아이고, 저도 모릅니다. 스킵퍼드의 집안에 퍼진 소문이 있긴 합니다만."

"말씀해주시지요."

"하인들 사이에서 퍼진 소문인데요. 왜, 하인들은 온갖 일에 입방아 찧는 걸 좋아하지 않습니까. 그 사람들 말로는 기즈번 씨가 과거에 콜드홈에 사는 늙은 마녀의 개 한 마리를 죽였답니다. 그래서 그 여자가 저주를 걸었는데, 아주 무시무시하고 신비한 저주라더군요. 기즈번 씨가 가장 사랑하는 이에게 내린 저주라네요. 그 저주가 가슴에 너무 깊이 새겨져 그분은 몇 년 동안 아무도 사랑하지 않으려고 애썼답니다. 누구에게도 마음을 주지 않으려고 했죠. 하지만 어느 누가 루시를 사랑하지 않을 수 있겠어요?"

"그 마녀의 이름을 들어본 적이 있습니까?"

나는 그 자리에서 숨이 막혀 쓰러질 것만 같았다.

"사람들이 브리짓이라고 하던데요. 사람들 말로 기즈번

씨는 그 마녀가 무서워서 다시는 그곳 가까이 가지 않았다고 하네요. 하지만 그분은 원래 용감한 사람이었습니다!"

"들어보세요."

나는 클라크 부인이 집중해 듣기를 바라며 그녀의 팔을 잡았다.

"제 생각이 맞다면 그 남자는 브리짓의 유일한 자식을 훔친 겁니다. 루시의 어머니인 메리 피츠제럴드 말입니다. 그렇다면 브리짓은 그 남자가 자신한테 저지른 더 큰 잘못을 모른 채 그 남자에게 저주를 내린 거예요. 브리짓은 지금 이 시각까지도 잃어버린 딸을 기다리며 성인들에게 자식이 살았는지 죽었는지 묻고 있답니다. 그 저주의 뿌리는 브리짓이 아는 것보다 더 깊습니다. 부지불식간에 말 못하는 짐승을 죽인 것보다 더 큰 죄에 대한 저주를 내린 셈이죠. 실로 선조의 죄가 자식에게 대물림되는군요."

"하지만……"

클라크 부인이 흥분한 목소리로 말을 이었다.

"그분도 절대 자기 손녀에게 해를 끼치고 싶지는 않을 거예요. 선생님이 하신 말씀이 정말 사실이라면 루시에겐 희망이 남아 있는 겁니다. 가시죠. 곧바로 찾아가서 그 무서운 여인에게 선생님이 의심하는 내용을 다 밝히고 죄 없는 손녀에게 내린 저주를 풀어달라고 간청해야겠어요."

실로 그게 우리가 해야 할 가장 좋은 방법 같았다. 그러나 우선 단순한 소문이나 근거 없이 떠도는 말이 아닌지 확인할 필요가 있었다. 삼촌이 떠올랐다. 삼촌이라면 분명 내게 현명한 조언을 해줄 것이다. 그러려면 모든 걸 다 알아야 한다. 나는 지체하지 않고 먼저 삼촌부터 만나기로 결심했다. 그러나 나는 클라크 부인에게 머릿속에 떠오르는 온갖 계획을 이 자리에서 전부 말하지는 않기로 했다. 그저 루시의 일을 확실히 알아보기 위해 곧장 런던으로 가겠다고 했다. 나는 루시에 대한 마음이 그 어느 때보다 더 크며, 루시를 위해 내 전부를 바칠 거라 생각했다. 하지만 클라크 부인은 나를 믿지 못하는 것 같았다. 내 머릿속에 온갖 생각들이 뒤죽박죽 들어차 있어서 말이 술술 나오지 않았기 때문이었다. 그녀는 한숨을 쉬고 고개를 저으며 말했다.

"흠, 알겠어요."

부인의 말투에 책망이 묻어났다. 그러나 나의 확고한 마음에 흔들림은 없었다. 나는 이 일의 해결에 어느 정도 자신감이 생겼다.

나는 런던으로 향했다. 여름의 긴 낮, 상쾌한 밤 계속해서 달렸다. 쉴 수 없었다. 드디어 런던에 도착해 삼촌에게 내가 아는 모든 것을 다 말했다. 하지만 분주한 대도시 가운데서 내 이야기 속 공포는 많이 누그러졌다. 황야에서 목격한 루시의 무시무시한 분신에 대한 내 이야기를 삼촌이 그대로 믿을 거라고 기대할 수 없었다. 그러나 삼촌은 오래 살며 많은 것들을 보고 배운 사람이었다. 삼촌에게 전해진 비밀스러운 가족사 중에는 루시의 악령보다 더 무섭고 사악한 영혼에 들린 무구한 사람들의 이야기도 있었다. 삼촌은 내가 전한 이야기로 판단하건대, 그 분신이 루시에게 힘을 발휘할 수는 없을 거라고 했다. 순수하고 선한 루시가 사악한 존재에 의해 쉽게 더렵혀질 수 없기 때문이라고 했다. 삼촌은 아마도 그 존재가 루시에게 사악한 생각을 심어주고 사악한 행동을 하도록 꾀었을 테지만, 천사 같은 루시는 혐오스러운 생각이나 행동으로 더렵혀지지 않았을 거라고 했다. 그 존재는 루시의 영혼을 건드리지 못한다. 그러나 어쨌든 그것이 루시에게서 다정한 사랑이나 평범한 인간적 교류를 모두 단절시킨 건 사실이다. 삼촌은 이 문제에 대해 예순 먹은 노인이 아니라 스물여섯 살 청년처럼 에너지를 쏟았다. 그는 루시의 상속권을 증명하는 일을 맡아 직접 기즈번 씨를 찾아가기로 했다. 그리하여 우선 킬둔의 피츠제럴드 가문의 상속권자라는 법적 증거를 구하고, 그다음으로 저주에 관하여 할 수 있는 한 모든 것을 알아본 뒤, 그 끔찍한 존재를 몰아내기 위한 방법을 찾아 나섰다. 삼촌은 그 모든 일에 진심을 다했다. 삼촌은 오랫동안 기도와 금식을 통해 악령이 숙주 삼아 살던 몸에서 울부짖고 고함치며 쫓겨난 사례들을 이야기해주었다. 삼촌은 또 얼마 전에 뉴잉글랜드에서 일어난 이상한 일들에 대해서도 들려주었다. 디포 씨에 대한 이야기도 했는데, 그 사람이 쓴 책에 유령을 제압해 원래 온 곳으로 되돌려 보내는 방법들이 많이 나온다고 했다. 마지막으로 마녀들로 하여금 마법을 풀도록 강제하는 무시무시한 방법들에 대해서도 나지막한 목소리로 들려주었다. 그러나 나는 고문과 화형에 대한 삼촌의 이야기가 견디기 힘들었다. 나는 브리짓이 악의를 품은 마녀가 아니라 그저 거칠고 미개한 여자라고 항변했다. 그리고 무엇보다 루시가 브리짓의 혈육이라고 강조했다. 따라서 물로 다스리건 불로 다스리건 브리짓을 재판에 넘기는 것은 우리가 구원하려고 하는 그녀의 혈육을 고문하는 것—그것은 죽음을 의미할 수도 있다—이나 마찬가지라고 항변했다.

삼촌은 잠시 생각하더니, 내 말에 동의했다. 어쨌든 다른 모든 구제 방법을 써볼 만큼 써볼 때까지 그 방법을 시도하지 말아야 한다는 데 삼촌도 동의했다. 삼촌은 내가 직접 브리짓을 만나 모든 것을 다 말하겠다는 내 의견에도 동의했다.

나는 다시 한 번 콜드홈 인근 길가 여관으로 향했다. 그곳에 도착했을 때는 밤늦은 시각이었다. 저녁을 먹는 동안 안주인에게 브리짓에 대해 이것저것 상세하게 물었다. 브리짓은 오랜 세월 외롭고 황량하게 살았다. 길을 가다 만난 몇 안 되는 사람들을 대하는 말과 태도는 사납고 포악했다. 시골 사람들은 도도한 그녀의 분부를 그대로 따랐다. 거역하는 게 두려웠기 때문이었다. 그리고 브리짓의 말을 따르면 일이 술술 풀렸다. 반대로 그녀의 청을 무시하거나 거역하면, 크건 작건 불운이 본인이나 식솔에게 찾아왔다. 여기 사람들에게 브리짓이 불러일으키는 감정은 혐오라기보다 뭐라 형언할 수 없는 공포의 일종이었다.

나는 아침에 브리짓을 만나러 갔다. 그녀는 오두막 밖 풀밭에 서 있다가 옥좌만 없지 마치 여왕처럼 무뚝뚝하면서도 위엄 있는 모습으로 나를 맞았다. 나를 알아보는 표정이었다. 또 나를 반기지 않는 태도도 아니었다. 그러나 그녀는 내가 용무를 밝힐 때까지 조용히 서 있기만 했다.

"따님 소식을 가지고 왔습니다."

나는 애태우지 않고 곧장 그녀가 듣고 싶어 하는 모든 이야기를 전하기로 작심했다. 브리짓은 심각한 표정을 지었지만 떨진 않았다. 그러나 손으로는 문설주를 잡고 기댔다.

"그 아이가 죽은 건 이미 알고 있어요."

그녀는 깊고 낮은 목소리로 그렇게 말하더니, 다시 한동안 입을 다물었다.

"그 아이를 위해 흘릴 눈물은 오래전에 진즉 말라버렸습니다. 젊은 양반, 사실대로 전부 이야기해주세요."

"잠깐 기다리시지요."

나는 마음속 깊은 곳에서는 그 여인이 두려웠지만 어쨌든 그녀와 마주할 기이한 힘이 생기는 걸 느꼈다.

"한때 작은 개 한 마리를 키우셨죠?"

브리짓은 딸의 죽음에 관한 소식보다 그 말에 더욱 감정이 동요되었다. 그러더니 입을 열었다.

"맞아요! 딸의 개였어요. 내게 남은 딸의 마지막 자취였는데 어떤 작자가 악의적으로 죽이고 말았죠. 개는 내 품에서 숨을 거뒀어요. 그 개를 죽인 작자는 지금 이 순간까지 그 일을 후회할 겁니다. 그 말 못하는 짐승의 피를 보게 한 대가로 그자가 가장 사랑하는 이에게 저주를 내렸습니다."

그녀는 마치 몽환에 빠져 자신이 내린 저주의 결과를 보는 듯 동공이 확장되었다. 나는 다시 말문을 열었다.

"오, 여인이여! 그자가 가장 사랑하는 사람, 저주를 받고 고통받는 사람은 바로 죽은 당신의 딸의 자식입니다!"

나를 노려보는 그 눈에 다시 생명의 기운, 격정이 되살아났다. 내가 말한 것이 진실인지 꿰뚫어보는 것 같았다. 그러더니 더 이상의 질문이나 한마디 말도 없이 격렬하게 바닥에 쓰러져서는 발작적으로 데이지꽃을 움켜잡았다.

"내 살과 피! 내 육신에서 나온 아이! 내가 정녕 너에게 저주를 내렸단 말인가! 진정 네가 저주를 받았단 말인가?"

그녀는 엄청난 고통에 빠져 엎드린 채로 끊임없이 신음을 내뱉었다. 나는 내 이야기가 일으킨 파장에 경악하지 않을 수 없었다. 브리짓은 더듬거리는 나의 말을 더 이상 듣지 않았다. 그녀는 더 이상 아무 질문도 하지 않았다. 나의 슬픈 표정으로 그 한 가지 사실, 자신이 내린 저주가 제 딸의 자식에게 내려앉았다는 사실만 말없이 곱씹을 뿐이었다. 나는 여인이 극심한 심신의 고통으로 혹여나 이 자리에서 바로 죽지 않을까 두려워지기 시작했다. 혹시라도 그런 일이 생긴다면 루시는 죽을 때까지 저주에서 풀려나지 못하는 게 아닐까?

그 순간 나는 루시가 브리짓의 오두막으로 이어지는 숲의 오솔길로 걸어오는 모습을 보았다. 클라크 부인이 동행하고 있었다. 나는 그게 진짜 루시임을 느낄 수 있었다. 눈빛에서 나오는 부드럽고 평온한 분위기 때문이었다. 천천히 다가오는 루시는 그 고요한 눈으로 날 보고 놀라면서도 반가워했다. 그렇게 나를 바라보다가 다음 순간 뻣뻣하게 바닥에 누워 발작하는 여인에게 시선이 닿았다. 루시의 표정이 안타까운 연민으로 바뀌었다. 그녀는 다가와 여인을 부축해 일으켜 세웠다. 루시는 풀밭에 앉아 브리짓의 머리를 자기 무릎에 기대고 다정한 손길로 보닛 아래 거칠게 뻗어 난발이 된 회색 머리를 가지런하게 쓰다듬었다.

“신이시여, 도와주소서! 이 얼마나 큰 고통에 빠진 모습인가요!”

루시의 부탁으로 우리는 물을 가지러 갔다. 우리가 돌아왔을 때 브리짓은 정신을 차리고 두 손을 맞잡은 채 루시 앞에 무릎을 꿇고 있었다. 그러면서 그 다정하면서도 슬픈 얼굴을 바라보고 있었다. 고뇌로 얼룩진 브리짓은 그렇게 루시를 빤히 바라보며 점점 평정심을 되찾는 듯했다. 루시의 창백한 뺨에 희미한 홍조가 띄는 걸 보니, 우리가 다시 자리에 돌아온 걸 알아차린 것 같았다. 그러지 않았다면 루시는 자신 앞에 무릎을 꿇은 채 격정적으로 고통에 빠진 여인에게 자신이 미치는 영향력을 알기에, 그 주름지고 고생에 찌든 얼굴에서 진지하고 사랑스러운 시선을 돌리지 않았을 것이다.

그때 눈 깜짝할 사이에 그 존재가 루시의 뒤에서 갑자기 나타났다. 겉으로는 무서울 정도로 루시와 똑같은 모습을 한 그 존재는 브리짓이 무릎 꿇은 자세와 똑같이 무릎을 꿇었다. 그러면서 두 손을 맞잡은 브리짓이 몽환에 빠져 점점 기도에 몰두하는 모습을 조롱하듯 두 손을 맞잡고 익살스럽게 따라 했다. 클라크 부인이 소리를 질렀다. 브리짓은 그 존재를 빤히 쳐다보며 천천히 일어났다. 그녀는 입으로 쉿소리를 냈다. 그 무서운 눈빛은 한 치의 흔들림도 없었다. 브리짓은 그런 모습으로 유령을 급습했다. 내가 이전에 그랬던 것처럼 팔을 뻗어 움켜잡으려 했으나 그저 허공을 가로지르는 손짓일 뿐이었다. 우리는 더 이상 그 존재를 볼 수 없었다. 올 때처럼 바람같이 갑자기 사라져버렸다. 그러나 브리짓은 그것이 물러나는 모습이 보이는 것처럼 천천히 시선을 돌리며 어딘가를 바라보았다. 루시는 창백한 모습으로 가만히 앉아 축 처진 채 떨고 있었다. 내가 급히 부축하지 않았더라면 기절했을 것이다. 내가 루시를 보살피는 동안 브리짓은 한마디 말도 없이 우리를 지나쳐 오두막 안으로 들어가더니 문을 걸어 잠갔다. 우리는 여전히 그 자리에 그대로 서 있었다.

클라크 부인과 나는 가까스로 루시를 전날 밤 묵었던 숙소로 데려갔다. 클라크 부인은 내게서 소식을 듣지 못하자

(편지가 제대로 전달되지 않은 모양이었다) 절망에 빠지고 초조해져서 직접 루시의 할머니를 찾아가 보자며 루시를 설득했다고 말했다. 그러나 여인에 대한 무서운 평판에 대해서는 이야기하지 않았고, 죄 없는 루시에게 그토록 무서운 저주를 내린 이야기도 하지 않았다. 동시에 클라크 부인은 저주를 풀 수 있을지도 모른다는 일말의 희망, 혈육의 신비한 힘에 대한 희망을 품고 있었다. 그들은 전날 밤 나와는 다른 길을 이용해 콜드홈에서 멀지 않은 마을 여관에 도착했다. 그리하여 이렇게 할머니와 손녀의 첫 대면이 이루어졌던 것이다.

찌는 듯한 한낮 내내 나는 방치된 옛 숲의 뒤엉킨 관목 사이를 헤매며 이렇게 복잡하고 신비한 문제를 풀려면 어떻게 해야 할지 골똘히 생각에 빠졌다. 도중에 한 농부를 만나 가까운 성직자를 찾아갈 수 있는 길을 물었다. 그러나 조언을 얻을 수 있을까 싶어 찾아간 성직자는 조악하고 뻔한 의견을 지닌 목사였다. 이렇게 복잡한 문제에 대해 깊이 생각하지도 않고 즉각적인 조치를 취해야 한다는 강경한 입장만을 내놓았다. 이를테면 브리짓 피츠제럴드란 이름을 대자마자 이렇게 말했다.

"아, 콜드홈의 그 마녀요! 아일랜드 가톨릭교도죠! 똑같은 가톨릭교도인 그 필립 템페스트 경만 아니었다면 내 진작 그 여자를 물속에 처박았을 거요. 그 마녀가 여기저기 정직한 사람들한테 협박을 하고 다닌 것 같더군요. 안 그러면 사람들이 진즉 사악한 마법을 부리는 그 여자를 마녀재판에 넘겼을 것이오. 마녀를 불태워 죽여야 하는 게 이 땅의 법이란 말이오! 암, 그렇고말고! 성서에도 나오지 않소? 그런데 가톨릭교도가 어떤지 알지 않소? 그 부자 지주가 법이고 성서고 다 무시하지 않았느냔 말이오? 그 여자를 없앨 수 있다면 나라도 장작더미를 옮겼을 것이오!"

그런 사람이다 보니 아무런 도움이 되지 않았다. 나는 그저 내뱉은 말을 물리고 싶었다. 할 수 없이 목사의 제안에 따라 그를 마을 여관으로 데리고 가서 맥주를 사주며 그 일을 잊게 만들려고 애썼다. 나는 최대한 빨리 목사와 헤어진 후 콜드홈으로 향했다. 돌아오는 길에 버려진 스타키 장원 저택을 지나 저택의 뒤편을 가로질렀다. 그쪽에는 오래된 직사각형 해자가 있었다. 해자에는 저물고 있는 진홍빛 햇빛 아래 잔잔하고 고요한 물이 괴어 있었다. 양쪽에 곧게 뻗은 나무들의 무성한 잎이 반들반들한 검은 수면에 그림자를 드리웠다. 저택 가까이 한쪽 구석에 부서진 해시계가 보였다. 그리고 물 가장자리에 한쪽 다리로 서 있는 왜가리가 느긋하게 물고기를 사냥하고 있었다. 깨진 유리창, 문지방에 자라나는 잡초, 해질녘 미풍에 살며시 앞뒤로 흔들거리는 부러진 창문 셔터가 없었다 하더라도, 적막하고 황량한 이 저택은 이미 쇠락과 황폐의 이미지를 완성할 만했다.

나는 어둠이 짙어질 때까지 그곳에서 머뭇거렸다. 그러다가 스타키 장원 저택의 마지막 안주인의 명령으로 닦인

길을 따라 브리짓의 오두막으로 향했다. 나는 즉석에서 그녀를 만나보기로 작심했다. 그녀의 확고한 결심인 것처럼 오두막 문은 굳게 닫혀 있었다. 하지만 어쨌든 나를 만나줄 것이다. 나는 문을 두드렸다. 처음에는 살살, 그러다가 점점 세게, 그러다가 맹렬한 힘으로 두들겼다. 너무나 맹렬하게 문을 두드리다 보니 낡은 경첩이 삐걱거리다가 마침내 문이 안으로 폭삭 주저앉았다. 나는 갑자기 브리짓과 정면으로 대면하게 되었다. 나는 그토록 오래 끙끙거린 끝에 뜨겁게 달아올라 흥분한 상태였다. 그녀는 반대로 돌처럼 뻣뻣한 자세로 나를 똑바로 바라보고 서 있었다. 동공이 공포로 팽창해 있었고 잿빛 입술은 떨고 있었다. 하지만 몸은 아무런 움직임 없이 꼿꼿했다. 브리짓의 손에는 마치 성물로 나의 침입을 막아내려 한 것처럼 십자가가 들려 있었다. 그녀는 나를 보자 긴장을 풀고 뒷걸음치다가 의자에 무너지듯 털썩 주저앉았다. 팽팽했던 긴장이 풀린 듯했다. 그러나 그녀는 여전히 무시무시한 분위기를 뿜으며 바깥을 바라보고 있었다. 성모마리아 그림 앞에 놓인 램프 불빛 때문에 바깥은 더욱 어둑해 보였다.

"그 애가 왔습니까?"

브리짓이 거친 목소리로 물었다.

"아뇨! 누구 말씀이신지? 저 혼자 왔습니다. 저 기억하시죠?"

"네."

그녀는 여전히 겁을 잔뜩 먹고 있었다.

“하지만 그, 그 존재가 하루 종일 저 창문에서 저를 바라보고 있었습니다. 그래서 숄로 창을 덮어놨어요. 그랬더니 문틈 아래로 발이 보이더군요. 빛이 남아 있을 때까지 말입니다. 그 존재는 내가 숨 쉬는 것까지 다 듣고 있었어요. 아니, 그보다 더 기분 나쁜 건, 내가 기도하는 것까지 다 듣더라고요. 나는 기도조차 할 수가 없었습니다. 그것이 듣고 있으니 기도가 입을 통해 밖으로 나오기도 전에 말이 삼켜지더군요. 그게 누굽니까? 말씀해주세요. 오늘 아침 제가 본 그 분신 같은 여자는 도대체 뭡니까? 하나는 죽은 내 딸 메리의 모습과 닮았더군요. 하지만 다른 하나는 보는 것만으로도 온몸의 피가 얼어붙는 것 같았어요. 하지만 어쨌든 똑같은 모습이었다고요!”

브리짓은 인간의 온기를 붙들고 싶은 듯 내 팔을 꽉 붙잡고 있었다. 강렬한 공포에 사로잡혀 온몸을 끊임없이 떨고 있었다. 나는 하나도 빼지 않고 속속들이 그동안의 이야기를 들려주었다.

클라크 부인이 내게 들려준 분신 때문에 루시가 아버지에게 쫓겨난 이야기, 처음에는 못 미더워하다가 내 두 눈으로 똑똑히 그 존재를 목격한 이야기, 루시 뒤에 서 있는 생김새도 이목구비도 똑같은 또 다른 루시에 놀란 이야기, 그렇지만 눈빛을 보면 악마의 영혼이 보이는 그 분신의 이야기를 모두 들려주었다. 나는 어쩌다 보니 죄 없는 제 손녀에게 저주를 내린 브리짓 자신이 저주를 풀고 루시를 구할 수 있는 유일한 사람이라고 믿으며 모든 걸 이야기했다. 이야기를 다 마치자 그녀는 몇 분 동안 아무 말 없이 침묵을 지켰다.

"메리의 딸을 사랑하지요?"

그녀가 물었다.

"네, 그렇습니다. 무서운 저주에 걸렸어도 루시를 사랑합니다. 하지만 황야에서 그 존재를 보았던 그날 이후 움츠러드는 것도 사실입니다. 보통 사람이라면 그렇게 분신이 붙어 다니는 사람을 피할 수밖에 없습니다. 친구들, 사랑하는 사람들이 멀어질 수밖에 없어요. 오, 브리짓 피츠제럴드! 제발 이 저주를 풀어주세요! 루시를 구해주세요!"

"그 애는 지금 어디 있죠?"

나는 기이한 기도건 귀신 쫓기건 주문을 풀려면 루시가 여기에 있어야 한다는 생각에 앞으로 나섰다.

"제가 가서 데리고 오겠습니다."

내 말에 브리짓이 내 팔을 붙잡고 있던 손에 힘을 더 주었다.

"안 됩니다."

그녀가 낮고 쉰 목소리로 말했다.

"오늘 아침 같은 모습으로 또다시 그 애를 보면 저는 죽고 말 겁니다. 저는 제가 해야 할 일을 마칠 때까지 죽을 수 없습니다. 그만 가세요!"

그녀는 갑자기 그렇게 소리치고는 다시 십자가를 쥐었다.

"나는 내가 소환한 악마와 싸울 겁니다. 그렇게 할 수 있도록 이제 가보세요!"

브리짓은 무아지경에서 영감을 얻은 것처럼 자리에서 일어났다. 모든 두려움이 사라진 것 같았다. 나는 왠지 이유를 몰랐으나 자리를 뜨지 못하고 머뭇거렸다. 그러다가 그녀가 다시 한 번 종용하자 그제야 자리를 떴다. 숲길을 따라 나아가다 뒤를 돌아보았더니 그녀가 문이 떨어져 나간 텅 빈 문간에 십자가를 꽂는 모습이 보였다.

다음날 아침 일찍 루시와 나는 브리짓의 집으로 향했다. 함께 기도하자고 청하려던 참이었다. 오두막은 활짝 열려 안이 들여다보였다. 아무도 없었다. 십자가만이 문간에 덩그러니 꽂혀 있었다. 브리짓은 사라져버렸다.

제3장

이제 어떻게 해야 하는지 자문할 수밖에 없었다. 루시는 자기 앞에 놓인 운명을 조용히 받아들이려고 했다. 그토록 끔찍한 삶의 무게에 직면한 그녀가 보인 경건함과 온순함은 내 눈에 너무 수동적으로 보였다. 루시는 절대 불평하지 않았다. 클라크 부인은 점점 더 자주 고통을 호소했다. 나는 그 어느 때보다 루시를 사랑하는 마음이 커졌다. 그러나 루시를 사랑하는 만큼 분신이 더욱더 혐오스럽고 두려워졌다. 나는 클라크 부인이 이따금 루시 곁을 떠나고 싶은 유혹을 느끼고 있음을 직감했다. 선량한 부인은 신경이 매우 곤두선 상태였다. 부인의 말을 종합해볼 때 그 분신이 노리는 것이 루시의 가장 오랜 친구이자 가장 최후까지 남은 클라크 부인을 루시에게서 떼어놓는 일임을 알 수 있었다. 고백하는 것조차 참을 수 없이 부끄럽지만 나 또한 때로 변절하고픈 마음이 생겼다. 나는 루시가 너무 많이 참고 과할 정도로 체념한 태도를 보인다고 탓하곤 했다.

콜드홈의 아이들이 점차 하나둘씩 루시를 좋아하게 되었다. (클라크 부인과 루시는 콜드홈에 머물기로 마음먹었다. 그들에게 이곳이 다른 곳보다 나쁠 게 뭐가 있겠는가? 게다가 우리에게 남은 실낱같은 희망은 브리짓 아니겠는가? 브리짓은 이제 보이지도 소식조차 들리지도 않았지만 그래도 우리는 돌아올 것이라 믿었다. 최소한 무언가 흔적이라도 보여줄 것이라고 믿고 있었다) 그리하여 꼬마들이 루시 주위로 몰리곤 했다. 루시의 부드러운 말투와 다정한 미소, 친절한 행동 덕분이었다. 아아! 그러나 아이들은 한 명씩 떨어져 나갔다. 갑자기 새파래진 얼굴로 루시가 지나는 길에서 멀어져갔다. 그 이유야 쉽사리 짐작할 수 있었다. 그것이 인내의 한계점이었다. 나는 더 이상 참을 수가 없었다. 더 이상 이곳에 남아 있기보다 삼촌을 찾아가서 런던의 박학한 목사들을 찾아 저주를 풀 방법을 찾기로 했다.

한편 삼촌은 아일랜드 변호사들과 기즈번 씨로부터 루시의 출생과 상속권에 관한 필요한 문서를 모두 얻어냈다. 기즈번 씨는 외국(그는 다시 오스트리아군에서 복무하고 있었다)에서 편지를 보냈는데, 격렬하게 자책하는 어투와 냉철하고 불쾌한 어투를 번갈아 사용했다. 분명 그는 그렇게 짧은 생을 살다 간 메리를 생각하며 자신이 그녀에게 저지른 잘못과 그녀가 비참하게 죽어간 일을 떠올리지 않을 수 없었을 것이다. 그러면서 자신의 행동에 대해 통렬하게 자책하는 것 같았다. 그리고 그런 관점에서 보아 그는 브리짓이 자신과 자신의 가족에 내린 저주를 심판으로 여기는 듯했다. 그 심판 같은 저주는 가여운 개의 죽음보다 더 깊은 복수의 완수를 위해 그녀의 입을 통했으되 더 높은 힘에 의해 나오는 것이라고 여겼다. 그러나 자신의 딸에 대한 이야기로 돌아와서는 그 악마 같은 분신의 행동 때문에 든 혐오감을 표현했는데, 이제는 자신이 딸 루시의 운명에 하등 관심이 없다는 점을 잘 감추지 못한 핑계처럼 느껴졌다. 누가 들어도 그 사람의 이야기는 자신의 침대에 몰래 기어든 무슨 혐오스러운 파충류를 없애버리듯 제 딸을 기꺼이 없애버리고 싶어 하는 것처럼 느꼈을 것이다.

피츠제럴드 가문의 막대한 재산이 루시의 소유가 되었다. 그러나 그것은 아무 소용이 없었다.

삼촌과 나는 11월 런던의 우울한 밤 오먼드가의 집에 함께 앉아 있었다. 나는 건강이 좋지 않았을 뿐만 아니라 탈출할 수 없는 비참한 수렁에 빠진 듯했다. 루시와 나는 서로 편지를 주고받았지만 자주는 아니었다. 우리는 그 두려운 제삼자 때문에 서로 만날 엄두를 내지 못했다. 그 분신은 우리가 만날 때 몇 번이나 루시의 자리를 차지한 적이 있었다. 이날 삼촌은 사악한 영혼에 붙들려 고통받는 이를 위해 돌아오는 안식일에 런던의 많은 교회와 예배당에 기도를 부탁했다. 그는 기도의 힘을 믿었다. 하지만 나는 전혀 그렇지 않았다. 나는 모든 일에 있어 빠르게 믿음을 잃어가고 있었다. 그리하여 삼촌은 응접실에 앉아 지난 시절에 관한 이야기로 나의 기분을 풀어주려 했지만, 나는 오직 한 가지 생각에 사로잡혀 있을 뿐이었다. 그때 나이 든 하인인 앤서니가 방문을 열고 들어와 아무 말 없이 매우 신사답고 호감 가는 한 남자를 안내했다. 그는 의복이 매우 눈에 띄었다. 단번에 로마가톨릭 신부임을 알 수 있었다. 그는 우선 삼촌에게 인사하고 난 뒤 나를 바라보았다. 그러더니 내게 고개 숙여 인사하며 입을 열었다.

"먼저 제 이름을 밝히지 않은 이유는 절 잘 모르실 거라 생각했기 때문입니다. 북쪽 지방에서는 스토니 허스트의 주임 사제 버나드 신부라고 알려져 있는데, 혹시 들어보셨는지요?"

나는 나중에 그에 대한 이야기를 들어본 적이 있다는 사실을 기억해냈다. 그러나 당시엔 완전히 잊고 있었다. 그래서 나는 전혀 모르겠노라고 답했고, 삼촌은 마음속으로는 가톨릭교도를 매우 싫어하지만 언제나 손님을 환대하는 성정이기에 신부에게 자리를 권했다. 그러고 나서 앤서니에게 잔과 클라레 와인을 가져오라고 시켰다.

버나드 신부는 세상 물정에 밝은 사람답게 품위 있고 세련되게 삼촌의 예를 받아들였다. 그러더니 예리한 시선으로 나를 훑었다. 그는 몇 마디 인사치레를 주고받은 후 용건을 밝혔는데, 내가 삼촌과 얼마나 편하게 마음을 터놓을 수 있는 관계인지 알고 싶은 듯한 내색을 보였다. 그는 진지하게 말했다.

"저는 당신이 친절을 베푸신 여성분, 그리고 앤트워프에서 제게 고해성사를 하신 분의 부탁으로 메시지를 전하러 왔습니다. 브리짓 피츠제럴드라는 분입니다."

"브리짓 피츠제럴드요! 앤트워프에서요? 신부님, 아시는 걸 전부 다 말씀해주시지요."

"드릴 말씀이 많습니다. 하지만 이 신사분…… 선생의 삼촌께서 우리가 알고 있는 일의 내용을 아시는지 여쭤봐도 될까요?"

"제가 알고 있는 건 뭐든 삼촌도 다 알고 계십니다."

나는 삼촌이 방을 나가려고 하자 삼촌의 팔을 붙잡으며 말했다.

"그렇다면 두 신사분께 말씀드려야겠군요. 물론 믿음은 다르지만 우리는 인간의 사악한 생각을 캐고 다니는 사악한 힘이 있다는 사실은 서로 인정하니까요. 그 사악한 힘들의 우두머리가 인간의 사악한 생각에 힘을 부여하면 공공연한 행동에 돌입하기도 하지요. 죄의 본질이 그렇다는 게 제 논리입니다. 저는 일부 회의론자들이 그러는 것처럼 마법의 죄를 믿지 않을 수 없습니다. 브리짓 피츠제럴드에게 치명적인 죄가 있다는 사실은 우리가 다 알고 있지요. 선생이 그 여인을 마지막으로 본 이후 그녀는 우리 성당에 찾아와 기도를 많이 했습니다. 예배도 많이 드렸고 회개도 많이 했지요. 신과 성자들의 뜻이 그렇다면, 그 여인의 죄가 사해지도록 말이지요. 그러나 아직 그러지 못했습니다."

"설명을 부탁드리겠습니다. 신부님이 누구신지, 어떻게 브리짓과 연결되었는지도 말씀해주시지요. 그리고 그 여인이 왜 앤트워프에 있는지도요. 제가 조급하게 굴었다면 양해를 빕니다만 빨리 말씀해주시지요. 제가 열이 좀 있고 몸이 안 좋아서 좀 혼란스럽습니다."

신부는 브리짓과 인연을 맺게 된 초창기부터 이야기를 시작했다. 그 말투에는 형언할 수 없을 만큼 마음을 진정시키는 면모가 있었다.

"저는 스타키 씨 내외가 외국에 사시는 동안 그분들을 알게 되었습니다. 그래서 제가 스토니 허스트의 셔번 교구 사제로 임명되어 부임했을 때 자연스럽게 우리의 교제가 계속 이어졌습니다. 저는 그 집안사람들 전체의 고해신부가 되었죠. 그들이 있는 곳에서는 다른 성당이 멀었고, 셔번이 가장 가까운 가톨릭 성당이었으니까요. 물론 고해 때 밝힌 사실은 무덤까지 봉인된다는 것을 잘 알고 계시겠지요. 하지만 저는 브리짓의 됨됨이에 대해 잘 알았던 터라, 평범한 여인을 상대하는 게 아니라는 사실도 잘 알고 있었습니다. 브리짓은 선한 힘, 사악한 힘 둘 다에 능한 사람입니다. 저는 제가 그 여인에게 가끔 영적인 도움을 줄 수 있다고 믿으며, 그 여인이 저를 신성한 교회의 종복으로 존경한다고 믿고 있습니다. 인간의 가슴을 움직일 수 있는 놀라운 능력을 지니고, 또한 인간이 가진 죄의 무게를 덜어줄 수 있는 교회의 종복 말입니다. 그 여인은 죄를 고백하고 용서를 빌기 위해 폭우가 몰아치는 거친 밤 황야를 가로질러 저를 찾아오곤 했습니다. 그러고 나면 평온을 되찾고 차분하게 돌아가 자신의 안주인을 모시는 일상으로 돌아갔지요. 다른 사람들이 모두 잠자리에 든 야심한 밤에 그 여인이 어디에 있었는지 아무도 모르지요. 여인의 딸이 떠나고 난 후, 그러니까 메리가 사라져 행방을 알 수 없게 된 이후 저는 그 여인이 참지 못하고 불만을 털어놓는 죄를 씻기 위해 더 길게 참회하도록 명하곤 했습니다. 안 그러면 더 깊은 신성모독의 죄에 깊이 빠져들기 때문이었죠. 선생께서도 들으셨겠지만 여인은 메리를 찾아 긴 여행길을 떠났습니다. 아무 성과 없었던 여행 말입니다. 그렇게 여인이 헤매고 있던 당시 교회에서 제게 앤트워프로 다시 돌아가라는 명을 내렸고, 저는 수년 동안 브리짓에 대한 소식을 듣지 못했습니다.

몇 달 전 어느 저녁에 성 자크 성당 근처 미어가로 이어지는 길을 따라 집으로 향하던 중 한 여인이 슬픔의 성모상 아래서 웅크리고 있는 모습을 보았습니다. 후드를 쓰고 있어서 램프 불빛 그림자가 얼굴을 다 가리고 있었지요. 여인은 무릎 위에 손을 맞잡고 있었습니다. 여인이 절망적인 고통에 빠져 있다는 게 확연히 보였지요. 그런 이를 보고 가서 말을 거는 게 제 임무잖습니까. 저는 처음에 그 지역 하층민이라고 생각해 자연스럽게 플랑드르어로 말을 걸었답니다. 그러니까 여인이 고개를 가로저었는데 올려다보지는 않더군요. 그래서 프랑스어로 말을 걸었더니 대답을 하더군요. 말이 좀 서툴러서 여인이 영국인인지 아일랜드인인지 알 수 없어서 다시 제 모국어로 말을 건넸답니다. 그랬더니 제 목소리를 알아듣더군요. 그러고는 벌떡 일어나 제 옷을 붙잡고 성모상 가까이 저를 이끌고 가서는 무릎을 꿇었습니다. 절 붙잡은 손길뿐만 아니라 그 간절한 표정을 보니 저도 무릎을 꿇지 않을 수 없었지요. 그때 여인이 말을 쏟아냈습니다.

'오, 성모마리아시여! 제가 드리는 기도에는 귀 기울이지 않으시지만 이분 말은 들으시겠죠. 이분은 잘 알고 계시지 않습니까? 당신의 명을 듣는 분이며 가슴이 아픈 이를 치유하기 위해 노력하시는 분이니까요. 이분의 기도를 들어주소서!'

여인이 저를 바라보았어요.

'성모마리아께서 신부님 기도는 들으실 겁니다. 제 기도는 들어주시지 않아요. 성모마리아와 하늘에 계신 모든 성자들도 제 기도는 듣지 못하십니다. 악마가 저의 첫 기도를 빼앗아버리더니 계속 제 기도를 무력화시켰어요. 오, 버나드 신부님, 저를 위해 기도해주세요!'

저는 그토록 비탄에 빠진 사람을 위해 기도드렸습니다. 어떤 사연인지 알 수는 없었지만요. 그러나 성모마리아께서는 아실 겁니다. 브리짓이 절 꼭 붙잡고 제 입에서 나올 말에 온통 귀를 기울였어요. 제가 기도를 마치고 자리에서 일어서서 여인에게 성호를 그을 때, 저는 신성한 교회의 이름으로 여인을 축복하려고 했습니다. 그런데 그 순간 여인이 겁에 질린 사람처럼 제게서 물러나더니 말하더라고요.

'저는 치명적인 죄를 지었습니다. 더 이상 죄사함을 받지 못합니다.'

'일어나요, 딸이여. 나와 같이 갑시다.'

저는 여인을 데리고 성 자크 성당의 고해실로 향했습니다.

여인은 무릎을 꿇었고, 저는 귀를 기울였습니다. 처음에는 아무런 말을 하지 않더군요. 사악한 힘이 여인의 입을 다물게 만든 것이었지요. 나중에 들어보니 여인이 고해하러 가면 이전에도 자주 그랬답니다.

여인은 너무 가난해서 귀신 물리기에 필요한 비용이 없었습니다. 그리고 그때까지 여인이 도움을 청했던 사제들은 엉터리 프랑스어를 알아듣지 못했던 것 같아요. 아일랜드식 영어도 마찬가지였고요. 아니면 미친 여자라고 생각했겠지요. 실로 여인의 거칠고 흥분한 태도를 보면 누구라도 그렇게 생각했을 겁니다. 그래서 여인의 말을 들어볼 방법을 찾는 데 소홀했던 모양입니다. 치명적 죄를 고백하고 그에 합당한 참회를 하고 용서를 받았어야 했는데 그러지 못한 것이지요. 하지만 저는 예전부터 브리짓을 알고 있었고, 저에게 죄를 고백하러 왔다는 걸 알 수 있었답니다. 저는 그런 일을 구제하기 위해 교회가 마련한 검사성성檢邪聖

省*에서 일한 적이 있습니다. 그래서 이 일을 맡아야 한다고 느꼈죠. 여인이 저를 찾아 고해할 목적으로 앤트워프에 온 걸 아니까요. 그 무서운 고백에 관해서는 저는 밝힐 수 없습니다. 하지만 그 내용에 관해서는 선생도 아시리라 믿습니다. 다 알고 계시겠지요?

이제 그 여인이 치명적인 죄에서 벗어나고, 그리하여 그 죄의 여파로 고통받는 다른 이들도 풀어줄 일이 남았습니다. 기도도 예배도 그 일을 해내지 못할 겁니다. 물론 기도와 예배는 깊은 사랑과 순수한 자기헌신을 수행할 힘을 주겠지요. 여인의 격정적인 말과 복수를 다짐하는 외침, 성스럽지 못한 기도는 성자의 귀에 다다를 수 없습니다! 다른 힘이 그 기도를 가로챘고, 그리하여 하늘을 향해 던진 저주가 자신의 혈육에게 떨어지고 만 것입니다. 결국 그 사악한 힘이 여인의 강렬한 사랑의 힘을 악용해 여인의 가슴을 멍들게 만들고 으스러지게 만든 겁니다. 지금부터 여인의 이전 자아는 묻혀야만 합니다. 그래요, 필요하다면 당장 그리 해야지요. 그리하여 이 땅에서 다시는 흔적을 보여서도 안 되고 비명을 질러서도 안 됩니다! 여인은 빈자 클라라 수녀회의 수녀가 되었습니다. 끊임없는 참회와 타인을 위한 변

*
교황청 초기 기구 중 하나. 이단심문성성이라고도 한다. 12세기에 빈번히 발생한 이단을 감찰하고 처벌하기 위한 기구다.

치 않는 봉사의 삶으로 마침내 최종적인 사죄와 영혼의 안식을 얻을 수 있도록 정진하고 있습니다. 그날이 올 때까지 죄 없는 이가 고통을 받을 겁니다. 제가 선생을 찾아온 이유는 그 순진무구한 이를 위해서입니다. 브리짓 피츠제럴드라는 마녀의 이름으로 온 것이 아니라, 참회자이자 모든 이를 위한 종복인 빈자 클라라 수녀회의 막달렌 수녀의 이름으로 온 것입니다."

"신부님, 신부님 말씀 잘 들었습니다. 고통받는 그분의 손녀를 위해 제가 할 수 있는 일은 무엇이든 할 것이니 그런 청은 하지 않으셔도 됩니다. 저는 그 사람을 제 목숨처럼 사랑합니다. 지금 잠시 떨어져 있는 이유는 그 사람을 구할 방법을 찾기 위해섭니다. 영국 국교회 교도인 저와 청교도인 삼촌은 아침이고 저녁이고 그 사람을 위해 기도합니다. 런던의 신도들도 돌아오는 안식일에 알지 못하는 그 사람을 위해 기도드릴 겁니다. 어둠의 힘으로부터 구원할 수 있도록 말입니다. 게다가 그 사악한 힘은 절대 루시의 평화롭고 위대한 영혼을 건드리지 못할 거라고 말씀드립니다. 모든 사람들이 루시를 피한다 해도 그 사람은 사랑을 실천하는 순수한 삶을 살고 있습니다. 해를 입지도 않고 더럽혀지지 않는 삶입니다!"

그제야 삼촌이 입을 열었다.

"조카야, 물론 나는 이 신사분이 잘못된 교리를 가지고 있다고 생각하지만, 이분이 브리짓을 사랑과 자비의 행동으로 이끈 것은 잘한 행동이라고 생각해. 자신이 저지른 증오와 복수의 죄를 씻어낼 수 있도록 말이야. 우리의 기도가 받아들여질 수 있도록 우리도 우리 나름대로 가난한 이들과 고아들을 방문하고 자선을 베푸는 게 좋겠구나. 그러는 한편 나는 직접 북쪽으로 찾아가 그 아가씨를 돌보겠다. 나는 이제 나이가 많이 들어서 사람이건 악마건 겁날 것도 없단다. 그 아가씨를 이 집으로 데리고 올 거야. 그 따위 분신 올 테면 오라지. 신을 모시는 성직자들이 모여서 이 문제를 해결할 방법을 모색해보는 거야."

친절하고 용감한 삼촌! 그러나 버나드 신부는 무언가 골몰한 표정이었다. 신부가 입을 열었다.

"그 여인은 가슴속 모든 증오를 다 끊어낼 수 없습니다. 모든 기독교적 용서가 그녀의 영혼에 들어갈 수가 없는 상태입니다. 그랬다면 악마가 이미 힘을 잃었겠지요. 여인의 손녀가 아직도 고통받는다고 하셨죠?"

"그렇습니다. 아직도 고통받고 있습니다!"

나는 클라크 부인이 보낸 마지막 편지를 생각하며 슬프게 답했다.

신부가 떠났다. 우리는 나중에 그가 런던으로 온 이유가 자코바이트를 위한 비밀 정치 임무를 수행하기 위함이었다는 사실을 전해 들었다. 어쨌든 그는 선량하고 현명한 사람이었다.

아무런 변화 없이 몇 달이 흘렀다. 루시는 삼촌에게 그냥 그곳에 머물겠다고 간청했다. 훗날 루시는 자신이 나와 같은 집에 살게 된다면 내가 그 무시무시한 분신에게 계속 시달릴 것이고, 그러다 보면 아무리 자신을 사랑한다 하더라도 내가 견디지 못할까 봐 두려워서 그랬다고 털어놓았다. 그리고 그러한 생각이 든 것도 내 사랑의 힘을 못 미더워서가 아니라 악마의 출몰이 모든 사람에게 끼친 공포를 자신이 잘 알고 있는 이상 연민의 정 때문에 그랬다고 말했다.

불안하고 비참하기 이를 데 없는 시간이었다. 나는 선한 일에 몰두했다. 하지만 그것은 사랑의 정신으로 실행한 것이 아니라 그저 보상과 보답을 바라고 한 행동이었다. 그러니 보답이 올 리 없었다. 나는 마침내 삼촌에게 허락을 받고 여행을 떠났다. 뚜렷한 목적도 없었다. 그저 나 자신에게서 도망치고 싶었을 뿐이었다. 그러다 이상한 충동이 일어 저지대 국가에서 벌어지고 있는 전쟁의 혼란에도 불구하고 앤트워프로 발길을 옮겼다. 어쩌면 무언가 외부에서 일어나는 사건으로 관심을 돌리고 싶은 욕망 때문이었는지도 모르겠다. 그리하여 나는 오스트리아와 전쟁이 한창인 그곳으로 향했다. 플랑드르의 모든 도시들은 당시 내란과 폭동이 한창이었다. 공권력으로 가까스로 상황을 제압하고 있었기에, 어딜 가든 오스트리아 주둔군이 보였다.

나는 앤트워프에 도착해 버나드 신부를 찾았다. 그는 하루 이틀 시골에 볼일을 보러 갔다고 했다. 나는 빈자 클라라 수녀원 가는 길을 물어 찾아갔으나, 건강하고 부유하다는 이유로 들어가지 못하고 그저 둘러친 어둑한 회색 벽만 볼 수 있었다. 그곳은 마을에서도 저지대의 비좁은 길로 이어졌는데 문은 굳게 닫혀 있었다. 여관 주인은 수녀원에서는 지독한 병에 걸렸거나, 또는 어떤 식으로든 절망적인 상태에 빠진 사람만을 받아들여 돌본다고 했다. 그곳은 매우 엄격한 자선 수도원이어서 가장 거친 천으로 만든 최소한의 옷을 입고 맨발로 활동한다고 했다. 또한 앤트워프의 주민들이 기부하는 물품으로 연명하며 사방에 무수히 널린 도움이 필요한 가난한 이들과 빵 한 조각까지 나눈다고 했다. 바깥세상과 편지도 그 어떤 소통도 하지 않으며, 오직 고통받는 이를 구제하는 일 이외에는 모든 것을 차단하는 삶을 산다고 했다. 주인은 내가 수녀들과 이야기를 나눠볼 수 있을지 묻자 웃음을 보였다. 그들은 일용할 양식을 구걸할 때에도 말을 하는 게 철저히 금지되어 있다고 했다. 그렇게 살면서도 자선으로 얻은 양식을 다른 사람들에게 베푼다고 했다.

"그렇지만 모두가 수녀들을 잊으면 어떡하나요? 자신들의 다급한 상태를 알리지도 못하고 그저 조용히 누워 죽는 거 아닙니까?"

"그게 빈자 클라라 수녀원의 규율이라면 그들은 기꺼이 그렇게 할 겁니다. 하지만 수녀원 창시자는 선생이 말한 그런 극단적인 상황을 대비한 조치를 마련해놨죠. 그곳엔 종이 하나 있습니다. 듣기로는 그저 작은 종인데 아직 한 번도 울린 적이 없다고 해요. 24시간 동안 양식을 하나도 얻지 못하면 수녀원에서 그 종을 울린다고 합니다. 선량한 앤트워프 시민들을 믿고 그렇게 하는 거지요. 온갖 곤궁한 상황에서 우리를 그토록 극진히 보살펴주었던 수녀들을 위하여 시민들이 나설 것을 믿는 거지요."

그런 식의 구조는 너무 때늦은 일이 될 것 같다는 생각이 들었으나 내 생각을 입 밖에 내지는 않았다. 그저 화제를 돌려 여관 주인에게 막달렌이란 수녀를 아는지, 혹시 들어본 적이 있는지 물어보았다.

"예."

그는 다소 낮은 목소리로 답했다.

"그런 엄격한 수도원에서도 가끔 밖으로 소식이 들린답니다. 막달렌 수녀는 큰 죄를 지은 사람이거나 그게 아니면 대단한 성인이라는 소문이 있습니다. 그분은 다른 수녀들 전부를 합친 것보다 더 많은 일을 한다더군요. 지난달 그분을 수녀원장으로 추대하려고 했는데, 그분이 자기는 모든 수녀들 아래에 머물며 모든 이의 비천한 종복으로 일하는 게 좋다며 거절했다고 하더라고요."

"그분을 보신 적은 없나요?"

"한 번도 못 봤습니다."

나는 버나드 신부를 기다리는 데 지쳤지만 계속 앤트워프에 머물렀다. 정치가 최악으로 치닫고 있는 상황에서 흉년으로 인한 식량 부족 사태가 이곳에 기름을 붓고 있었다.

가는 길마다 누추한 차림의 포악한 사람들이 매끈한 나의 피부와 멋진 옷차림을 이글이글 타는 늑대의 눈으로 노려보곤 했다.

마침내 버나드 신부가 돌아왔다. 우리는 오랫동안 대화를 나누었다. 그는 내게 루시의 아버지 기즈번 씨가 마침 앤트워프에 주둔하고 있는 오스트리아 연대에서 복무 중이라고 말해주었다. 나는 버나드 신부에게 기즈번 씨가 나를 만나줄지 물어봐달라고 부탁했다. 그러나 신부는 하루 이틀 지나 기즈번 씨에게 나의 이름을 댔더니 그가 자신은 제 나라를 이미 저버렸고 동포를 싫어한다면서, 어떤 식으로건 나의 접근을 거절하겠다고 했다는 말을 내게 전했다.

아마도 그는 자신의 딸 루시와 연관 지어 내 이름을 기억하는 것 같았다. 어쨌든 그와 안면을 틀 수 있는 기회가 없다는 점이 명백해졌다. 버나드 신부는 내가 직감했던 대로 앤트워프의 군인들 사이에서 소요가 일 것 같다며, 나더러 이 도시에서 떠나는 게 좋을 것 같다고 충고했다. 그러나 나는 차라리 위험한 상황에서 초래되는 흥분을 열망하고 있었기에 떠나지 않겠다며 고집을 부렸다.

어느 날 나는 버나드 신부와 함께 베르트 광장을 걸어가고 있었다. 그때 신부가 성당 쪽으로 길을 건너고 있는 어느 오스트리아 군인에게 고개를 까닥하며 인사했다.

"저 사람이 기즈번 씨입니다."

그는 군인이 지나가자마자 내게 말했다.

고개를 돌려 보니 키가 크고 날씬한 장교였다. 중년을 넘긴 나이여서 약간 구부정해도 이상할 것 없는 연배였지만 걷는 자세가 당당했다. 내가 그를 쳐다보자, 그가 고개를 돌려 나와 눈이 마주쳤다. 나는 그렇게 그의 얼굴을 보았다. 주름이 깊게 졌고 누르스름한 안색에 얼굴에는 흉터가 있었다. 전쟁을 겪었으니 당연히 상처야 있겠지만, 왠지 격정적인 성격 때문에 생긴 상처 같은 느낌이었다. 서로 눈이 마주친 건 한순간이었다. 우리는 각자 돌아서 서로 다른 방향으로 향했다.

그러나 그는 쉽게 잊히지 않는 인상이었다. 완벽하게 갖춰 입은 제복과 그런 차림새를 보이기 위해 들였을 공을 생각하면, 어둡고 음울한 표정이 묘한 부조화를 이루었다. 나는 루시의 아버지인 그를 만나기 위해 충동적으로 이리저리 분주히 돌아다녔다. 그는 마침내 집요하게 자신을 추적하는 나의 존재를 인식한 것 같았다. 내가 지나칠 때마다 오만한 태도로 인상을 찌푸렸던 것이다. 그렇게 마주치다가 한번은 내가 그에게 도움이 된 적이 있었다. 그가 길모퉁이를 돌고 있을 때였다. 앞서 말한 불만에 찬 플랑드르 사람들 한 무리가 군인인 그와 맞닥뜨렸다. 언쟁이 오가다가 그가 칼을 꺼냈다. 그는 능숙한 동작으로 단 한 번 칼을 휘둘러 한 남자를 찔렀다. 자신을 모욕했다고 생각한 모양이었다. 나로서는 거리가 멀어 자세한 내용을 알 수는 없었다. 그러자 그 무리 전체가 그에게 덤벼들려고 했다. 나는 후다닥 뛰어가 항상 거리를 정찰하고 다니는 오스트리아 군인들을 향해 당시 앤트워프 사람들이 잘 알고 있던 신호를 외쳤다. 그러자 그들이 기즈번 씨를 구하러 몰려왔다. 기즈번 씨도 불온한 서민들도 내가 끼어든 일에 대해 감사하지는 않았다. 그는 벽에 기대 능수능란하게 검술의 자세를 취하고 있었다. 번쩍이는 검을 들고 예닐곱 명의 크고 사나운 비무장의 남자들과 싸움을 벌일 태세였다. 그러나 부하들이 다가오자 칼을 칼집에 넣더니 무심하게 몇 마디 명령을 전달하고는 그들을 돌려보냈다. 그러고는 다시 걷기 시작했다. 노동자들은 그를 뒤따르며 으르렁거렸다. 그러면서 동시에 구조 신호를 보낸 나에게 달려들 기세였다. 나는 그러거나 말거나 신경 쓰지 않았다. 당시 삶이 비참한 짐처럼 여겨졌기 때문이었다. 그들이 나를 실제 공격하지 않은 것은 어쩌면 그런 거리낌 없이 어슬렁거리는 태도 때문일지도 몰랐다. 그들은 대신 내게 말을 걸었고, 나는 불만을 털어놓으며 하소연하는 그들의 이야기를 들어주었다. 그들이 짊어진 고통이 너무나 격심하다 보니 포악하고 거칠게 구는 것도 어느 정도 이해가 되었다.

기즈번에게 얼굴을 찔린 남자는 자신을 공격한 사람의 이름을 알아내려고 나를 몰아붙였다. 하지만 나는 끝까지 답변을 거부했다. 대신 무리에 있던 한 사람이 남자의 질문을 듣고는 대답했다.

“내가 그 작자를 알고 있소. 기즈번이란 놈인데 총사령

관의 전속 부관이오. 내 그자를 잘 알지."

그는 낮은 소리로 툴툴거리며 기즈번에 관한 이야기를 늘어놓기 시작했다. 그러는 동안 사람들이 화가 솟구치는지 점점 흥분하는 것 같았다. 내가 그 자리에서 듣고 있는 게 못마땅한 기색이어서 나는 자리를 떠 숙소로 돌아왔다.

그날 밤 앤트워프에 전면적인 폭동이 일어났다. 주민들이 오스트리아 주둔군에 반대하여 봉기했다. 도시의 성문들을 지키고 있던 오스트리아군은 처음엔 요새에 꽤 조용히 대기하고 있었다. 그저 이따금 대포 터지는 소리만이 찌무룩하게 도시 상공을 갈랐다. 그러나 그들이 몇 시간 지나면 소요가 가라앉고 제풀에 꺾일 것이라고 예상했다면, 그것은 오산이었다. 하루 이틀 사이에 폭도들이 시의 주요 공공건물들을 장악했다. 그러자 오스트리아인들이 밝게 빛나는 제복 차림으로 우르르 쏟아져 나왔다. 그들은 난폭한 폭도들이 그저 여름날 윙윙거리며 날아다니는 파리 떼보다 나을 것 없다는 듯 평온하게 웃으며 각기 제 초소들로 향했다. 그리고 잘 훈련된 군인들이 정확하게 조준 사격을 시작했다. 그 결과는 무시무시했다. 그렇지만 저항도 맹렬해서 폭도를 한 명 쓰러뜨리면 그에 대한 복수로 세 명이 달려드는 형국이었다. 그러나 오스트리아인들에게는 무서운 동맹이 있었으니, 그것은 바로 식량 부족 사태였다. 이제 돈을 아무리 줘도 식량을 구하기가 어렵게 된 지 수개월째였다. 반란군은 외부에 있는 지인들을 통해 도시로 식량을 조달하기 위해 필사적으로 노력하고 있었다.

셀트강 인근 항구 가까이에서 큰 전투가 벌어졌다. 반란군의 대의를 받아들인 나는 그곳에서 반란군을 도왔다. 우리는 오스트리아군과 격렬한 전투를 벌였다. 양측 모두에서 수많은 사상자가 났다. 한순간 사람들이 피를 흘리며 바닥에 누워 있는 모습이 보였다가 포격의 연기로 시야가 가려졌다. 그러다가 연기가 사라지고 보면 누군가 숨을 거두는 식이었다. 밟히거나 질식했거나 총에 맞아 새로 쓰러진 사람들에 깔려 압사했다.

그때 회색 망토를 걸치고 회색 베일을 쓴 어떤 인물이 총성이 빗발치는 현장을 가로질러 나타났다. 그 인물은 몸을 숙이고는 숨을 거두고 있던 한 사람을 굽어보았다. 때로는 죽어가고 있는 사람의 허리춤에 달린 수통을 꺼내 물을 주기도 했고, 때로는 죽어가는 사람 위로 십자가를 들고 신속하게 기도문을 읊조리기도 했다. 그 기도는 그 지옥같이 소란한 아수라장에서 인간의 귀에 들리지 않았을 테지만 하늘에 계신 한 분에게는 들렸을 것이다. 나는 마치 꿈속처럼 그 모습을 보았다. 그 엄혹한 시기의 현장은 그저 전투와 살육이었다. 그러나 나는 이 회색 인물들, 온통 피로 젖은 그들의 맨발, 베일로 얼굴을 가린 그들이 빈자 클라라 수녀원 수녀들이라는 사실을 깨달았다. 비참한 고통이 만연하고 다급한 위험이 가까이 있으니 그들이 나선 것이다. 은둔하고 있던 수도원에서 나와 사악한 아수라장 한복판으로 들어온 것이다.

그때 전투를 벌이던 사람들에 의해 떠밀려온 앤트워프 시민 한 명이 가까이 다가왔다. 얼굴에 채 아물지도 못한 상처가 보였다. 순간 그가 군중에 떠밀려 오스트리아 장교 기즈번과 부닥쳤다. 둘 다 충격에서 회복하기도 전에 그 남자가 기즈번을 알아보았다.

"하! 이 빌어먹을 영국 놈 기즈번!"

맹렬히 분노한 그가 소리를 지르더니 기즈번에게 달려들었다. 남자는 있는 힘껏 기즈번을 가격해 쓰러뜨렸다. 그 순간 연기 속에서 검은 회색 인물이 나타나더니 번쩍 들어 올린 남자의 칼 아래 자신의 몸을 던졌다. 남자의 팔이 허공에 멈추었다. 오스트리아인들도 앤트워프 주민들도 수녀를 공격할 수는 없었다.

"이놈 목숨은 내게 맡기시오!"

남자가 낮고 엄중한 목소리로 말했다.

"이놈은 내 적입니다. 벌써 몇 년째 철천지원수란 말이오."

그 말이 내가 들은 마지막 말이었다. 나 또한 총알을 맞았다. 나는 며칠 동안 아무것도 기억하지 못한 채 정신을 잃었다. 정신이 들었을 때는 극도로 허약해져 있었다. 나는 원기를 회복하고 싶은 본능으로 음식을 갈구했다. 여관 주인이 나를 보살펴주었지만, 주인 또한 바싹 야위어 있었다. 그가 부상당한 내 처지를 전해 듣고 나를 찾아내 돌봐준 것이었다. 그렇다! 전투가 여전히 계속되고 있었을 뿐만 아니라 기근은 더 혹독했다. 여관 주인은 먹을 것이 없어서 사람들이 죽어나가고 있다는 소식을 들려주었다. 그의 눈에 눈물이 차올랐다. 그러나 그는 이내 나약한 모습을 떨쳐내고 유쾌한 본성을 되찾았다. 버나드 신부가 나를 보러 찾아왔다. 그 외에는 아무도 찾아오지 않았다. (찾아올 이가 누가 있겠는가?) 버나드 신부는 그날 오후 다시 오겠다고 약속했다. 그러나 그는 오지 않았다. 나는 자리를 털고 일어나 옷을 입고 신부가 오기만을 기다렸다.

여관 주인이 직접 요리한 음식을 들고 내게 왔다. 무엇으로 만들었는지 말은 안 했지만 맛이 훌륭했다. 한 술 뜰 때마다 힘이 솟는 것 같았다. 착한 여관 주인은 맛있게 먹는 내 모습을 보며 연민의 미소를 보였다. 점점 허기가 가시자 내가 그토록 게걸스럽게 먹어치우는 음식을 탐내는 듯 바라보는 여관 주인의 눈빛에서 갈망하는 기색을 알아차렸다. 그만큼 나는 당시 기근이 얼마나 심각한지 자세한 사정을 알지 못했다. 갑자기 창문 아래쪽에서 많은 사람들이 후다닥 달리는 소리가 들렸다. 여관 주인이 창문을 열고 동태를 파악하려 했다. 그때 희미하지만 날카롭게 딸랑거리는 종소리가 들렸다. 다른 모든 소리를 뒤덮으며 대기를 가르는 명료한 소리였다.

"오, 성모마리아시여! 빈자 클라라 수녀원입니다!"

여관 주인이 소리 질렀다. 그는 내가 먹다 남긴 음식을 낚아채더니 그걸 내 손에 쥐어주고 내게 따라오라고 말했다. 그는 다급하게 아래층으로 내려가 집안 여자들이 내미는 음식을 더 받아 챙겼다. 우리는 곧바로 거리로 나와 많은 인파 속에 묻혔다. 모두들 빈자 클라라 수녀원을 향하고 있었다. 귀청을 찢을 듯 여전히 날카로운 종소리가 이어졌다. 그 기이한 군중 속에서 노인들은 몸을 떨고 흐느끼며 제각기 소량의 음식을 들고 있었다. 눈물을 줄줄 흘리고 있는 여자들은 각기 그릇에 제 나름대로 구할 수 있는 만큼의 음식을 들고 있었다. 그들 대부분은 자기들이 먹어야 할 양보다 훨씬 더 많은 음식을 나르고 있었다. 아이들 또한 얼굴이 상기된 채 빈자 클라라 수녀들을 도울 요량으로 먹다 남긴 케이크와 빵을 꽉 움켜쥐고 있었다. 힘이 센 남자들도—물론 앤트워프인은 말할 것도 없고 오스트리아인들까지도—아무 말없이 입을 다문 채 발길을 서두르고 있었다. 그 모든 인파를 뚫고 극한의 상황에 몰려 도움을 요청하는 날카로운 종소리가 울리고 있었다.

우리는 허옇고 가여운 얼굴로 돌아 나오는 사람들의 첫 물결을 만났다. 그들은 다른 이들이 음식을 기부할 수 있도록 수녀원을 빠져나오고 있었다.

"서둘러요! 서둘러!"

그들이 말했다.

"수녀님 한 명이 죽어가고 있어요! 수녀님이 기아로 죽었어요! 신이시여, 우리를, 우리 도시를 용서해주소서."

우리는 계속 나아갔다. 사람들의 물결이 저절로 우리를 가야 할 곳으로 인도했다. 우리는 빵 한 조각 없는 텅 빈 식당을 통과해 수녀의 방들이 이어진 장소로 향했다. 문에는 각 수녀의 이름이 쓰여 있었다. 그렇게 나는 다른 사람들과 함께 막달렌 수녀의 방으로 떠밀려 왔다. 그녀의 침대에 기즈번이 누워 있었다. 죽은 듯 창백했지만 아직 숨은 쉬고 있었다. 그의 옆에 물 한 잔과 곰팡이가 핀 작은 빵 한 조각이 놓여 있었다. 하지만 그의 손에 닿지 않는 곳에 있었다. 기즈번은 팔을 뻗을 힘도 없었다. 침대 위에 영어로 이런 말이 쓰여 있었다.

'그러므로 그대의 원수가 굶주리거든 그에게 음식을 주라. 그가 목이 마르거든 마실 것을 주라.'

사람들이 그에게 음식을 주었다. 그는 마치 굶주린 들짐승처럼 탐욕스럽게 음식을 삼켰다. 이제 날카로운 종소리는 멈추었지만 장엄한 종소리가 났다. 그 종소리는 모든 기독교 국가에서 한 영혼이 지상의 삶을 떠나 영원히 잠든 것을 의미하는 종소리였다. 그러더니 다시 웅얼거리는 소리가 점차 커지고 있었다. 많은 사람들이 경외심을 품고 외치는 소리였다.

"빈자 클라라 수녀가 죽어가고 있다! 가여운 클라라 수녀가 죽었다!"

우리는 다시 한 번 군중의 힘에 떠밀려 수녀원 예배당 안으로 들어갔다. 높은 제단 앞 관에 한 여인, 막달렌 수녀가, 브리짓 피츠제럴드가 누워 있었다. 그녀의 옆에는 사제복을 입은 버나드 신부가 십자가를 높이 쳐들고 새로이 중죄를 고백한 사람에게 행하는 장엄한 성당의 사면을 공표했다. 나는 힘껏 앞으로 나아가 죽어가고 있는 여인 가까이 섰다. 그녀는 가까이 몰려 있는 경외심에 숨죽인 군중들 사이에서 병자성사를 받고 있었다. 눈빛은 이미 빛을 잃었고, 사지는 굳어가고 있었다. 그러나 성사가 끝나자 그녀는 수척한 몸을 천천히 일으켜 세웠다. 그 눈빛은 기이하게 강렬한 기쁨으로 밝게 빛났다. 그녀는 손짓을 하며 무아지경에 빠진 듯한 눈빛을 보였는데, 마치 혐오스럽고 오싹한 존재가 사라지는 모습을 눈앞에서 응시하는 것 같았다.

"그 애가 저주에서 풀려났다!"

그녀는 그렇게 말하더니 자리에 털썩 쓰러져 숨을 거두었다.

비밀 동반자

조셉 콘래드

I

내 오른쪽으로 신비한 대나무 울타리를 닮은 어업용 말뚝들이 반쯤 물에 잠긴 채 줄지어 서 있었다. 열대어가 서식하는 구역에 알 수 없는 방식으로 둘러쳐진 말뚝들이다. 지금은 대양의 반대편으로 사라져버린 어떤 바다의 유목 종족이 버리고 간 듯 어지럽게 방치되어 있었다. 시야에 들어오는 범위에는 인간의 거주지 흔적이 전혀 없었다. 왼쪽으로 불모의 작은 섬들이 돌담이며 탑과 요새가 허물어진 듯한 모양으로 늘어서 있었는데, 그 폐허의 토대가 마치 고체처럼 단단한 느낌의 푸른 바다 속에 박혀 있었다. 발아래 바닷물은 미동조차 없었다. 심지어 서쪽으로 기울고 있는 부드러운 햇빛을 받는데도 잔물결조차 감지하기 어려울 정도로, 바다는 전혀 반짝이지 않았다.

나는 고개를 돌려 모래톱 바깥쪽에 정박한 우리 배에 들렀다가 방금 떠난 예인선을 흘긋 바라보았다. 그러자 한쪽 끝에서 반대쪽 끝까지 곧게 뻗은 편평한 해안선과 거기에 연결된 완벽하게 안정된 균일한 덩어리 같은 바다가 눈에 들어왔다. 광대한 돔 형태의 하늘 아래 편평한 바닥은 반은 갈색, 반은 푸른색이었다. 광활한 바다 위에 떠 있는 보잘것없는 작은 섬처럼 볼품없는 작은 관목 덤불 두 점이 쭉 이어진 해안선에서 유일하게 갈라진 부분의 양쪽에 각각 서 있었다. 그곳이 우리가 방금 출발한 마이넘강 어귀였다. 고향으로 회항하는 항해의 첫 준비 지점이었다. 그리고 섬의 안쪽 깊숙이 크고 높은 숲이 보였다. 거대한 파크넘탑을 둘러싼 숲은 단조로이 쭉 뻗은 수평선에서 유일하게 시선을 끄는 풍경이었다.

여기저기 은빛으로 반짝거리는 지점이 보였다. 다름 아닌 거대한 강이 굽이도는 만곡부였다. 그중 가장 가까운 만곡부 모래톱 근처에서 증기 예인선이 육지를 향해 나아가며 점차 시야에서 사라지고 있었다. 마치 무감각한 땅이 미동도 없이 선체와 굴뚝과 돛대를 한입에 집어삼키는 듯했다. 나는 그 배가 내뿜는 가벼운 연기구름을 눈으로 좇을 뿐이었다. 연기구름은 구불구불한 물길을 따라 평원 위 여기저기에 모습을 드러내다가 점차 더 희미해지고 있었다. 그러다 마침내 거대한 탑의 제비촉 모양의 꼭대기에 가려 시야에서 사라져버렸다. 그러자 이곳 시암만 갑岬에는 정박한 나의 배와 나만이 남았다.

나의 배는 긴 여행길을 시작하기 위해 광활한 바다의 정적 속에 미동도 없이 서 있었다. 돛대와 활대 등 원재圓材들이 지는 햇빛을 받아 동쪽으로 길게 그림자를 드리우고 있었다. 그 순간 나는 홀로 갑판 위에 서 있었다. 아무런 소리도 들리지 않았다. 사방에 움직이는 것도, 살아 있는 것도 무엇 하나 없는 듯했다. 물 위에는 카누 한 척도, 대기에는 새 한 마리도, 하늘에는 구름 한 조각조차 보이지 않았다. 우리는 긴 여행길의 문턱에 서서 길고 고된 여정을 감당할 수 있는 힘이 있는지 가늠해보듯 숨소리조차 내지 않고 멈추어 서 있었다. 인간의 시선이 닿지 않는 외진 곳에서 항해를 시작하는 우리에게는 오직 하늘과 바다만이 구경꾼이자 심판관이 될 터였다.

하늘에 시야를 간섭하는 어떤 섬광이 스친 것 같았다. 태양이 완전히 지기 직전 여기저기 둘러보던 내가 개중 가장 큰 섬의 가장 높은 능선 너머 장엄한 정적을 흩뜨리는 무언가에 시선이 닿았기 때문이었다. 어둠이 물결처럼 재빠르게 밀려왔다. 그러더니 열대지방답게 어두운 땅 위에 별 무리들이 불쑥 모습을 드러냈다. 아직 갑판에서 머뭇거리고 있을 때였다. 나는 마치 믿음직한 친구의 어깨에 기대듯 가볍게 난간을 붙잡고 서 있었다. 그러나 그 모든 천상의 별들이 날 굽어보는 가운데 조용하고 아늑하게 나누던 배와의 교감은 영원히 사라져버렸다. 귀에 거슬리는 소리가 들리기 시작했다. 목소리, 발소리. 구원의 천사처럼 조리 담당 선원이 분주하게 주갑판에서 이동하고 있었다. 고물 갑판 아래 작은 종이 급박한 소식을 알리듯 시끄럽게 울렸고…….

불 밝힌 선실 주방 식탁 근처에 항해사 두 명이 나를 기다리고 있었다. 우리는 즉시 자리에 앉았다. 나는 1등 항해사에게 말을 건넸다.

"섬 안쪽에 배 한 척이 정박해 있는 거 알고 있나? 해가 질 때 보니 능선 위에 돛대머리가 보이던데."

1등 항해사는 구레나룻이 온통 에부수수한 얼굴을 불쑥 쳐들더니 평소처럼 큰 소리로 내질렀다.

"어이쿠! 선장님, 진짜요?"

2등 항해사는 둥근 얼굴에 조용한 젊은이로 나이에 비해 진중한 편이었다. 아무튼 나는 그렇게 생각했다. 그러나 어쩌다 그와 눈이 마주쳤을 때 그가 입술을 살짝 비트는 모습을 보고 말았다. 나는 즉시 눈을 내리깔며 2등 항해사를 노려보았다. 내 배에서 나를 조롱하는 행동을 용납할 수는 없다. 그렇지만 나는 내 선원들에 대해 아는 게 거의 없다는 사실을 밝히는 바이다. 나를 제외한 타인에게는 특별히 중요할 것 없는 어떤 일로 인해, 나는 겨우 2주 전 이 배의 지휘권을 받았다. 그러니 선원들에 대해 모르는 게 당연했다. 여기 선원들은 모두 18개월 정도 함께 지낸 사이였다. 배에서 나의 입지는 그저 승선한 인원 중 유일한 이방인이라는 사실뿐이었다. 이런 사실을 언급하는 이유는 다음에 일어날 일과 연관이 있기 때문이다. 그때 가장 절실히 느꼈던 감정은 이 배에 대해 아무것도 모른다는 자괴감이었다.

그리고 굳이 모든 진실을 다 털어놓아야 한다면, 나는 나 자신에게조차 이방인이었다. 2등 항해사를 제외하고 선원 중 가장 어린 데다, 총지휘권자의 지위를 아직 한 번도 경험해보지 못했던 나로서는 나를 제외한 다른 선원들의 임무 적합성을 그저 당연한 것으로 받아들였다. 단순히 그들이 자신들의 임무를 수행할 역량이 충분할 거라고만 생각했다. 나는 모든 사람이 속으로 자기 자신을 평가할 때 각자 생각하는 이상적 성격의 개념이 있을 거라 믿는다. 그런 면에서 따지고 보면 나 자신이 얼마나 그 이상적 모습에 부합할까 자문하지 않을 수 없었다.

한편 1등 항해사는 둥근 눈과 기괴한 구레나룻으로 온갖 표정을 자아내며 정박한 배에 대해 자신만의 논리를 내세우기 시작했다. 그의 성격에서 가장 도드라진 특징은 모든 것을 다 고려하면서 진지하게 생각한다는 점이었다. 성격에 외골수 같은 측면이 있었다. 그는 자기 말마따나 본인 앞에 드러난 문제에 대해 어떤 식으로든 "스스로에게 설명하기를 좋아했다." 이를테면 일주일 전 엉뚱하게 자신의 선실에서 발견된 가련한 전갈 한 마리한테도 그 이유를 찾아내야 직성이 풀렸다. 전갈이 무엇 때문에, 왜 나타났는지, —도대체 그게 어떻게 배에 오르게 되었는지, 식료품실(전갈이 더 좋아할 만한 어둑한 장소)이 아니라 왜 자기 방에 들어오게 되었는지, 또 도대체 그게 왜 자신의 책상 위 잉크병 속에 빠져버렸는지—그런 생각들이 그를 끝도 없이 괴롭혔다. 섬 안에 있는 배는 그 문제보다 훨씬 더 설명하기 쉬웠다. 그는 우리가 막 식탁에서 일어서려던 찰나에 자신의 의견을 피력했다. 그 배는 이제 막 고향에서 이곳으로 도착한 배가 틀림없다고 확신했다. 또 그 배는 물을 너무 많이 머금어 밀물이 가장 높은 때인 한사리를 제외하고는 모래톱을 지날 수 없을 것이라고 했다. 그러므로 난바다에 머무는 것보다는 차라리 그 자연적 항구 안에 며칠 묵으러 들어왔을 거라는 논리였다.

"맞습니다."

갑자기 2등 항해사가 다소 쉰 목소리로 말을 꺼냈다.

"저 배는 흘수가 20피트 이상입니다. 석탄을 실어 나르는 리버풀 선박이죠. 카디프에서 출발한 지 123일째고요."

우리는 놀라 그를 바라보았다.

"선장님 편지를 전달하기 위해 예인선 선장이 들렀을 때 말해준 겁니다, 선장님. 모레 강으로 배를 띄울 거라더군요."

그는 정확한 정보로 우리를 놀라게 만든 후 그대로 선실을 빠져나갔다. 1등 항해사는 "저 젊은 애의 변덕을 어떻게 설명할" 수 있겠냐며 도대체 왜 저 녀석이 처음부터 말하지 않았는지 그 이유나 알고 싶다고 투덜거렸다.

나는 선실을 나가려는 1등 항해사를 불러 세웠다. 선원들은 지난 이틀 동안 매우 고되게 일한 데다 전날 밤은 잠도 거의 자지 못했다. 나는 내가, 그러니까 이방인에 불과

한 내가 그에게 모든 선원이 정박 당직을 서지 말고 일찍 잠자리에 들라고 명령할 때, 무언가 평범하지 못한 일을 벌이고 있다는 괴로운 자의식이 들었다. 나는 새벽 1시 무렵까지 내가 직접 갑판에서 당직을 서겠다고 나섰다. 그다음에 2등 항해사와 교대할 생각이었다.

"2등 항해사는 조리장과 조리사를 4시에 깨우면 되네. 그러고 나서 자네를 깨울 거야. 물론 바람이 불 낌새가 보이면 선원 전원을 호출해 즉시 출발할 거야."

그는 놀란 태도를 애써 감추며 대답했다.

"알겠습니다, 선장님."

그는 선실 주방 밖으로 고개를 내밀고는 선장 스스로 다섯 시간 동안 정박 당직을 서겠다는 듣도 보도 못한 나의 괴상한 명령을 2등 항해사에게 알렸다. 그 말을 들은 2등 항해사가 믿을 수 없다는 듯 목소리를 높였다.

"뭐라고요? 선장님이 직접?"

그러더니 몇 마디 더 중얼거리는 소리가 난 후 문이 닫혔다. 그런 후에도 몇 마디 말이 더 들렸다. 잠시 후 나는 갑판으로 나갔다.

내가 이방인 같다는 느낌, 그 느낌 때문에 나는 그동안 잠을 이루지 못하고 계속 초조했다. 그렇기에 그토록 듣도 보도 못한 일을 감행한 것이었다. 그 적막한 한밤에 내가 뜬구름 잡는 생각을 한 건지도 몰랐다. 그런 식으로 익숙지 않은 배와 알지 못하는 선원들과 적응해나가며 친해질 거라는 기대라도 한 모양이었다. 어중이떠중이로 북적이며 뒤죽박죽 잡동사니가 널브러진 정신 사나운 부두에 바짝 댄 이 배를 처음 접했을 때, 나는 제대로 살펴볼 기회가 없었다. 항해 준비를 끝낸 배의 쭉 뻗은 주갑판은 별빛 아래 매우 아름다워 보였다. 배 크기에 비해 매우 아름답고 널찍하며 몹시 흥미를 끄는 면모가 있었다. 나는 선미루 갑판에서 내려가 중앙부 상갑판을 거닐었다. 내 마음은 말레이 제도를 지나고 인도양으로 향한 다음 대서양을 오르고 있었다. 나에게는 그 모든 국면들이 익숙했다. 나는 각 바다의 특징, 공해상에서 직면할 가능성 높은 온갖 문제에 관한 대안들을 꿰고 있었다. 모든 걸 다! ……다만 총지휘권자라는 낯선 자리 하나만 빼고. 어쨌든 이 배도 다른 배와 다를 바 없을 것이다. 선원들도 마찬가지다. 바다가 일부러 날 더 당혹스럽게 만들 특별한 일을 벌이겠냐며 마음을 다잡았다.

그렇게 스스로 위안을 삼으며 나는 한 대 피우고 싶은 마음에 담배를 챙기러 아래층으로 내려갔다. 아래층은 모든 게 다 고요했다. 모두가 고물 쪽 선실에서 깊은 잠에 빠져 있었다. 나는 다시 후갑판으로 향했다. 바람 한 점 없는 따뜻한 밤이라 맨발에 잠옷 차림으로도 편안함이 느껴졌다. 나는 입에 담배를 물고 깊은 고요에 빠진 선수로 나아갔다. 앞갑판 선원실 문을 지나칠 때 선실 안쪽에서 깊고 평온한 숨소리가 들리자 마음이 놓였다. 그 순간 갑자기 육지의 불안한 삶과 비교해 바다가 선사하는 위대한 안전에 기쁨을 느꼈다. 또한 마음을 동요시킬 만한 문제가 없는 유혹 없는 삶, 그 절대적 담백함, 그 단순한 결의가 보장하는 도덕적 아름다움을 지닌 삶을 내가 선택했다는 사실에 마음이 벅차올랐다.

선수의 로프에 매달린 정박등이 신비로운 밤의 명암 속에서 밝게 빛나고 있었다. 안정감을 선사하는 상징의 불꽃 같은 맑고 고요한 빛이었다. 배의 맞은편을 따라 고물 쪽으로 이동하면서 낮에 우리 배에 편지를 전하기 위해 예인선 선장이 왔을 때 내렸던 측면 밧줄사다리가 어찌된 일인지 아직 감아올리지 않은 상태인 걸 확인하고는 짜증이 났다. 이런 작은 업무들을 엄수하는 것이 규율의 정수이기 때문이다. 그리고 그 순간 내가 독단적으로 정박 당직이 수행되는 정식 절차를 깼고, 내 행동으로 인해 평소의 일처리 방식이 제대로 적용되지 못했다는 사실을 깨달았다. 아무리 친절한 동기로 한 일이라 해도 확고히 굳어진 일상의 질서를 무너뜨린 게 현명한 일이었는지 자문하지 않을 수 없었다. 그런 행동은 상도에서 벗어난 괴상한 짓으로 보일 수도 있었다. 그 가당치 않은 구레나룻을 기른 1등 항해사가 내 행동을 어떻게 '설명'할지, 배의 전체 선원들이 새 선장의 격식을 차리지 않은 행위에 대해 어떤 생각을 할지 누가 알랴. 나는 자신에게 짜증이 났다.

양심의 가책 때문에 그런 건 아니지만, 나는 기계적으로 사다리를 끌어올리기 시작했다. 측면 밧줄사다리는 쉽사리 끌어올릴 수 있는 가벼운 것이었다. 그러나 힘 있게 잡아당기면 훌쩍 올라올 줄 알았던 밧줄에 전혀 예기치 못한 무게가 실린 게 아니겠는가! 나는 순간 움찔하고 말았다. 젠장, 이게 뭐지! 나는 사다리가 꼼짝하지 않자 몹시 당황해서 제자리에 얼어붙고 말았다. 그러고는 1등 항해사처럼 나도 모르게 스스로 설명을 구하다가, 결국 난간 너머 아래로 고개를 숙였다.

배의 측면에 닿은 바닷물은 어스름에 잠긴 탓에 불투명하게 일렁이는 거무스레한 유리 같았다. 그 순간 사다리 가까이에서 무언가 길고 창백한 형체가 어른거렸다. 대체 그게 무엇인지 추측해보려던 찰나, 갑자기 희미한 인광성 빛이 번쩍였다. 빛은 발가벗은 남자 같은 형체에게서 나오는 것 같았다. 잠에 빠진 바다에서 새어 나오는 그 빛은 여름 밤하늘에 조용히 번쩍이는 마른번개처럼 느닷없었다. 눈앞에 한 쌍의 발, 긴 다리, 납빛의 넓은 등이 물에 잠겨 있는 모습이 보이자 숨이 턱 막혔다. 목까지 물에 잠긴 몸에서 푸르스름한 시체 같은 빛이 나오는 것 같았다. 남자의 한쪽 손은 물에 잠긴 채 사다리 맨 아래 가로대를 붙잡고 있었다. 남자는 머리만 빼고 온전한 상태였다. 머리가 없는 시신이라니! 저절로 입이 벌어져 담배가 바다로 떨어지며 아주 작게 퐁당 소리를 냈다. 동시에 하늘 아래 모든 것이 잠든 절대적 고요 속에서 치지직 하며 짧게 담뱃

불 꺼지는 소리가 들렸다. 남자가 머리를 들어 올린 건 분명 그 소리 때문이었으리라. 타원형 얼굴이 배의 측면 어스름에 가려 희미하고 창백해 보였다. 그러나 그 순간조차 검은 머리카락을 가진 남자의 머리 모양을 분간하기 어려울 정도였다. 어쨌든 머리가 있는 모습을 보자 가슴을 조여오던 얼음장같이 차갑고 오싹한 감각은 사라졌다. 덧없이 소스라치게 놀란 마음도 진정되었다. 나는 예비 활대에 기어 올라가 난간에 기댄 자세로 최대한 몸을 숙인 후 그저 물에 둥둥 떠 있는 저 신비한 형체를 더 가까이 들여다보았다.

남자가 휴식을 취하는 수영 선수처럼 사다리에 매달려 있었다. 남자의 팔다리가 움직일 때마다 바다 섬광이 함께 너울거렸다. 남자는 그 빛 속에서 송장 같기도 하고, 은빛 물고기처럼 보이기도 했다. 그는 물고기처럼 아무런 소리를 내지 않았다. 또한 물 밖으로 나오려 하지도 않았다. 남자가 배 위로 올라오려는 시도를 하지 않을 거라는 생각은 말이 안 되는 것 같았으나, 이상하게도 어쩌면 그런 느낌이 맞는 것 같다는 생각 또한 들었다. 내가 건넨 첫마디는 그렇게 불안한 의혹에 자극받아 나온 말이었다.

"뭐가 문제요?"

나는 정확히 내 얼굴 아래에서 위로 치켜든 그의 얼굴에 대고 평상시 말투로 물었다.

"쥐가 났어요."

남자도 그리 큰 소리를 내지 않았다. 그러더니 살짝 불안한 태도로 덧붙였다.

"그게, 다른 사람을 부를 필요는 없습니다."

"나도 부를 생각 없소."

"갑판에 혼자 계신 건가요?"

"그렇소."

나는 웬일인지 남자가 사다리를 붙잡은 손을 놓고 마주쳤을 때처럼 신비스럽게 시야에서 벗어나 멀리 헤엄쳐 가버릴 것 같다는 생각이 들었다. 그러나 마치 바다 바닥에서 솟아난 것처럼 보이던(분명 배에서는 가장 가까운 육지 쪽이었지만) 남자는 그저 시간을 알고 싶어 했다. 나는 시간을 알려주었다. 그는 떠보듯 물었다.

"선장님은 잠자리에 들었겠지요?"

"아닌 게 확실합니다."

그는 고심하는 듯했다. 의구심에 찬 것 같은 낮고 신랄한 목소리로 뭔가 중얼거리는 듯했다.

"무슨 소용이야?"

그러더니 할 듯 말 듯 망설이다가 다음 말을 내뱉었다.

"그, 있잖아요. 조용히 선장님 좀 불러줄 수 있을까요?"

나는 내 정체를 밝힐 때가 되었다고 생각했다.

"내가 선장이요."

그러자 남자는 수면에서 낮은 목소리로 "어이쿠!" 하는 소리를 냈다. 남자의 팔다리 주위에 휘몰아치는 소용돌이

속에서 인광성 빛이 너울거렸다. 그는 한쪽 손으로 사다리를 붙잡으며 말했다.

"내 이름은 레갓입니다."

남자의 목소리는 침착하고 단호했다. 목소리도 좋았다. 남자가 침착한 태도를 보이자 내 마음도 차분해졌다. 나는 아주 조용히 입을 열었다.

"수영을 잘하는가 보군요."

"예. 저는 사실상 9시부터 계속 물속에 있었습니다. 문제는 이제 이 사다리를 붙잡은 손을 놓고 지쳐 가라앉을 때까지 계속 헤엄칠 것인지, 아니면 배에 오를 것인지 하는 것입니다."

그 말은 그저 절망적인 몸부림이 아니라 강건한 영혼을 지닌 자가 진짜 현실적으로 따져본 후 내리는 선택처럼 느껴졌다. 또 한편 그 말로 남자가 젊다는 사실을 알 수 있었다. 실로 그렇게 명료하게 문제를 직면하는 행위를 하는 건 오직 젊은이뿐이다. 어쨌거나 당시 그런 생각이 든 것은 그저 순전히 내 직관이었다. 그 고요하고 어두운 열대의 바다 한복판에서 이미 우리 둘 사이에는 신비로운 교감이 이루어졌다. 나 또한 젊었다. 그 말에 대해 아무도 왈가왈부하지 않을 정도로 충분히 젊었다. 물속의 남자는 갑자기 사다리를 오르기 시작했다. 나는 옷가지를 챙기러 서둘러 난간에서 멀어졌다.

선실로 들어가기 전 계단 발치에 서서 가만히 귀를 기

울였다. 1등 항해사의 닫힌 방문을 통해 희미하게 코 고는 소리가 들렸다. 2등 항해사의 방문은 잠겨 있었고 절대적으로 고요했다. 그 또한 젊은이였고 시체처럼 잠잘 수 있었다. 조리장은 호출 전에는 절대 깨지 않는 스타일이었다. 나는 내 방에서 잠옷을 꺼내 갑판으로 돌아왔다. 발가벗은 남자는 주해치 출입구 앞에 앉아 있었다. 어둠속에서 하얗게 빛나고 있었는데, 팔꿈치를 무릎에 대고 머리를 손으로 괸 자세였다. 그는 잠시 후 선미루 갑판에서 내가 입고 있는 옷과 똑같은 회색 줄무늬 잠옷 차림으로 마치 분신처럼 나를 따랐다. 우리는 함께 맨발로 오른쪽 고물 쪽으로 조용히 나아갔다.

"어찌된 일이오?"

나는 나침함에서 밝은 램프를 꺼내들고 그의 얼굴을 향해 들어 올리며 숨죽인 목소리로 물었다.

"불미스러운 일 때문입니다."

남자는 이목구비가 정연한 스타일이었다. 다소 숱 많고 검은 눈썹 아래 눈은 밝은색이었다. 입은 잘생겼고 사각으로 반듯한 이마는 매끄러웠으며 뺨에 수염은 나 있지 않았다. 작게 기른 갈색 콧수염에 턱은 모양이 고르고 둥글었다. 램프 불빛에 비친 표정은 집중하고 명상하는 듯 한, 즉 홀로 깊은 생각에 빠진 사람이 지을 법한 표정이었다. 내 잠옷은 남자에게 사이즈가 딱 맞았다. 잘해야 스물다섯 정도로 보이는 건장한 젊은이였다. 그는 희고 고른 이로 아랫

입술을 깨물었다.

"그렇군요."

나는 나침함에 램프를 도로 내려놓으며 말했다. 따뜻하고 무거운 열대의 밤이 다시 그의 머리로 내려앉았다.

"저쪽에 배가 한 척 있습니다."

그가 중얼거렸다.

"그래요, 압니다. 세포라호 말이죠. 당신은 우리 배에 대해 알고 있었나요?"

"짐작도 못 했습니다. 저는 저 배의 항해사로……"

그는 말을 멈추고 다시 말을 고쳤다.

"항해사였다고 해야겠군요."

"아하! 뭔가 일이 잘못되었군요?"

"예. 사실 아주 나쁜 상황입니다. 제가 한 남자를 죽였습니다."

"예? 그게 무슨? 방금 그랬다는 건가요?"

"아뇨. 항해 중에요. 몇 주 됐습니다. 남측 39도를 지날 때였습니다. 한 남자라고 한 건……"

"홧김에 저질렀군요."

나는 확신에 차서 말했다.

남자의 어둑한 검은 머리는 내 머리와 똑같았다. 그 머리가 회색 잠옷 위에서 희미하게 끄덕이는 모습이 마치 유령 같았다. 한밤중 거대하고 어두침침한 거울 속 심연에서 나 자신의 모습을 마주 보는 듯한 느낌이었다.

"콘웨이 보이* 출신으로 이런 자백을 한다는 게 참 한심하군요."

내 분신이 나직하지만 또렷한 목소리로 말했다.

"아, 콘웨이 출신이라고요?"

"그렇습니다."

그는 놀란 표정으로 답했다. 그러다가 천천히……

"혹시 선장님도……?"

그랬다. 내가 남자보다 몇 년 연상이라서 내가 그곳을 떠난 후 그가 합류한 것이었다. 날짜를 서로 알려주고 나서 침묵이 이어졌다. 나는 갑자기 괴이한 구레나룻을 기른 얼빠진 1등 항해사가 생각났다. '어이쿠! 진짜요?'라는 식으로 떠드는 그의 지적 수준이 떠올랐다. 내 분신은 넌지시 의중을 내비쳤다.

"제 아버지는 노퍽 주의 교구목사입니다. 제가 살인 혐의로 판사와 배심원 앞에 서 있는 꼴이 상상이나 됩니까? 저로서는 그럴 필요가 있을지 모르겠어요. 하늘의 천사가 어쩌고저쩌고…… 그렇게 연설을 늘어놓는 사람들이 있지요. 전 그런 부류가 아닙니다. 그놈은 항상 좀스러운 심술기로 마음이 부글부글 끓는 그런 부류였습니다. 왜 사나 싶은 생각이 들 정도로 못된 마귀 같은 놈 말입니다. 자기 일

*
영국 전함 '콘웨이'에서 훈련받은 선원.

도 하는 둥 마는 둥 하면서 다른 사람이 일하는 것도 가만 놔두지 않았죠. 이제 와 말해봤자 무슨 소용이 있을까 싶지만요! 선장님도 심술궂게 으르렁거리는 개 같은 부류를 잘 아실 거라……"

그는 마치 우리의 경험이 우리가 입고 있는 옷같이 동일한 것처럼 말했다. 나는 법적 억제 수단이 없는 곳에서 그런 사람이 얼마나 위험하고 유해한지 잘 알고 있었다. 게다가 내 분신이 살인을 저지를 만한 악한이 아니라는 것 또한 잘 알고 있었다. 나는 자세한 내막을 물어볼 생각조차 들지 않았다. 그는 무뚝뚝하게 두서없는 말로 이야기를 이어갔다. 하지만 더 이상 들을 필요도 없었다. 나는 마치 내가 저 잠옷 안에 들어가 있기라도 한 것처럼 모든 것을 다 간파할 수 있었다.

"새벽에 말아 올려놓은 앞돛을 펼치고 있을 때 일이 벌어졌습니다. 말아 올린 앞돛 말입니다! 왜, 그런 날씨 있잖습니까? 앞돛은 배가 나아갈 수 있도록 해주는 유일한 돛이었다고요. 그러니 며칠 동안 배가 어땠는지 짐작하실 겁니다. 아주 긴장되는 일이었어요. 그놈이 돛을 펼치라는 말을 안 듣고 오만방자한 태도로 건방지게 설쳐댔죠. 저는 말했다시피 끝날 것 같지 않은 끔찍한 날씨에 녹초가 된 상태였습니다. 아주 진저리가 날 정도였죠. 게다가 배는 물속 깊이 가라앉을 것 같은 상태였습니다. 그놈은 겁에 질려 반쯤 미친 것 같았어요. 신사처럼 점잖게 질책할 때가 아니었다고요. 그래서 내가 황소처럼 달려들어 그놈을 때려눕혔죠. 그러니까 그놈도 달려들더군요. 우리는 집채만 한 파도가 배를 덮치는 찰나 엉겨 붙었습니다. 모든 선원들이 파도를 보고는 로프나 쇠사슬을 붙잡고 사력을 다했죠. 전 그놈 멱살을 붙잡고 쥐새끼를 흔들듯 흔들어댔습니다. 사람들이 우리 위에서 소리를 지르더군요. '조심해! 조심해!' 그러더니 우르르 쾅쾅 천둥소리가 나면서 제 머리 위로 하늘이 무너져 내리는 것 같았습니다. 사람들 말로는 10분 넘게 아무것도 보이지 않았다고 하더군요. 그저 세 개의 돛대와 앞갑판 선수 일부와 선미루 갑판 일부가 거품 속에 집어삼켜져 흔들리는 모습만 보였죠.

사람들이 앞돛대 기둥 뒤에 끼어 꼼짝 못하는 우리를 발견한 건 기적이었어요. 나는 정말 사력을 다했습니다. 사람들이 우리를 구하러 왔을 때도 그놈의 멱살을 그대로 붙잡고 있었거든요. 그놈은 얼굴이 검게 변했더군요. 선원들은 그 모습을 보고 기함을 했습니다. 그들이 서로 꽉 엉겨 붙은 우리를 고물 쪽으로 함께 몰았습니다. 미치광이들처럼 '살인이다, 살인!'이라고 외치면서 선실로 쳐들어갔죠. 배는 그때까지도 출렁거리는 물살에 계속 요동치고 있었고요. 바라보기만 해도 하얗게 질려버려 숨이 멎을 것 같은 광포한 바다에서 여차하면 한순간에 물속에 처박힐 것 같은 상황이었죠. 선장도 나머지 선원들처럼 미쳐 날뛰더군요. 그도 일주일 넘게 잠을 못 잔 상태였거든요. 그런 상황에서 무시무시한 폭풍이 배를 집어삼키려는 찰나에 사건이 벌어졌으니, 선장도 정신이 나가버렸죠. 그자들이 내 손아귀에서 그 대단하신 동료를 떼어낸 후에 날 배 밖으로 집어던지지 않은 게 신기할 정도랍니다. 우리를 떼어놓는 게 굉장히 힘들었다고 하더군요. 나이 든 판사와 점잖은 배심원이 화들짝 놀랄 만한 아주 사나운 이야기죠. 정신이 들고 나서 처음 들은 소리는 끝없는 폭풍이 미친 듯 울부짖는 소리였는데, 그 소리를 넘어 늙은 선장의 목소리가 들리더군요. '레갓 씨, 당신은 사람을 죽였소. 당신은 더 이상 이 배의 1등 항해사가 아닙니다.' 방수모를 쓰고 있던 선장이 내 침대를 꽉 붙잡고 서서 내 얼굴을 뚫어져라 쳐다보며 말하더군요."

애써 소리를 낮추려다 보니 남자의 목소리가 단조롭게 들렸다. 그는 중심을 잡기 위해 천창 끝에 한 손을 대고 있었지만 말하는 내내 미동도 하지 않았다.

"조용한 다과회에 딱 어울리는 이야기 아닙니까?"

그는 똑같은 목소리로 이야기를 끝맺었다.

나도 한 손으로 천창 모서리를 붙잡고 있었다. 나 역시 꼼짝 않고 있었다. 우리는 서로 30센티미터도 떨어지지 않은 가까운 위치에 서 있었다. 나는 불현듯 늙은 '어이쿠, 진짜요?'가 불쑥 고개를 들이밀고 우리를 보았다면 분명 우리를 도플갱어로 보거나, 아니면 기이한 마법의 한 장면을 보았다고 여길 거라는 생각이 들었다. 이상한 선장이 마법의 수레바퀴를 돌려 자신의 잿빛 유령과 함께 조용히 담소를 나누고 있다고 말이다. 나는 그런 불상사가 일어나지 않도록 매우 조심했다. 남자는 마음을 진정시키는 저음의 목소리로 말을 이었다.

“제 아버지는 노퍽의 교구목사입니다.”

그는 분명 이 중요한 사실을 조금 전에 내게 말했다는 걸 잊은 모양이었다. 참으로 멋진 이야기였다.

“이제 내 개인 전용실로 내려가는 게 좋겠군요.”

나는 살금살금 나아가기 시작했다. 내 분신도 날 따라 똑같이 조심스럽게 움직였다. 다행히 맨발이라 소리가 나지 않았다. 나는 그를 안으로 들이고 나서 조심스럽게 문을 닫았다. 그러고 나서 2등 항해사를 호출한 뒤 당직 교대를 위해 갑판으로 나갔다.

“아직 바람의 징후는 별로 없다네.”

그가 나타나자 내가 말했다.

“그러네요, 선장님. 별로 없습니다.”

그는 졸음에 잠긴 목소리로 맞장구쳤다. 딱 최소한의 예의를 갖춘 말투였을 뿐 하품도 참는 둥 마는 둥이었다.

“그게 자네가 살펴보아야 할 일이네. 명령이니 명심하게.”

“예, 선장님.”

나는 선미루 갑판에서 한두 발짝 나아가다가 그가 뒷돛대의 줄사다리 디딤줄에 팔꿈치를 대고 얼굴을 앞으로 내미는 모습을 보고는 아래로 내려왔다. 희미하게 들리는 1등 항해사의 코 고는 소리가 여전히 평화롭게 이어지고 있었다. 선실 테이블 위에는 밝게 빛나는 선실 램프와 선박의 식료품 상인이 서비스로 보낸 꽃이 꽂힌 화병이 있었다. 우리에게는 최소 앞으로 3개월 동안은 다시 볼 수 없을 마지막 꽃이었다. 배 중간 부분에는 좌우 대칭으로 방향타 케이스의 양쪽에 하나씩 바나나 두 송이가 매달려 있었다. 배 안의 모든 게 다 이전 그대로였다. 단 선장의 잠옷 두 벌이 동시에 사용되고 있다는 점만 빼고는. 한 벌은 선실 주방 안에 꼼짝 안 하고 있었고, 다른 한 벌은 선장실에서 매우 조용히 있었다.

이쯤에서 내가 쓰는 선장실이 L 자 구조라는 사실을 밝힐 필요가 있다. 방문은 각진 모퉁이에 자리해 L 자의 짧은 가로줄 안으로 열린다. 소파가 왼쪽에 있고, 침대는 오른쪽에 있다. 책상과 크로노미터 테이블은 문을 마주하고 있다. 문을 열면 바로 안으로 들어와 살펴보지 않는 이상 L 자의 긴 세로줄 부분 안쪽은 보이지 않는다. 그 부분엔 캐비닛이 있고 그 위에 책장이 놓여 있다. 그리고 옷가지 몇 벌, 두꺼운 재킷 한두 벌, 모자, 방수복 등속이 걸쇠에 걸려 있다. 그 부분 아래쪽에는 내 욕실로 통하는 문이 있는데, 욕실은 홀과도 연결되어 있다. 그러나 그쪽 출입구는 절대 사용하지 않는다.

비밀 손님은 이 특별한 구조의 이점을 파악했다. 방에

들어섰을 때 책상 위 짐벌*에 걸린 커다란 격벽 램프에서 비치는 강렬한 불빛 때문에 처음에는 남자를 볼 수 없었다. 그는 깊숙한 부분에 걸린 코트 뒤쪽에서 조용히 모습을 드러냈다.

"누가 움직이는 소리가 나서 즉시 저 안으로 들어갔습니다."

그가 속삭였다. 나 또한 작은 소리로 소곤거렸다.

"여긴 노크한 후 허락을 받지 않고는 아무도 들어오지 못하오."

그가 고개를 끄덕였다. 마치 한동안 앓은 사람처럼 얼굴은 야위었고, 햇볕에 그을렸던 피부는 다시 하얘져 있었다. 놀랄 일도 아니었다. 그는 자신의 선실에 거의 7주나 구금되어 있었다고 했다. 그러나 눈빛이나 표정에 병약한 기운은 전혀 없었다. 그는 실제 나와는 전혀 닮지 않았다. 그렇지만 우리가 출입문을 등진 채 내 침대 벽감에 나란히 기대서서 검은 머리를 맞대고 속삭이고 있을 때 누군가 겁 없이 그 문을 몰래 열고 들어온다면, 두 겹의 선장이 자신의 분신과 속닥거리는 기이한 광경을 보게 될 거라는 생각이 들었다.

"지금까지 들은 이야기로는 당신이 어떻게 우리 배의

*
나침반의 수평 유지 장치.

사다리에 매달리게 되었는지까지는 아직 모르겠군요."

남자가 악천후가 지나간 후 세포라호에 어떤 일이 있었는지 조금 더 자세하게 설명하고 나자, 나는 거의 들리지 않는 낮은 소리로 이렇게 말했다.

"자바헤드 곶이 시야에 들어올 때까지 저는 그 모든 문제들을 몇 번이고 숙고해보았습니다. 6주 동안 아무것도 하지 않고 지냈으니까요. 매일 저녁 한 시간 정도만 후갑판으로 나와 있을 수 있었죠."

그는 침대 벽감 한쪽에 팔짱을 끼고 열린 현창舷窓을 내다보며 속삭였다. 나는 그런 식으로 생각을 끝까지 밀고 나가는 태도가 머릿속에 또렷이 그려졌다. 완고한 그런 태도는 나로서는 도저히 불가능한 면이었다.

"저는 어두워지고 나서야 우리 배가 육지에 닿을 수 있을 거라고 생각했습니다."

그의 목소리는 너무나 낮아서 나는 신경을 한껏 곤두세워야 했다. 우리 둘은 하도 밀착해 있어서 어깨가 거의 닿을 정도였다.

"그래서 선장한테 면담을 요청했습니다. 선장은 저를 보러 올 때면 언제나 몹시 진저리를 치는 것 같았죠. 제 눈을 똑바로 쳐다보지도 못했고요. 아시다시피 그 앞돛이 배를 구한 겁니다. 배가 너무 물속 깊이 처박혀서 돛을 펼치지 않은 채로는 그리 오래 버틸 수 없었거든요. 선장을 위해 그걸 해낸 게 바로 저랍니다. 여하튼 선장이 제가 있는 곳으로 찾아왔습니다. 문간에 서서 마치 제가 벌써 교수형 밧줄을 목에 두르고 있기라도 한 것처럼 바라보더군요. 전 곧바로 배가 순다 해협을 관통하는 밤에 제 선실 문을 열어 달라고 요청했습니다. 엔지어 포인트에서 2~3마일 정도만 가면 자바 해변이 나오거든요. 그 이상 아무것도 바라지 않았습니다. 저는 콘웨이 시절 2학년 때 수영 대회에서 상을 탄 적도 있었습니다."

"충분히 그럴 만할 것 같군요."

"왜 매일 밤 저를 가두어두는지 알 수가 없었어요. 선원들 표정을 보면 제가 뭐 한밤중에 기어 나와 자기들을 목 졸라 죽이기라도 할 것처럼 겁을 내는 것 같았어요. 제가 살인이나 저지르는 짐승 같은 놈인가요? 제가 그렇게 보입니까? 세상에! 제가 만일 그런 인간이었다면 선장도 그렇게 쉽사리 제 방으로 들어오지 않았겠죠. 바로 그 자리에서 그 사람을 쓰러뜨리고 도망갈 수도 있을 거 아닙니까. 이미 날이 어두웠으니까요. 그렇지만 저는 그런 사람이 아닙니다. 마찬가지로 문을 박살 낼 생각도 하지 않았고요. 그렇게 소란을 피우면 저를 잡으러 사람들이 몰려들 거 아닙니까. 그따위 터무니없는 난투극에 휘말릴 생각은 전혀 없었어요. 그러다가 또 누군가 죽을 수도 있을 테죠. 그런 식으로 다시 갇히는 꼴이 될 게 빤한데 멍청하게 달아날 생각 같은 건 하지 않았습니다. 그리고 그따위 사고를 더 겪고 싶지도 않았고요. 하지만 선장은 제 요청을 거절했습니다.

이전보다 더 역겨워 하는 것 같더군요.

그는 선원들을 무서워했어요. 특히 함께 수년 동안 항해한 나이 든 2등 항해사를 무척이나 두려워했죠. 2등 항해사는 머리가 센 늙은 협잡꾼이었습니다. 또 조리장도 엄청 오래 같이 일했습니다. 17년인가, 그 이상이었죠. 그자는 고압적이고 오만한 데다 게으름뱅이였어요. 제가 1등 항해사라는 이유만으로 지독하게 저를 싫어했어요. 세포라호에서 항해를 한 번 이상 한 1등 항해사가 하나도 없을 정도랍니다. 그 두 늙은이가 배를 좌지우지했죠. 게다가 선장은 도대체 겁을 안 내는 게 하나라도 있는지 궁금할 정도로 겁이 많았어요. (선장은 그 지옥 같던 악천후를 겪더니 더욱 신경쇠약에 걸린 거 같았죠) 법은 안 무서워했을까요? 그 효력을 믿으면서? 아니면 자기 아내는 안 무서워했을까요? 아, 맞아요! 선장의 아내가 배에 함께 타고 있었습니다. 물론 저는 그 여자가 이래라저래라 할 거라는 생각은 안 합니다. 어쨌든 하루라도 빨리 저를 배에서 치워버리고 싶긴 했겠죠. '카인의 낙인' 뭐, 그런 거 있지 않습니까. 다 좋습니다. 전 세상을 등지고 멀리 사라질 준비가 됐거든요. 그게 아벨이 치러야 할 대가, 뭐 그런 거 아니겠습니까. 그런데 아무리 해도 선장이 말을 듣지 않더군요. '이런 일은 순리를 따라야 해. 여기서는 내가 법을 대변하는 사람이야.' 선장은 사시나무처럼 떨면서 말했죠. '그래서 그렇게 못하겠다는 겁니까?' '안 돼!' '그러면 적어도 좀 더 생각해보세요.' 나는 그렇게 말하고 등을 돌렸습니다. '자네 같으면 그러겠나.' 선장은 그렇게 말하더니 문을 잠갔습니다.

결국 바라던 대로 되지 않았죠. 잘 풀리지 않았어요. 그게 3주 전입니다. 우리는 자바해를 천천히 관통했습니다. 열흘 동안 카리마타 해협을 항해했죠. 이곳에 정박했을 때 그들은 별 문제 없을 거라고 생각한 것 같더군요. 가장 가까운 육지(그게 5마일이었습니다)가 선박의 목적지였죠. 영사가 곧 저를 잡으러 올 테니, 이 섬들에 계속 머물 이유가 없었던 거죠. 여기 섬들에는 물도 없을 걸요. 그런데 어찌 된 일인지 모르겠는데, 오늘 밤 조리사가 제게 저녁 식사를 가져다준 후 문을 잠그지 않고 나간 거예요. 전 일단 밥을 먹었습니다. 남기지 않고 다 먹었어요. 그러고 나서 후갑판으로 나갔죠. 뭘 어쩌려고 한 건 아니에요. 그저 신선한 바람이나 좀 쐬려고 생각했을 뿐이었습니다. 어쨌든 그랬어요. 그때 갑자기 유혹이 들더군요. 뭔가 제대로 생각도 하기 전에 슬리퍼부터 벗어던지고 물속으로 몸을 던졌습니다. 누군가 첨벙 소리를 들었겠죠. 한바탕 왁자지껄한 소동이 일기 시작했어요. '그놈이 사라졌다! 보트를 내려! 자살이야, 자살! 아, 아니, 헤엄치고 있잖아.' 물론 전 당연히 헤엄쳤죠. 저처럼 수영을 잘하는 사람이 물에 빠져 자살한다는 건 쉬운 일이 아니거든요. 전 보트가 선박 옆으로 내려지기도 전에 가장 가까운 작은 섬에 도착했어요. 사람들이 어둠속에서 소리를 질러가며 난리를 치는 소리가 들렸지만 시간이 지나자 포기하더군요. 사방이 조용해지더니 정박지가 쥐 죽은 듯 조용해졌어요.

저는 바위 위에 앉아 생각했습니다. 날이 밝으면 다시 찾기 시작할 거라는 건 분명해보였어요. 그 바위투성이 작은 섬에 숨을 곳이라고는 하나도 없었습니다. 있다 하더라도 무슨 소용이 있겠어요? 그 배에서 도망쳐 나온 이상, 다시 돌아갈 생각은 없었습니다. 그래서 잠시 후 옷을 모두 벗고 안에 돌멩이를 넣어 둘둘 말아 묶은 후, 그 섬 반대쪽 깊은 물속에 떨어뜨렸습니다. 그럼 자살한 걸로 생각하겠죠. 그 사람들 멋대로 생각하게 두었지만, 전 물에 빠져 죽을 생각은 없었습니다. 지쳐 가라앉을 때까지 헤엄칠 생각이었어요. 하지만 그건 엄밀히 다른 겁니다. 그렇게 나아가다 그 작은 섬들 중에 또 다른 한 곳에 이르렀고, 바로 그곳에서 처음 이 배의 정박등을 봤어요. 헤엄쳐 갈 목적지가 생긴 셈이었죠. 앞으로 나아가는 건 어렵지 않았어요. 도중에 수면에서 대략 30~50센티미터 위로 솟은 납작한 바위를 만났죠. 낮에 선미루의 망원경으로 보면 보일 거예요. 그 위로 기어올라 잠깐 휴식을 취했습니다. 그러고 나서 다시 시작했죠. 마지막으로 헤엄친 거리가 1마일 정도였던 것 같아요."

남자의 속삭임이 점점 더 희미해지고 있었다. 그러는 내내 그는 현창 밖을 뚫어져라 바라보고 있었다. 현창으로는 별 하나 보이지 않았다. 나는 그의 말을 끊지 않았다. 그의 이야기에는, 혹은 그라는 인간 자체에는 대꾸하기 힘들게 만드는 기이한 분위기가 있었다. 그것은 딱 꼬집어 말할 수 없는 일종의 느낌, 속성이었다. 마침내 그가 말을 마쳤을 때 나는 기껏 시답잖은 말만 내뱉었을 뿐이었다.

“그렇게 우리 배의 불빛을 보고 헤엄쳐 온 거군요?”

“예, 빛을 보고 그대로 직진했습니다. 헤엄쳐 갈 목적지가 생긴 거니까요. 낮게 뜬 별도, 육지도 보지 못했어요. 물은 유리 같았죠. 그 어디로도 기어 나갈 통로가 없는 300미터 깊이의 수조에서 헤엄치고 있는 느낌이었습니다. 하지만 끔찍이도 싫었던 것은 미친 황소처럼 빙글빙글 도는 느낌이었어요. 지쳐 나가떨어질 때까지 계속하자고 생각하니 더욱 그렇더라고요. 그렇지만 전 돌아갈 생각은 없었고…… 절대로요. 그렇게 홀라당 발가벗은 채로 목덜미가 붙잡혔다고 생각해보세요. 짐승처럼 버둥거리며 이 섬에서 끌려가는 꼴을 상상이나 할 수 있겠습니까? 그러다가 분명히 누군가 죽임을 당할 수도 있었겠죠. 그런 건 절대 바라지 않았습니다. 그래서 계속 나아갔죠. 그러다가 선장님의 사다리를 보고……”

“왜 소리쳐 부르지 않았소?”

나는 조금 목소리를 높여 물었다. 그가 내 어깨에 가볍게 손을 댔다. 우리 머리 바로 위로 느릿하게 움직이는 발소리가 나다가 멈췄다. 2등 항해사가 선미루의 반대편에서 가로질러 와 아마도 난간에 기대선 것 같았다.

"저 사람한테 우리 말소리가 들리진 않겠죠?"

내 분신은 불안한 태도로 내 귀에 대고 속삭였다. 불안해하는 그의 태도가 내가 그에게 던진 질문에 대한 답이 되기에 충분했다. 지금 상황이 얼마나 힘겨운지 알 수 있는 반응이었다. 나는 혹시 모를 상황에 대비해 조용히 현창을 닫았다. 조금만 더 크게 소리를 내면 엿들을 수도 있을 테니.

"저게 누굽니까?"

그때 그가 속삭이며 다시 물었다.

"우리 2등 항해사라오. 하지만 나도 그자에 대해 별반 아는 게 없소."

나는 자신에 대한 이야기를 조금 들려주었다. 나는 불과 2주 전만 해도 이런 일을 맡게 되리라고는 눈곱만큼도 생각하지 못한 상태에서 선장 역할을 맡았다. 이 선박도, 또 이 배에 탄 선원들도 알지 못했다. 항구에서 내 주변을 살필 시간도, 이런저런 관련자를 알아볼 시간도 없었다. 그리고 선원들 역시 마찬가지로 내가 고향으로 향하는 선박 운항에 지휘권자로 임명받았다는 사실만을 알 뿐이었다. 그 외에 나머지 배 안 사정은 남자만큼이나 나도 거의 아는 게 없다고 말했다. 그런 말을 하는 바로 그 순간, 나는 그 사실을 뼈저리게 실감했다. 선원들의 눈에 나는 여차하면 의심스러운 사람으로 보이리라.

한편 남자는 자세를 고쳐 앉았다. 그리하여 우리, 즉 이 배 안의 두 이방인은 동일한 자세로 서로를 바라보았다.

"이 배의 사다리를 봤을 때……"

그가 한동안 침묵을 지킨 후 중얼거렸다.

"누가 한밤중에 이런 곳에 정박한 배하며 거기다 밧줄 사다리가 늘어져 있으리라고 상상이나 했겠습니까! 바로 직전에 아주 기분 나쁘게 어질어질한 느낌이 들었거든요. 9주 동안이나 이런 생활을 하면 누구나 컨디션이 아주 나쁠 수밖에 없죠. 더 이상 방향타 쇠사슬까지 헤엄쳐 나아갈 힘도 없었습니다. 그런데 이것 봐라! 갑자기 사다리가 보이는 게 아닙니까. 그래서 일단 붙잡았죠. 그러고는 생각했어요. '그래봤자 무슨 소용인가?' 그때 어떤 남자가 고개를 숙이고 저를 굽어보더군요. 전 즉각 도망쳐야겠다고 생각했죠. 분명 그 사람이 고함을 칠 거라 생각했으니까요. 어떤 나라 말이 나올지는 몰라도요. 절 보든 말든 상관없었어요. 저는……, 전 오히려 그게 좋았어요. 그리고 바로 그때 당신이 아주 나직이 말을 걸었죠. 마치 저를 기다리고 있었다는 태도로요. 그래서 저는 도망치지 않고 조금 더 있어봐야겠다고 생각했습니다. 혼란스럽고 당황스러울 정도로 외로운 시간이었거든요. 헤엄치던 때를 말하는 게 아니랍니다. 세포라호 선원이 아닌 다른 누군가와 이야기를 나눈다는 것 자체가 기뻤습니다. 선장님에 대해 물어본 건 그저 충동적으로 나온 말이었어요. 아무 소용없었을 테죠. 배 안 모든 사람들이 나에 대해 알게 될 거고, 그러면 분명 아침에 우리 배 사람들이 여기로 몰려들겠죠. 모르겠어요, 떠나기 전에 누군가에게 제 모습을 보이고 싶었던 건 아닌지……. 누군가와 이야기를 하고 싶었나 봐요. 모르겠어요, 제가 무슨 이야기를 할 수 있었을지…… '좋은 밤입니다, 안 그런가요?' 뭐 그런 식이었겠죠."

"그 사람들이 곧 여기로 올 거라고 생각해요?"

나는 의구심을 품고 물었다.

"그럴 거 같아요."

남자가 나직하게 대답했다. 그는 갑자기 굉장히 초췌해 보였다. 그러더니 고개를 돌렸다.

"음. 두고 봅시다. 일단 저 침대로 올라가요. 도와줄까요? 자."

침대는 다소 높았고 아래에 서랍이 달려 있었다. 이 남자의 수영 실력이 수준급인지는 몰라도 지금은 실로 도움이 필요한 상태였다. 나는 그의 다리를 붙잡아 올라가는 걸 도왔다. 남자는 침대로 털썩 올라가 몸을 틀어 자리에 눕고는 한 팔로 눈을 가렸다. 그렇게 얼굴을 가리니 분명 누가 보아도 평소 내가 침대에 누워 있는 모습과 완전히 똑같아 보이리라. 나는 한동안 나의 다른 자아를 물끄러미 바라보다가 놋쇠봉을 따라 설치된 두 장의 녹색 모직 커튼을 조심스럽게 닫았다. 순간 더 안전을 기하기 위해 커튼을 핀으로 고정할까 생각했다. 하지만 소파에 주저앉으니 다시 일어나 핀을 찾고 싶은 마음이 들지 않았다. 잠시 후에 하자. 나는 극도로 내밀하게 행동하다 보니 몹시 피곤했다. 말할 때는 아주 나직하게 속삭이고 행동할 때는 매우 비밀스럽게 움직이다 보니, 팽팽하게 긴장한 상태라 굉장히 힘들었다. 이제 새벽 3시였다. 저녁 9시부터 내내 서 있었지만 잠은 오지 않았다. 나는 잠자리에 들 수 없었다. 피로에 절어 그저 커튼을 바라보며 앉아 머릿속에서 동시에 두 곳에 있는 것 같은 혼란스러운 느낌을 지워내려 애썼다. 그런 상태에 빠졌을 때 머릿속에서 울리는 노크 소리에 화가 치밀었다. 그러다 갑자기 그게 내 머릿속에서 나는 소리가 아니라는 사실을 깨닫고는 안도했다. 문밖에서 나는 소리였다. 정신을 차리기도 전에 "들어와요"라는 말이 먼저 입 밖으로 새어나왔다. 조리장이 아침 커피가 든 쟁반을 들고 들어왔다. 나는 결국 잠이 든 모양이었다. 나는 너무나 놀라 소리를 질렀다.

"이쪽이야, 이쪽! 나, 여기 있네, 조리장."

나는 마치 서로 몇 킬로미터 떨어져 있기라도 한 것처럼 큰 소리로 말했다. 조리장은 소파 옆 테이블에 쟁반을 내려놓고 나서야 매우 조용히 말했다.

"여기 계신 거 잘 보입니다, 선장님."

그가 나를 예리한 눈빛으로 쳐다본다고 느꼈다. 하지만 바로 그 순간엔 시선을 마주칠 엄두가 나지 않았다. 분명 내가 소파에서 잤으면서 왜 침대 커튼을 쳐놓았는지 의아하게 여겼으리라. 그는 평상시처럼 문을 열어놓고 밖으로 나갔다.

머리 위에서 선원들이 갑판을 청소하는 소리가 들렸다. 나는 바람이 일었다면 즉시 보고하러 올 거라는 사실을 잘 알고 있었다. 그러나 아무 소식 없이 잠잠하자 짜증이 두 배로 치솟았다. 실로 그때가 나 자신이 가장 두 겹의 인간이 된 것처럼 느껴졌다. 그 순간 조리장이 갑작스럽게 문간에 다시 모습을 드러냈다. 내가 소파에서 허겁지겁 벌떡 일어나자 그가 깜짝 놀랐다.

"또 무슨 일인가?"

"현창을 닫으려고요, 선장님. 갑판 청소를 하고 있습니다."

"현창은 닫혀 있네."

나는 얼굴이 붉어졌다.

"네, 알겠습니다."

그러나 조리장은 문간에서 움직이지 않았다. 시선이 마주친 한동안 그는 매우 기이하고 의심스러운 눈초리로 나를 바라보았다. 그러다가 눈빛이 흔들리며 표정이 온통 바뀌더니, 여느 때와는 매우 다르게 부드러운 목소리로, 거의 달래는 듯한 목소리로 말했다.

"다 쓰신 컵을 치우려고 하는데, 들어가도 되겠습니까, 선장님?"

"아, 물론이지!"

나는 그가 들어왔다가 나갈 때까지 등을 돌리고 있었다. 조리장이 나간 후 나는 문을 닫고 빗장까지 걸었다. 이런 식으로 오래 지속될 수는 없다. 게다가 선장실은 오븐 속처럼 더웠다. 나는 내 분신을 들여다보았다. 그는 아직 팔을 눈에 대고 움직이지 않은 상태로 가슴만 오르내리고 있었다. 머리는 젖어 있었고, 턱은 땀으로 번들거렸다. 나는 남자 위로 팔을 뻗어 현창을 열었다.

'직접 갑판으로 올라가 봐야겠어.' 나는 생각했다. 물론 이론적으로는 이 배에서 내가 하고 싶은 대로 모든 걸 할 수 있었다. 시야가 닿는 범위 내에서 나더러 안 된다고 말할 사람은 아무도 없었다. 그러나 선장실 문을 잠그고 열쇠를 가져가는 행동은 엄두가 나지 않았다. 나는 현창 밖으로 고개를 내밀고 선원 두 명을 보았다. 선미루 갑판 층이 나뉘는 지점에 있는 2등 항해사는 맨발이었고, 1등 항해사는 긴 고무부츠 차림이었다. 조리장은 선미루 사다리 중간쯤 내려간 지점에서 그들에게 무언가를 열띠게 지껄이고 있었다. 그때 그는 나와 시선이 마주치더니 아래로 내려갔다. 2등 항해사는 주갑판을 내려가며 명령인지 무언지를 외쳤고, 1등 항해사는 나를 만나러 와서 모자에 손을 대며 예의를 표했다.

그자의 눈빛에는 무언가 호기심 어린 표정이 어려 있었다. 나는 그게 불쾌했다. 조리장이 그들에게 내가 이상하다고 했는지, 또는 완전히 술에 취한 상태라고 했는지, 뭐라 떠들었는지는 모르겠지만, 그자가 나를 유심히 살펴보려는 의도를 지녔다는 사실만큼은 분명했다. 1등 항해사가 가까이 접근하자 나는 그가 미소를 짓고 있다는 걸 알아차렸다. 미소를 짓자 그자의 구레나룻이 뻣뻣해졌다. 나는 그가 먼저 말을 걸 기회를 주지 않았다.

"활대줄과 아딧줄로 활대를 용골선과 맞추고 나서 아침 식사를 하러 가게."

내가 그 배에 승선한 후 내린 첫 번째 명령이었다. 그런 후 나는 그 일을 제대로 수행하는지 확인하기 위해 갑판으로 향했다. 더 이상 시간을 지체하지 않고 당당하게 자신을 내세울 필요성을 느꼈다. 항상 빈정거리는 어린 애송이 놈의 콧대도 꺾어놓았다. 나는 그런 김에 뒤쪽 아딧줄을 잡으러 줄 지어 나를 지나가는 모든 평선원들의 얼굴을 당당한 시선으로 쳐다보았다. 아침 식사 시간에는 밥을 입에 대지도 않고 근엄하다 못해 뻣뻣한 태도로 그저 식사 자리를 관장했다. 두 항해사는 예의에 어긋나지 않는 타이밍을 기다리다 부리나케 선실에서 빠져나갔다. 그러는 내내 내 머릿속은 이중 작용으로 거의 미칠 만큼 산만해졌다. 나는 테이블 상석에 앉아 끊임없이 나 자신을, 또 나 자신만큼이나 내 행동에 좌지우지될 나의 비밀 자아를, 그러니까 내가 앉은 자세에서 정면으로 보이는 저 문 너머 침대에서 자고 있는 나의 비밀 자아를 살피고 있었다. 그것은 미치광이 상태와 매우 흡사했다. 게다가 자신이 그 상태를 의식하고 있다는 사실 때문에 미치광이보다 오히려 더 나빴다.

나는 그를 깨우기 위해 꼬박 1분 동안이나 흔들어야만

했다. 그렇지만 마침내 그가 눈을 떴을 때 그는 이미 모든 감각을 되찾은 상태로 캐묻는 듯한 눈빛이었다.

"아직까지는 다 괜찮소. 자, 이제 욕실로 가야 해요."

그는 유령처럼 아무런 소리를 내지 않고 내 말에 따랐다. 그런 다음 나는 벨을 울려 조리장을 불렀다. 그러고는 그를 빤히 쳐다보며 내가 목욕하는 동안 접견실을 청소하도록 명령했다.

"꾸물거리지 말고 빨리 하게."

내 말투가 토를 달 여지를 전혀 주지 않았기에 그는 그저 "예, 선장님"이라고 대답하고는 쓰레받기와 빗자루를 가지러 서둘러 나갔다. 나는 목욕을 했다. 목욕하는 내내 조리장을 의식해 부러 물을 튀기고 휘파람을 불며 일상적인 소리를 냈다. 그러는 동안 내 삶의 비밀 공유자는 그 좁은 공간 안에서 빳빳하게 똑바로 서 있었다. 햇빛을 받은 그의 얼굴은 매우 홀쭉해 보였다. 눈꺼풀은 내리깔았으며, 검은 눈썹은 찌푸린 표정 때문에 서로 가까이 몰려 있었다.

목욕을 마치고 욕실에 그를 남긴 채 방으로 돌아왔을 때, 조리장은 먼지 털기를 마무리하고 있었다. 나는 1등 항해사를 불러 하찮은 말을 주고받았다. 말하자면 그 터무니없는 구레나룻만큼이나 실없는 그를 희롱한 셈이었다. 내가 노린 것은 그들에게 내 방을 마음껏 둘러볼 기회를 주는 것이었다. 그러고 난 후 나는 마침내 께름칙한 마음을 떨치고 전용실 문을 닫은 후 내 분신을 우묵한 구석에 다시 불러들였다. 그곳에는 아무것도 없었다. 그는 접이식 작은 스툴에 가만히 앉아 있어야만 했다. 그곳에 걸려 있던 두꺼운 코트에 반쯤 숨이 막혔으리라. 우리는 조리장이 홀 쪽 문을 통해 욕실로 들어가 물병을 채우고 욕조를 문지르고 물품을 정리하면서 쓸고 닦는 소리, 탕탕거리며 부딪히는 소리, 덜거덕거리는 소리를 함께 들었다. 그러다 다시 홀로 나간 후 딸깍 열쇠 돌리는 소리가 났다. 그렇게 나는 제2의 자아가 노출되지 않도록 단속했다. 그 상황에서 이것보다 더 좋은 계획을 짜낼 수는 없었다. 우리는 그렇게 앉아 있었다. 나는 책상에 앉아 여차하면 서류들을 가지고 씨름하는 척 자세를 갖추었고, 그는 문에서는 보이지 않는 내 뒤쪽 구석에 자리하고 있었다. 낮 시간에 이야기를 나누는 건 신중하지 않은 행동이었다. 게다가 나는 나 자신에게 속삭이는 듯한 그 기이한 느낌이 주는 흥분을 감당할 수 없었다. 이따금 나는 어깨너머 낮은 스툴에 빳빳하게 앉아 있는 남자의 모습을 보았다. 두 맨발을 바짝 붙이고 팔짱을 끼고 가슴을 향해 고개를 빠짝 숙인 채로 완벽한 부동의 자세였다. 남자는 어느 누가 보더라도 나로 보였을 것이다.

그 모습에 나 자신도 온통 마음을 빼앗겼다. 매 순간 어깨너머 그를 흘긋거리지 않을 수 없었다. 그렇게 그를 훔쳐보고 있을 때 문 밖에서 목소리가 들려왔다.

"실례합니다, 선장님."

"흠……!"

나는 여전히 남자에게 눈길을 주고 있었다. 그래서 문 밖에서 "배 한 척이 우리를 향해 오고 있습니다, 선장님"이란 소리가 들렸을 때 그가 움찔 놀라는 모습을 보았다. 몇 시간 만에 처음 보이는 움직임이었다. 그러면서도 그는 숙인 머리를 들지 않았다.

"알았네. 사다리를 내리게."

나는 망설였다. 그에게 무슨 말이라도 해야 하나? 그렇지만 뭐라고 하지? 그는 어떤 일에도 더 이상 꼼짝하지 않았다. 내가 해줄 말 중에 남자가 아직 알지 못하는 게 있기나 한가? …… 마침내 나는 갑판으로 나갔다.

Ⅱ

세포라호 선장은 얼굴 전체에 가늘고 붉은 구레나룻을 기르고 있었다. 머리도 똑같은 색깔이었고, 안색도 그 색깔과 잘 어울렸다. 그리고 다소 얼룩덜룩 불투명한 푸른색 눈 색깔이 눈에 띄었다. 그렇지만 그리 눈에 띄는 인물은 아니었다. 어깨는 높았고, 키는 보통 키였다. 한쪽 다리가 다른 쪽 다리보다 조금 더 밭장다리였다. 그는 악수를 하며 애매하게 주위를 둘러보았다. 나는 그가 생기 없어 보이지만 집요한 구석이 있다고 생각했다. 그는 예의를 갖춘 내 행동이 오히려 불편한 것 같았다. 어쩌면 낯을 가리는 성격인지도 몰랐다. 그는 자신의 말이 부끄러운 듯 웅얼거렸다. 자기 이름을 밝히고('아치볼드' 비슷한 이름 같았으나 수년이 지난 지금은 확신할 수 없다), 자기 선박의 이름과 몇 가지 정보를 건넸다. 마치 범죄자가 마지못해 자신의 범죄를 고백하듯 음울한 태도였다. 그는 출항 후 악천후를 만났는데, 그것도 아주, 굉장히, 지독한 날씨였고, 아내도 배에 함께 승선해 있다고 했다.

이때 우리는 선실에 앉아 있었는데, 조리장이 병과 잔이 담긴 쟁반을 들고 들어왔다.

"고맙습니다만, 사양하겠습니다."

술은 절대 마시지 않는단다. 그래도 물이나 한 잔 하겠다고 하고는 내리 두 잔을 마셨다. 지독하게 목이 탔다고 했다. 해가 뜨고 나서부터 자기 배 주변 섬들을 이 잡듯 샅샅이 살펴보았다고 말했다.

"무슨 일로 그러셨나요, 그저 소일 삼아서?"

나는 예의를 차린 태도로 관심이 간다는 듯 물었다.

"아니오!"

그는 한숨을 내쉬며 말을 이었다.

"괴로운 임무가 하나 있어서……."

그는 또박또박 말을 하지 않고 계속 웅얼거렸다. 나는 내 분신이 우리 대화를 전부 듣기를 바랐기에, 퍼뜩 내 청력에 문제가 있다고 둘러대야겠다는 생각이 들었다.

"이렇게나 젊은 분이!"

그는 우둔하고 얼룩져 보이는 푸른 눈으로 나를 바라보며 고개를 끄덕였다.

"원인이 뭡니까, 일종의 질병 때문인가요?"

그는 일말의 연민도 묻어나지 않는 말투로 물었다. 마치 그게 사실이라면 내가 받아 마땅한 일을 겪을 뿐이라는 듯한 말투였다.

"예, 병입니다."

내가 쾌활하게 대답했더니, 그는 충격을 받은 듯했다. 어쨌든 나의 의도가 먹혀서 그가 목소리를 높여 말하기 시작했다. 같은 이야기를 그 사람 입장에서 기록할 가치는 없다. 그는 이 모든 일이 벌어진 건 단 2개월 동안이었고, 이 사건에 대해 생각을 하도 많이 하다 보니 뭐가 뭔지 완전히 혼란스럽다고 했다. 그러면서도 여전히 말할 수 없이 충격적이라고 떠들었다.

"그런 일이 선생의 배에서 벌어졌다면 어떻겠소? 나는 세포라호를 지난 15년 동안 이끌어 왔소. 나는 나름 잘 알려진 선장이라오."

그는 아둔하지만 어쨌든 괴로워하고 있었다. 어쩌면 나는 제2의 자아인 양 선실 안에 아무도 모르게 숨어 있는 선실 공유자만 아니라면 그 선장에게 공감했을 수도 있었을 것이다. 홀에 앉아 있는 우리로부터 1~1.5미터 떨어진 저기 격벽 맞은편에 남자가 있었다. 나는 아치볼드(그게 그 사람 이름이 맞다면) 선장을 정중한 태도로 바라보았으나, 실제로 내가 본 것은 다름 아닌 그 남자였다. 회색 잠옷을 입고 양 맨발을 바짝 붙이고 팔짱을 낀 채 낮은 스툴에 앉아 있는 남자. 가슴에 검은 머리를 처박고 우리 둘 사이에 오가는 말 한마디 한마디를 듣고 있을 그 남자.

"나는 어릴 적부터 바다 생활을 했소. 37년쯤 되었지요. 그렇지만 영국 배에서 그런 일이 벌어졌다는 얘기는 여태

들어본 적이 없소. 게다가 내 배에서 그런 일이 벌어지다니! 하필 아내까지 타고 있는데 말이오.”

나는 선장의 말을 거의 듣지 않고 있었다.

“혹시 죽었다는 그 남자가 얘기하신 거친 바다 때문에 사고를 당한 건 아닐까요? 저는 집채만 한 파도에 맞아 단박에 목이 부러져 죽은 사람을 본 적이 있거든요.”

“저런, 그게 무슨 말이오!”

그는 눈길을 끌 만큼 크게 소리를 지르며 흐릿한 푸른 눈으로 나를 바라보았다.

“파도라니! 파도에 맞아 죽는 사람은 모습부터가 다르다오.”

그는 내 말에 ‘네가 뭘 아냐’는 듯 분개한 표정이었다. 그러더니 그런 괴상한 동작을 취하리라고는 상상하지도 못한 상황에서, 불쑥 내 쪽으로 머리를 들이대더니 혀를 쑥 빼내보였다. 나는 움찔 놀라 뒤로 물러서지 않을 수 없었다.

그는 차분하게 앉아 있던 내게 괴상한 표정을 지어 놀라게 만든 후 잘난 척 고개를 끄덕였다. 실제 그런 광경을 목격했다면 목숨이 붙어 있는 한 절대 그 모습을 잊을 수 없을 거라고 거듭 강조했다. 날씨가 너무나 험악해 제대로 격식을 갖춰 시신을 수장할 수가 없었다고도 했다. 그리하여 다음날 새벽 시신을 수습해 선미루에 올린 후 깃발 천으로 얼굴을 덮어놓고는 짧은 기도문을 낭송한 다음 방수포와 긴 부츠 차림의 시신을, 여차하면 언제고 배 전체를, 승선한 선원 전체를 집어삼킬 듯한 산마루 같은 파도에 던져버렸다고 말했다.

"축범부縮帆部 돛 덕에 선원들 목숨을 구할 수 있었겠군요."

내가 넌지시 말을 던졌다.

"하느님의 가호 덕분에 가능한 일이었소."

그는 열렬히 외쳤다.

"그 허리케인을 이겨낸 건 특별한 은혜 덕이었어요."

"말아 올린 그 돛을 펼친 게……"

내가 끼어들었다.

"신의 손이 직접 관여한 것이라오."

그가 나의 말을 끊었다.

"그게 아니라면 절대 있을 수 없는 일이었소. 나는 감히 명령을 내릴 엄두도 못 냈다고 솔직히 털어놓겠소. 신의 뜻이 아니었다면 배는 갈피를 잃었을 것이고, 그러면 우리의 마지막 희망도 사라졌을 것이오."

그는 여전히 그 거센 폭풍의 공포에 질려 있었다. 나는 그가 좀 더 말을 잇게 놔두었다가 대수롭지 않은 이야기를 하듯 심상한 태도로 물었다.

"어서 연안에 닿아 항해사를 넘기고 싶었겠네요?"

그랬다. 법의 처분에 맡기고 싶다고 했다. 선장이 그 일을 집요하게 물고 늘어지는 태도에는 무언가 이해할 수 없는 측면, 더 나아가 다소 공포를 불러일으키는 면이 있었다. 말하자면 '그런 종류의 일을 묵인한다'는 혐의를 받으면 안 된다는 불안과는 꽤 동떨어진 무언가 비밀스러운 감정이 내비쳤다. 36년간의 고결한 바다 생활 중에 스무 해는 오점 없이 지휘권을 행사했을 것이다. 하지만 세포라호에서 보낸 마지막 15년은 그를 가차 없는 의무감에 매어놓은 것 같았다.

그는 수치스럽게 여러 감정을 더듬듯 말을 이었다.

"거, 있잖소, 그 젊은 친구를 고용한 건 내가 아니라오. 그 친구 가족이 선박 소유주들과 이해관계가 있었소. 말하자면 난 그자를 억지로 떠맡은 거란 말이오. 그 친구는 아주 똑똑해 보였고, 매우 신사 같아 보였다오. 하지만 그거 아시오? 난 왠지 그 친구가 마음에 들지 않았소. 나는 평범한 사람이라오. 그 친구는 세포라호 같은 배의 1등 항해사로는 어울리지 않았다오."

나는 내 선실에 숨어 있는 비밀 공유자와 생각이나 느낌이 너무나 긴밀하게 연결되어 있어서 마치 내가, 그러니까 진짜 나 자신이 세포라호 같은 배의 1등 항해사를 맡기에는 맞지 않는 부류의 사람이라는 생각이 들었다. 나는 마음속으로 그 생각에 확신을 가졌다.

"절대 그런 스타일이 아니었다오. 아시겠소?"

그는 나를 빤히 노려보면서 불필요하게 반복해서 말했다. 나는 도회풍의 세련된 미소를 지어 보였다. 그는 한동안 당황스러운 듯 보였다.

“자살 보고를 올려야 할 것 같소.”

“네, 뭐라고요?”

“자살 말이오! 육지에 닿는 대로 소유주들에게 그런 내용의 편지를 써야 할 것 같소.”

“내일까지 그 사람을 찾을 수 없다면 물론 그래야겠지요.”

나는 무심하게 맞장구쳤다.

“그러니까, 살아 있는 채로 그를 발견하기 전에는 말이죠.”

그가 무슨 말인가 웅얼거렸는데 난 무슨 말인지 알아들을 수 없었다. 나는 모르겠다는 표정을 지으며 그에게 귀를 내밀었다. 그는 고함을 지르다시피 목소리를 높였다.

“육지요! 본토가 우리 배의 정박지에서 적어도 11킬로미터는 되는 것 같소.”

“그 정도지요.”

내가 흥분하지 않고 호기심을 내비치지도 않고 놀라지도 않으며 그 어떤 관심도 드러내지 않자, 그는 의심이 드는 것 같았다. 그러나 나는 교묘하게 귀가 먼 척하는 것 말고는 그 무엇도 가장하려고 애쓰지 않았다. 아무것도 모르는 척하는 것이 애당초 불가능하게 느껴졌고, 따라서 그런 척 연기를 한다는 것 자체가 두려웠다. 게다가 그는 애초에 올 때부터 의심을 품었음이 명백해 보였다. 따라서 내 정중한 행동이 이상하고 부자연스럽다고 여기는 것 같았다. 어쨌거나 그 선장 앞에서 달리 어떻게 행동할 수 있었을까? 분명코 진심으로 환영할 수는 없었다! 그것은 심리적인 이유로 불가능하기에 여기서 자세히 밝힐 필요도 없다. 내 유일한 목표는 그의 심문을 피하는 것이었다. 무뚝뚝하게? 물론 그런 태도가 적절했을 것이다. 그러나 무뚝뚝한 태도를 보이면 자칫 노골적인 질문이 나오도록 자극할 것이 뻔했다. 세심하게 예의를 차리는 태도야말로 그 남자를 억제하기 위해 계산된 최선의 행동이었다. 그래도 그가 직설적으로 내 방어막을 뚫고 들어올 위험이 있었다. 나는 또한 심리적인 이유 때문에(도덕적인 이유가 아니라) 노골적인 거짓말로 둘러댈 수 없었다고 생각한다. 혹시라도 선장이 남자와 똑같이 느끼는 내 감정을 시험할까 봐 얼마나 두려웠는지 생각만 해도 아찔하다! 하지만 이상하게도(나는 그 생각을 나중에야 하게 되었다) 나는 그가 그 기이한 상황의 이면을 조금도 의심하지 않았다고 믿는다. 달리 말하자면 자신이 찾고 있는 남자와 나 사이에 닮은 점이 있다고 전혀 생각하지 않는 것 같았다. 선장은 그가 처음부터 그토록 불신하고 싫어한 그 젊은 남자와 나 사이의 신비한 유사성을 전혀 눈치채지 못했다.

어찌 되었건 침묵은 오래 지속되지 않았다. 그는 또다시 에둘러 한 발을 내디뎠다.

"우리 배가 당신 배에서 3킬로미터도 떨어지지 않은 것 같군요. 그 이상은 확실히 아닌 것 같소."

"이렇게 지독하게 무더운 날씨에는 꽤나 먼 거리죠."

또다시 불신의 침묵이 이어졌다. 필요는 창조의 어머니라 하지 않나. 그렇지만 두려움 또한 교묘한 암시를 낳지 못하는 건 아니다. 나는 그가 내 분신에 대해 노골적으로 물어볼까 봐 두려웠다.

"홀이 참 멋지지 않습니까, 안 그런가요?"

나는 그가 닫힌 문에서 반대편 문까지 훑어보는 모습을 처음으로 본다는 듯 그렇게 말을 붙였다.

"설비도 아주 좋습니다. 여길 한번 좀 보시죠."

나는 태연하게 내 등 뒤쪽에 손을 대고 문을 활짝 열면서 말했다.

"여기가 제 욕실입니다."

그는 적극적인 동작으로 움직였으나 실제로는 거의 눈길을 주지 않았다. 나는 자리에서 일어나 욕실 문을 닫고는 내 거처가 매우 자랑스럽다는 듯한 태도로 그에게 둘러보기를 권했다. 그는 자리에서 일어나 안내를 받았지만 그 어떤 열정도 보이지 않은 채 그저 무덤덤하게 둘러보았다.

"자, 이제 제 전용실을 둘러보시죠."

나는 일부러 최대한 큰 소리로 쿵쾅거리며 선실을 오른쪽으로 가로질렀다.

그는 나를 따라 안으로 들어와 사방을 둘러보았다. 영리한 내 분신은 이미 사라지고 없었다. 나는 내 역할을 충실히 수행했다.

"아주 편리한 공간입니다, 어떠신가요?"

"아주 좋네요. 안락해 보이고……"

선장은 말을 마치지도 않은 채 나의 부정한 간계를 회피하듯 퉁명스럽게 밖으로 나갔다. 하지만 나는 그가 자기 뜻대로 하도록 놔둘 수 없었다. 어쨌든 나는 놀랍도록 집요하게 굴었다. 나는 나 때문에 그가 도망치는 거라고 느꼈다. 내가 의도한 대로 풀린 것이다. 정중하면서도 집요한 내 태도에서 그가 무언가 위협적인 분위기를 느꼈음에 틀림없다. 그래서 그가 그렇게 갑자기 굴복한 것이리라. 나는 그가 단 하나도 그냥 지나치게 만들지 않았다. 항해사의 방이며, 식료품 저장실, 창고, 선미루 아래에 있는 돛 보관함까지 모든 곳을 들여다보도록 했다. 마침내 후갑판 밖으로 나왔을 때 그는 얼빠진 듯 길게 한숨을 내쉬었다. 이제 정말 자신의 배로 돌아가야 한다며 울적한 목소리로 웅얼거렸다. 나는 우리에게 다가온 항해사에게 선장을 그의 보트까지 안내하도록 지시를 내렸다.

구레나룻 항해사는 목에 두르고 다니는 호각을 불며 소리 질렀다.

"세포라호로 출발!"

선실에 있는 내 분신이 분명 그 소리를 들었을 테지만 나만큼 안도하지는 않았으리라. 전방에서 뛰어나온 그의 선원 넷이 배의 측면으로 갔고, 우리 선원들도 갑판에 나와 난간에 늘어섰다. 나는 너무 과하다 싶을 정도로 격식을 갖춰 손님을 사다리로 안내했다. 하지만 그는 집요한 작자였다. 사다리에서 머뭇거리다가 그 특유의 떳떳하지 못해 보이는 자의식 가득한 태도로 질문을 던졌다.

"그게…… 그러니까…… 당신은 그렇게 생각하지 않는다는……"

나는 그의 목소리를 누를 요량으로 크게 소리를 쳤다.

"당연한 말씀…… 좋습니다. 안녕히 가십시오."

나는 선장이 무슨 질문을 하려는지 미루어 헤아릴 수 있었지만, 청력이 좋지 않다는 핑계로 상황을 모면했다. 그는 당황한 얼굴로 더 이상 자기 의문을 입 밖으로 내놓지 못했다. 그런 작별을 가까이서 보고 있던 항해사는 어리둥절한 표정을 지었다가 다시 생각에 잠긴 표정으로 바뀌었다. 나는 선원들과의 소통을 피하고 싶어 하는 모습을 내비치기 싫었다. 그래서 항해사에게 말을 걸 기회를 주었다.

"아주 좋은 분 같군요. 그런데 같이 온 선원들이 우리 선원들에게 아주 놀라운 이야기를 들려줬습니다. 조리장이 저한테 해준 이야기가 사실이면, 선장님도 저 선장님한테 그 이야기를 들었겠지요?"

"그렇다네. 이야기를 들었지."

"아주 끔찍한 일 아닙니까, 안 그렇습니까, 선장님?"

"그래."

"미국 배에서 일어난 살인 사건 중에 가장 끔찍한 이야기더군요."

“그 정도는 아닌 것 같던데. 그리고 그런 끔찍한 살인 사건과 닮지도 않은 것 같고.”

“어이쿠, 이런! 진짜요? 하지만 저는 미국 배랑은 아무 인연도 없었습죠. 그러니 선장님이 알고 있는 사건에 반박은 못 하겠네요. 저한테는 끔찍하고도 남던데…… 하지만 진짜 이상한 게, 저 사람들이 그놈이 우리 배에 숨어 있다고 생각하는 것 같더군요. 진짜 그랬어요. 그런 소리 들어본 적 있으십니까?”

“무슨 말도 안 되는 소리를! 안 그런가?”

우리는 후갑판에서 앞뒤로 거닐고 있었다. 앞쪽에는 다른 선원이 아무도 보이지 않았다(일요일이었다). 1등 항해사는 계속 말을 이었다.

“그 점에 대해 입씨름이 좀 있었습니다. 우리 선원들이 화를 냈어요. ‘우리가 뭐 그런 죄수를 숨겨주기라도 할까 봐!’라고 말했죠. ‘석탄 투입구라도 찾아보시던가?’라면서 승강이가 좀 오갔어요. 나중에 화해하긴 했지만요. 제 생각엔 물에 빠져 죽은 것 같은데…… 안 그런가요, 선장님?”

“난 별 생각 없네.”

“아무런 의심이 안 드나요?”

“그래, 아무 의심 없어.”

나는 1등 항해사를 두고 느닷없이 자리를 떴다. 나쁜 인상을 남길 게 뻔했지만 내 분신을 저 아래에 두고 더 이상 여기 갑판에 있는 게 너무나 견디기 힘들었다. 그랬다, 아래에 있는 것만큼이나 견디기 힘들었다. 요컨대 전반적으로 신경이 곤두선 상태였다. 그나마 그와 함께 있을 때가 대체로 둘로 나뉜 느낌이 덜했다. 배 안에는 마음을 터놓을 이가 아무도 없었다. 남자가 다른 사람 행세를 하도록 만드는 것도 불가능했다. 그러려면 선원들이 그의 신상을 알아야 하기 때문이었다. 실수로 남자가 발각된다면 그 어느 때보다 더 두려운 상황에 빠지게 될 것이다…….

선실로 내려갔을 때 조리장이 저녁식사를 차리고 있었다. 그래서 우리는 그저 눈빛으로 대화할 수밖에 없었다. 나는 오후 늦게 아주 조심스레 대화를 시도했다. 일요일이다 보니 배 안은 아주 조용해서 우리에게 불리했다. 배 주변 대기도 물도 고요하기는 마찬가지였다. 자연도 인간도 우리에게 불리했다. 모든 게 우리의 비밀스러운 동맹 관계에 불리했다. 시간도 마찬가지였다. 이런 식으로 영원히 지속될 수는 없기 때문이었다. 신의 섭리에 의탁하는 것도 그가 지은 죄 때문에 불가능하지 않을까. 나는 이런 생각으로 매우 낙담한 상태였다. 성공에 관한 책에서 가장 중요한 사건의 장으로 비유해 말하자면, 나는 어서 빨리 사건이 다 끝나서 책이 닫히기만을 바랄 뿐이었다. 대체 우리에게 어떤 유리한 사건을 기대할 수 있겠는가?

"다 들었소?"

나는 침대에 나란히 기대앉은 자세를 취하자마자 그렇게 첫마디를 건넸다. 그러자 진지하게 속삭이는 그의 목소리가 들렸다.

“그 사람이 자기는 명령을 내릴 엄두가 나지 않았다고 했죠?”

나는 그의 말이 선원들의 목숨을 건지게 한 앞돛 이야기를 일컫는 거라고 이해했다.

“그렇다오. 그 사람은 앞돛을 조절하다가 그게 부러질까 봐 겁이 났다더군요.”

“선장은 절대 명령을 내리지 않았습니다. 그자는 자기가 그랬다고 생각할지 모르겠지만, 절대 그러지 않았어요. 그자는 주돛이 바람에 찢겨져 나간 후에 내가 있던 선미루 분기점에 서서 우리에게 남은 마지막 희망에 대해 징징거렸어요. 그저 몹시 징징거릴 뿐 아무것도 하지 않았습니다. 그리고 밤이 왔죠! 그런 험악한 날씨에 선장이란 인간이 그런 식으로 행동하는 걸 보면 어떤 선원이라도 정신 줄을 놓을 겁니다. 저 역시 자포자기하는 마음이 들었으니까요. 그냥 제가 알아서 해야겠다고 마음먹었죠. 피가 거꾸로 솟구치는 것 같아 그자를 피해 딴 데로 가버렸습니다. 하지만 지금 이런 이야기를 해봤자 다 무슨 소용이겠습니까? 그러니까…… 제가 사람들에게 그렇게 사납게 굴지 않았더라면, 그 사람들이 뭐라도 하게 만들 수 있었을까요? 절대 아닐걸요! 갑판장은 움직였을까요? 뭐, 그럴 수도 있었겠죠. 그건 그냥 거친 바다가 아니었어요. 완전히 미친 바다였다고요! 아마 세상의 종말이 있다면 그런 모습이 아닐까 싶을 정도로요. 누구라도 죽기 살기로 한 번은 맞닥뜨릴 용기를 낼 수 있겠죠. 하지만 그걸 날마다 맞닥뜨려야 하는 건…… 저는 누굴 탓하긴 싫어요. 그저 제가 다른 사람들보다 아주 조금 나았던 거죠. 그저…… 저는 어쨌든 저 낡은 증기선의 항해사로……"

"이해합니다."

나는 그의 귀에 대고 진심에서 우러난 확신을 전했다. 그는 끊임없이 속닥거리다 보니 숨이 차는 것 같았다. 희미하게 헐떡거리는 소리가 들렸다. 모든 건 매우 단순했다. 24명의 남자가 목숨을 건진 건 이 남자가 사나운 기세로 그들을 움츠러들게 만들었기 때문이다. 그리하여 비열한 폭동의 싹이 잘린 것이다.

그러나 나는 그 일의 공로를 찬찬히 따져볼 여유가 없었다. 홀에서 발소리가 나더니 뒤이어 크게 문 두드리는 소리가 들렸다.

"바람이 불고 있습니다, 선장님. 항해를 시작해도 될 것 같습니다."

나의 생각, 나의 느낌을 가동해야 한다는 새로운 요청이 날아들었다.

"전원 갑판으로 집합!"

나는 문을 열지 않고 소리쳤다.

"나도 바로 갑판으로 올라가겠네."

나는 이참에 내 배와 선원들의 사정을 이것저것 알아보

기로 마음먹었다. 선실을 나가기 전 우리 눈이 마주쳤다. 배에 승선한 유일한 두 이방인의 눈길. 나는 그에게 구석 자리 작은 스툴이 있는 곳을 가리킨 후 입술에 손가락을 가져다댔다. 그는 다소 모호하고 알 수 없는 몸짓을 취하더니 마치 회오가 밀려오는 듯 희미하게 미소 지었다.

여기서 나는 처음으로 내 지시에 따라 발아래 배가 움직이는 느낌을 경험한 사람이 느끼는 감각과 기분을 늘어놓을 생각 따윈 없다. 그 기분은 아무것도 섞이지 않은 순수한 감정이 아니었다. 엄밀히 말해 내 지휘권은 혼자 가진 게 아니었다. 내 선실에 그 이방인이 함께 있기 때문이었다. 아니 그보다, 나는 완전하게 배와 함께하지 않았다. 내 일부분은 부재했다. 동시에 두 곳에 존재하는 것 같은 그 내적 느낌이 내 육체에 영향을 끼쳤다. 마치 비밀을 둘러싼 기운이 영혼 자체에 침투한 것 같았다. 배가 움직이기 시작한 후 한 시간쯤 지나 항해사(그는 내 옆에 서 있었다)에게 파고다의 나침반 방위를 재보라고 시키다가, 나는 나도 모르게 그의 귀에 대고 속삭이려고 했다. 퍼뜩 정신을 차리고 동작을 멈추었지만 이미 항해사를 깜짝 놀라게 만들기에는 충분했다. 그가 그저 주춤했다고밖에는 달리 묘사할 수 없다. 이후 그는 무슨 난처한 일에 처한 것처럼 진지하게 무언가에 열중한 태도를 고수했다. 잠시 후 나는 나침반을 보기 위해 난간으로 아주 조심스럽게 살금살금 걸어가다가 키잡이에게 그 모습을 들키고 말았다. 평소와는 달리 그의 눈이 휘둥그레졌다. 사실 그 모두가 사소한 일이었다. 하지만 지휘권자가 얼토당토않은 기행을 일삼는다는 의심을 사는 건 전혀 득이 될 리 없었다. 또한 감각의 측면에서도 심각한 혼란을 겪었다. 일반인들이 위협을 느꼈을 때 본능적으로 눈을 깜박거리는 것처럼, 뱃사람에게는 특정한 상황에서 자연스럽게 나오는 특정한 말이나 몸짓이 있다. 특정한 명령은 생각할 겨를도 없이 불쑥 입 밖으로 튀어나오기도 한다. 말하자면 특정한 신호는 저절로 표면에 드러나기 마련이다. 그러나 나는 모든 무의식적 기민함이 사라졌다. 내 정신을 (선실로부터) 일깨워 현재의 상황에 집중하도록 의지력을 발휘해야만 했다. 나는 여차하면 트집 잡고 싶어 하는 눈으로 나를 예의주시하는 다른 선원들에게 결단력 없는 지휘자로 보일 거라는 생각이 들었다.

게다가 겁낼 만한 다른 일들이 있었다. 예를 들어 둘째 날 오후에 갑판에서 내려오다가 (나는 맨발에 밀짚 슬리퍼를 신고 있었다) 식료품실 문이 열린 것을 보고는 걸음을 멈추고 조리장에게 말을 걸었다. 그는 나를 등지고 무언가를 하고 있었다. 그러다가 내 목소리를 듣는 순간 말 그대로 깜짝 놀라 펄쩍 뛰다가 그만 컵을 깨고 말았다.

"도대체 뭐가 문젠가?"

나 또한 놀라서 물었다. 그는 극도로 혼란스러워했다.

"죄송합니다, 선장님. 선장님이 지금 선실에 계신 걸로 알았거든요."

"무슨 소리지? 내가 여기 있는 게 안 보이나?"

"선장님, 제가 방금 선장님이 선실에서 움직이는 소리를 들었습니다. 맹세할 수 있어요. 진짜 너무 이상하네……. 죄송합니다, 선장님."

나는 속으로 몸서리를 쳤다. 나는 마치 내가 그 남자고, 그 남자가 나인 양 비밀 분신과 너무나 동일시된 것 같았다. 따라서 벌벌 떨며 그와 나누었던 얼마 안 되는 귓속말에서 그 일을 언급조차 하지 않았다. 분명 그가 희미한 소음을 냈을 것이다. 그게 아니라면 불가사의한 일 아니겠는가. 그는 초췌해 보이긴 해도 언제나 완벽하게 자기통제를 했고, 태도는 늘 차분하기 이를 데 없었다. 그 어떤 상황에서도 약한 모습을 보이지 않았다. 내 말에 따라 그는 거의 전적으로 욕실에 머물렀다. 대체로 그곳이 가장 안전했다. 조리장이 그곳 청소를 끝내면 그 누구도 그곳에 들어갈 이유가 없었다. 그곳은 매우 협소한 공간이었다. 그는 때로 다리를 구부리고 머리는 팔꿈치에 괸 채 바닥에 누워 있었다. 다른 때는 스툴에 앉아 있었다. 그럴 때면 환자처럼 짧게 자른 검은 머리에 회색 잠옷을 입은 채로 죄수처럼 꼼짝하지 않았다. 밤이면 그를 내 침대로 몰래 데리고 와서 함께 속삭이곤 했다. 머리 위에서는 근무를 서는 선원들이 오가는 발소리가 규칙적으로 들리곤 했다. 참으로 한량없이 비참한 시간이었다. 전용실 사물함에 통조림이 있어서 그나마 다행이었다. 딱딱한 빵은 언제고 구할 수 있었다. 그렇게 그는 닭고기 스튜와 푸아그라 파이, 아스파라거스, 조리된 굴, 정어리 등으로 연명했다. 깡통에 든 온갖 종류의 지긋지긋한 가짜 진미로 연명한 것이었다. 그는 항상 내 모닝커피를 마셨다. 용기를 내 그를 위해 할 수 있는 일은 고작 그 정도가 전부였다. 매일 내 방과 욕실을 청소하는 일정 때문에 오싹한 작전을 펼쳐야 했다. 그러다 마침내 조리장의 모습을 보는 것도 신물이 나기 시작했다. 아무 죄도 없는 그 사람의 목소리를 듣는 것조차 혐오스러워졌다. 발각되는 재앙을 불러올 이가 조리장이 될 것만 같았다. 마치 우리 머리 위로 칼 한 자루가 대롱거리는 느낌이었다.

나흘째(우리는 그때 시암만 동쪽을 따라 가벼운 바람과 부드러운 물길을 타고 비스듬히 맞바람을 맞으며 지그재그로 나아가고 있었다),—즉 피할 수 없는 일들로 곡예를 벌이는 이 비참한 생활이 나흘째였다—저녁 식사 자리에 앉아 있을 때 별스럽지 않은 동작으로도 나를 두렵게 하던 그 조리장이 식사를 차려놓자마자 후다닥 갑판으로 뛰어 올라갔다. 나는 '뭐, 대수로운 일이랴' 생각했다. 그는 이내 다시 내려왔다. 오후에 지나가던 소나기에 젖었던 내 코트를 말리기 위해 난간에 걸쳐놓았던 사실을 기억한 모양이었다. 나는 멍하게 테이블에 앉아 있다가 그의 팔에 걸쳐 있는 코트를 보고 기함을 했다. 조리장이 문 쪽으로 다가갔다. 꾸물거릴 시간이 없었다.

"조리장!"

나는 나도 모르게 큰 소리로 외쳤다. 너무나 긴장한 탓에 목소리를 제어하지도 불안을 숨기지도 못했다. 괴상한 구레나룻의 1등 항해사가 보았다면 아마도 집게손가락으로 자기 이마를 톡톡 두드리고도 남았을 것이다. 나는 그가 갑판에서 목수와 은밀한 태도로 이야기를 나누던 도중 그런 손짓을 하는 모습을 본 적이 있었다. 그때는 너무 멀리 떨어져 있어서 말소리를 제대로 듣지 못했지만 분명 이상한 새 선장에 대해 떠드는 거라는 생각이 들었다.

"예, 선장님."

조리장이 창백한 얼굴로 체념한 듯 나를 돌아보았다. 까닭도 알 수 없이 이렇게 미친 듯 고함을 지르고, 선실에서 멋대로 쫓아냈다가 급작스럽게 불러들이고, 이해할 수 없는 심부름으로 일하고 있던 식료품실에서 쫓아내는 식의 일들이 쌓이다 보니, 그의 표정은 점점 더 비참해지고 있었다.

"그 코트 어디로 가져가는 길인가?"

"선장님 방으로 가던 길입니다."

"또 소나기가 오나?"

"모르겠습니다, 선장님. 다시 위로 올라가 확인해볼까요?"

"아냐! 신경 쓸 거 없어."

목적은 달성되었다. 내 분신이 이 모든 소리를 들었을 것이다. 그러는 동안 두 선원은 각자의 접시에서 시선을 거두지 않았다. 그러나 이 빌어먹을 애송이, 2등 항해사가 입술을 비죽거리는 것이 눈에 띄었다.

나는 조리장이 내 코트를 걸고 곧바로 다시 나갈 것이라 기대하고 있었다. 그렇지만 조리장은 몹시 꾸물거렸다. 나는 예민한 마음을 추스르며 그에게 소리 지르려는 걸 꾹 참았다. 그런데 그때 어떤 이유인지 모르겠으나 그가 갑자기 욕실 문을 열었다(똑똑히 들렸다). 끝장이었다. 욕실은 말 그대로 고양이 한 마리가 휘젓고 다니기에도 비좁은 공간이었다. 나는 목구멍이 딱 막혀 말이 나오지 않았다. 완전히 제자리에 얼어붙고 말았다. 그는 분명 깜짝 놀라 공포에 질린 비명을 내지를 것이다. 나는 움직이려고 했으나 다리가 말을 듣지 않았다. 그런데 그저 사방이 고요했다. 제2의 자아가 그 딱한 조리장의 목을 비틀었나? 그 순간 조리장이 방에서 나오는 모습을 보지 못했다면 다음 순간 내가 어떻게 했을지 가늠이 되지 않는다. 조리장은 방에서 나와 문을 닫더니 조용히 측면 찬장 옆에 다가섰다.

'살았어!'

나는 속으로 외쳤다.

'아니야, 아냐! 사라졌어! 가버린 거야! 그 남자는 가버렸어!'

나는 나이프와 포크를 내려놓고 의자에 기댔다. 머리가 빙글빙글 돌았다. 한참을 그렇게 가만히 앉아 있었다. 잠시 후 나는 안정된 목소리로 말할 수 있을 정도로 정신을 차리고 나서 항해사에게 직접 배를 8시 방향으로 틀라고 지시

했다.

“난 갑판으로 나가지 않겠네. 잠 좀 자야겠어. 그리고 바람 방향이 바뀌지 않는 이상 자정까지 깨우지 말게. 컨디션이 좀 나빠서 말이야.”

“안 그래도 좀 전에 선장님 컨디션이 진짜 안 좋은 것 같던데요.”

말은 그렇게 해도 1등 항해사는 걱정하는 기색을 전혀 보이지 않았다. 항해사는 곧바로 밖으로 나갔다. 나는 조리장이 테이블을 치우는 모습을 바라보았다. 그 딱한 조리장의 표정에서는 별다른 기색이 읽히지 않았다. 그런데 왜 내 눈을 피하는 거지? 나는 그의 목소리를 직접 들어봐야겠다는 생각이 들었다.

“조리장!”

“예, 선장님.”

예의 놀란 대답이었다.

“코트 어디에 걸어놓았나?”

“욕실에 두었습니다, 선장님.”

평상시대로 불안한 어투였다.

“아직 다 마르지 않아서요.”

나는 조금 더 선실 주방에 머물렀다. 내 분신은 올 때처럼 가뭇없이 사라진 걸까? 그가 나타난 일은 해명되었다. 반면 사라진 일은 설명이 되지 않는다……. 나는 천천히 어둑한 방으로 들어가 문을 닫고 램프의 불을 밝혔다. 몸을 돌려 둘러볼 엄두가 나지 않았다. 그러다 마침내 용기를 냈을 때 그가 좁은 구석 자리에 똑바로 서 있는 모습을 보았다. 충격받았다고 말한다면 진실이 아닐 것이다. 하지만 어쩔 수 없이 그의 육체적 존재를 의심하는 마음이 들었다. 남자가 혹시 내 눈에만 보이고 다른 이의 눈에는 보이지 않는 건 아닐까? 대체 그게 가능한 일일까? 유령에 씌운 것 같은 기분이었다. 꼼짝 않던 그가 심각한 얼굴로 나를 향해 두 손을 살짝 들어 보였다. 분명 '맙소사! 완전히 구사일생이었어요!'라고 말하는 듯했다. 실로 아슬아슬했다.

나는 경계선을 넘지는 않았지만 슬그머니 광기 직전까지 다다른 것 같았다. 달리 말하자면 남자의 그 몸짓이 나를 제어한 셈이었다.

무시무시한 구레나룻을 기른 항해사는 이제 배를 다른 침로로 돌리고 있었다. 선원들이 각자의 자리에서 위치를 잡은 후 이어지는 깊은 침묵의 순간, 나는 선미루에서 그가 목청을 높이는 소리를 들었다.

"바람길로 힘껏!"

그리고 멀리 주갑판에서 복창하는 소리가 들렸다. 연이어 가벼운 바람 사이로 돛들이 펄럭이는 소리가 희미하게 들렸다. 잠시 후 소리가 멎었다. 배는 이제 천천히 돌고 있었다. 나는 다시 고요 속에 숨을 죽였다. 모르는 사람이 귀를 기울였다면 갑판에 아무도 없다고 생각했을 것이다. 갑자기 느닷없는 외침이 들렸다.

"주돛 당겨!"

그 소리가 주문을 깼다. 그러자 머리 위에서 분주하게 주돛의 하활줄을 끌고 뛰는 선원들이 시끄럽게 고함지르는 소리가 들렸다. 선실에 있던 우리 둘은 침대 옆 평상시 우리의 자리에 바짝 붙어 앉았다. 그는 내가 묻기 전에 먼저 말을 꺼냈다.

"조리장이 오는 소리를 듣고서 후다닥 욕조에 쭈그려 앉았습니다. 다행히 그냥 문만 열고 팔을 뻗어 코트만 걸어 놓고 나가더군요. 어쨌든……"

"하! 그건 생각도 못 했군요."

나는 그렇게 가까스로 위기를 모면했다는 사실을 깨닫자 그 순간보다 더욱 오싹한 기분이 들었다. 동시에 이제껏 그토록 훌륭하게 위기를 넘겨온 남자의 의지에 놀라움을 금치 못했다. 그의 목소리에는 불안감이 전혀 느껴지지 않았다. 우리 중 심란하고 불안한 게 누군지 따진다면 분명 그는 아니었다. 그는 멀쩡한 정신이었다. 그 증거는 그가 다시 이야기를 이어가면서 계속 드러났다.

"저는 절대 다시 살아나서는 안 됩니다."

참으로 유령이 할 법한 말이었다. 그러나 그 말인즉, 자신의 옛 선장이 마지못해 인정한 자살을 일컫는 것이었다. 분명 남자에게 그보다 딱 맞는 비책은 없을 것이다. 그러니까 남자가 제 운명에 관하여 스스로 내린 그 흔들리지 않는 결심을 내가 제대로 이해했다면 말이다.

"캄보디아 해안 앞바다에 있는 군도에 닿을 수만 있다면, 그곳에 닿자마자 저를 버려주십시오."

"섬에 버리라니! 이봐요, 여기가 무슨 아이들이나 읽는 모험담 속 세계인 줄 아시오?"

내가 반대하자 그가 비웃는 듯한 태도로 속삭였다.

"물론 그렇죠! 이 일은 아이들 모험담 따위와 아무 상관 없습니다. 하지만 그렇다고 뭐 다른 게 있을까요. 저는 더 이상 아무것도 바라지 않습니다. 설마 제가 앞으로 벌어질 일을 두려워한다고 여기시는 건 아니겠죠? 감옥이건 교수대건 뭐건 저들이 원하는 그런 거 말입니다. 설사 그런 일이 벌어진다 해도 제가 가발을 쓴 늙은 영감과 열두 명의 점잖은 상인들에게 그 일을 설명하는 짓을 할 거 같나요? 설마 그렇게 생각하는 건 아니겠죠? 그 사람들이 내가 죄가 있는지 아닌지, 또는 있다면 어떤 죄를 지었는지 어떻게 알겠습니까? 그건 내 일입니다. 성서에 뭐라고 나오나요? '지면에서 쫓아낸다'*고 하지 않았습니까. 그래요. 전 이제 지상에서 쫓겨난 겁니다. 밤이 오면 떠나겠습니다."

"말도 안 돼!"

나는 중얼거렸다.

"그럴 수 없소."

*
「창세기」 4장 14절을 인용한 말이다.

"그럴 수 없다고요? ……전 최후의 심판의 날에 벌거벗은 영혼 같은 신세 아닌가요. 저는 이 잠옷을 입고 얼어 죽을 겁니다. 최후의 날은 아직 오지 않았지만…… 그런데…… 제 말을, 제 말의 의도를 다 이해하셨지요, 안 그런가요?"

나는 갑작스레 수치심이 몰려들었다. 그에게 진정으로 이해한다고 말할 수도 있을 것이다. 그리고 남자가 내 배에서 내려 떠나가도록 놔두는 걸 망설이는 짓은 그저 가짜 감정, 일종의 비겁함이라고도 할 수 있을 것이다.

"내일 밤까지는 안 됩니다."

나는 한숨을 내쉬며 말을 이었다.

"배가 앞바다 침로인 상태에서는 바람 때문에 불가능합니다."

"선장님이 이해한다니, 제가 따라야죠. 물론 분명히 이해하시겠죠. 누군가 저를 이해해줄 사람이 있다는 건 정말 마음 놓이는 일입니다. 선장님은 일부러 의도한 듯 여기 계셨던 것 같아요."

그러고 나서 그는 마치 우리 둘이 이야기할 때마다 서로에게 세상이 들어서는 안 되는 말을 하는 것처럼 똑같이 귓속말로 덧붙였다.

"정말 좋아요."

우리는 나란히 앉아 비밀스럽게 이야기를 나누었다. 그러다가 때로 침묵을 지켰고, 이어서 긴 침묵 사이로 한두 마디 속삭임을 나누었다. 그러고는 여느 때처럼 그가 현창을 내다보았다. 한줄기 바람이 이따금 우리의 얼굴을 훑었다. 배는 독에 정박해 있는 것처럼 등흘수 상태로 조용했다. 그 상태로 부드럽게 미끄러져 나아갔다. 바닷물은 출렁거리지 않았다. 유령의 바다처럼 어둡고 적막했다.

나는 자정에 갑판으로 나가 배의 침로를 변경했다. 항해사는 몹시 놀랐다. 그는 침묵으로 비난하듯 내 앞에서 무시무시한 구레나룻을 씰룩거렸다. 그 생기 없이 조용한 만을 최대한 빨리 빠져나가기만 하는 문제라면 나는 분명 침로를 변경하지 않았을 것이다. 1등 항해사는 분명 교대하러 온 2등 항해사에게 내가 판단력이 아주 떨어지는 짓을 저질렀다고 속닥거렸을 것이다. 2등 항해사는 그저 하품만 할 뿐이었다. 그 꼴 보기 싫은 애송이는 졸음에 겨워 지척거리다 느른한 자세로 난간에 기댔다. 나는 그를 호되게 나무랄 수밖에 없었다.

"아직 잠을 못 깬 건가?"

"아닙니다, 선장님. 깼습니다."

"그럼, 정신 바짝 차려! 경계 근무 잘 서도록. 조류가 일면 날이 밝기 전에 섬에 다가갈 거야."

만의 동쪽으로는 섬들이 수놓여 있었다. 일부는 외따로, 일부는 군도를 이루고 있었다. 섬들은 푸른 해안선을 배경으로 평온한 바다 위에 떠 있는 은빛 조각 같았다. 메마른 잿빛 섬도 있었고, 짙은 녹색 상록수 관목숲으로 둘러싸인 섬도 있었다. 큰 숲은 2~3킬로미터까지 길게 뻗어 능선의 윤곽이 보였고, 바닥에 줄지어 풀이 자라 갈빗대처럼 보이는 회색 바위들도 보였다. 상선에도, 여객선에도, 또 지리학계에도 거의 알려지지 않은 이 섬들이 품고 있는 생태계는 밝혀지지 않은 비밀이다. 개중 큰 섬에는 마을이 있을 것이다. 적어도 어부들의 정착지 정도는 있을 것이다. 그리고 원주민 배로 세상과의 소통이 이루어질 것이다. 그러나 미약한 바람의 힘을 빌려 섬들을 향해 나아가고 있던 그날 오전 내내, 나는 섬들에 초점을 맞춘 망원경 렌즈에서 사람 한 명, 카누 한 척조차 보지 못했다.

나는 정오에 항로를 변경하라는 지시를 내리지 않았다. 그러자 1등 항해사가 매우 걱정스런 표정으로 내 이목을 끌기 위해 과도하게 구레나룻을 들이대는 것 같았다. 결국 내가 먼저 말을 건넸다.

"배를 바짝 붙일 걸세. 할 수 있는 한 최대한 가까이 붙여야 해."

그는 극도로 놀란 나머지 눈빛에서 맹렬하고 사나운 기운을 뿜었다. 한순간 그가 진정으로 무시무시해 보였다.

"만 한가운데에서는 잘 나아갈 수가 없어."

나는 아무렇지 않은 태도로 말을 이었다.

"오늘밤 육풍을 찾아볼 걸세."

"어이쿠, 이런! 한밤중에 섬들이며 암초며 모래톱이 널린 이곳에서 그게 말이 됩니까, 선장님?"

"이 연안에서 육풍을 찾으려면 해안 가까이로 가야 해,

내 말이 틀린가?"

"어이쿠, 이런!"

그는 다시 작은 소리로 똑같이 외쳤다. 그날 오후 내내 그는 꿈을 꾸는 듯 관조하는 모습을 보였다. 말하자면 그건 당황했다는 표시였다. 저녁 식사 후 나는 쉬러 간다는 내색을 하고는 내 전용실로 들어갔다. 우리 둘은 그곳에서 고개를 숙이고 침대 위에 놓인 반쯤 접힌 해도를 보고 있었다.

"여기, 이게 코링일 거요. 일출 후부터 계속 지켜보았소. 여기에 언덕이 둘 있고 저지대가 하나 있소. 분명 사람이 살고 있을 거요. 그리고 여기 반대편 해안은 꽤 큰 강의 하구 같소. 분명 멀지 않은 곳에 마을이 있을 거요. 내가 보기에 여기가 당신에게 최선의 선택지 같군요."

"뭐든 상관없어요. 코링이라면, 뭐, 그렇겠죠."

그는 높은 곳에 올라 거리와 가능성을 함께 재보는 것처럼 생각에 잠겨 해도를 쳐다보았다. 그의 눈길을 따라 그의 육신도 코친차이나의 빈 땅을 헤매고 있는 듯했다. 그러다가 해도에 표시된 부분에서 눈길을 떼더니 아무 표시 없는 지역에 그의 눈길이 닿았다. 마치 이 배의 항로를 정할 선장이 두 명 있는 것 같았다. 나는 그날 매우 걱정되고 불안한 마음으로 분주하게 위아래로 뛰어다니느라 옷을 제대로 갖춰 입을 정신이 없었다. 잠옷 차림에 밀짚 슬리퍼를 신고 부드럽게 펄럭이는 모자 차림이었다. 만에 가득한 답답한 열기로 숨이 막힐 듯했다. 선원들은 바람이 잘 통하는 옷차림을 한 채 돌아다니는 내 모습에 익숙해져 있었다.

"배는 이대로 계속 나아가 남쪽 지점으로 다가갈 예정이오."

나는 그의 귀에 대고 속삭였다.

"언제가 될지는 하늘만 알 텐데, 그래도 분명 날이 저물고 나서야 도달할 거요. 나는 0.5마일까지 살살 나아갈 거요. 어둠속에서 판단력이 방해받지 않는 정도로 최대한……"

"조심하십시오."

그가 경고하듯 웅얼거렸다. 그때 나는 갑자기 깨달았다. 처음으로 지휘권을 마음대로 행사하는 이때 무슨 불상사라도 일어난다면 나의 미래가, 즉 나에게 딱 맞는 유일한 미래가 어쩌면 돌이킬 수 없이 산산조각날 것이다.

나는 더 이상 방에 머무를 수 없었다. 그에게 시야에서 사라질 것을 손짓으로 알리고는 선미루로 향했다. 그 재미없는 애송이가 경계 근무를 서고 있었다. 나는 한동안 상황을 생각해보면서 서성이다가 그를 불렀다.

"선원 두 명을 보내서 후갑판 현창 두 개를 열라고 해."

나는 점잖게 지시를 내렸다. 그는 진짜 건방져서 그런지, 아니면 그런 이해할 수 없는 명령에 놀라 정신을 차리지 못해서 그런지 내 말을 그대로 반복하며 되물었다.

"후갑판 현창을 열라니요! 왜요, 선장님?"

"따지지 말고 시키는 대로 해. 현창을 활짝 열고 잘 붙들어 매라고 일러."

그는 얼굴을 붉힌 채 자리를 떴다. 나는 분명 그가 배의 후갑판을 환기시키는 게 현명한 일인지에 대해 선원들과 함께 날 조롱했을 거라고 믿는다. 또한 1등 항해사의 선실로 찾아가 그 사실을 알렸다는 건 분명하다. 왜냐하면 구레나룻이 갑판으로 나와 우연히 나를 본 척하며 흘긋거리는 모습을 보았기 때문이다. 광기나 취기가 없는지 염탐했으리라.

나는 저녁 식사 직전 그 어느 때보다 더 불안한 마음으로 제2의 자아와 합류했다. 그리고 그가 그토록 조용히 앉아 있는 모습을 보고 놀라지 않을 수 없었다. 그에게 무언가 자연을 거스르는, 비인간적인 분위기가 감돌았다. 나는 서둘러 계획을 설명했다.

"할 수 있는 한 최대치로 육지 가까이 배를 붙인 다음 돌릴 것이오. 곧 당신을 여기서 빼내 돛 창고로 몰래 데리고 갈 방법을 찾겠소. 거기가 복도로 바로 통하는 곳이라오. 거기에 들창이 하나 있는데, 돛을 끌어당기기 위한 일종의 정사각형 문 역할을 한다오. 그게 곧바로 후갑판으로 연결되는데, 날씨가 좋을 때면 절대 닫아놓지 않소. 돛에 바람이 통하게 하기 위해서지. 뱃머리를 바람 부는 쪽으로 향해서 항해 속도가 줄어들면, 모든 선원들이 고물에서 큰 돛대의 하활줄을 잡을 거요. 그때 당신은 아무도 모르게 열린 후갑판 현창으로 빠져나와 배 밖으로 나갈 수 있을 거요. 풍덩 소리를 피하려면 밧줄을 잡고 물로 내려가시오. 물로 첨벙 뛰어드는 소리가 나면 아수라장이 될 테니까."

그는 한동안 침묵을 지킨 후 속삭였다.

"알겠습니다."

"떠날 때 배웅은 하지 못할 겁니다."

나는 그 말을 애써 꺼냈다.

"이후의 일은…… 난 그저 나도 이해했다고, 그렇다고 생각할 뿐이오."

"맞아요. 당신은 이해했습니다. 처음부터 끝까지……"

그때 처음으로 속삭이는 그의 태도에 머뭇거림, 무언가 긴장한 느낌이 묻어나는 것 같았다. 그는 나의 팔을 붙잡았다. 그때 저녁 식사 벨이 울려 나는 화들짝 놀라고 말았다. 하지만 그는 놀라지 않았다. 그저 내 팔을 붙든 손을 살며시 놓았을 뿐이었다.

나는 저녁 식사 후 8시가 지날 때까지 아래로 내려가지 않았다. 약하지만 꾸준한 바람은 이슬을 머금고 있었을 뿐, 어둡게 젖은 돛에 추진력을 주지는 못하고 있었다. 맑은 밤이었다. 어둠속에서 별이 반짝거렸다. 낮은 별들을 배경으로 천천히 움직이고 있는 어두운 조각들은 표류하는 작은 섬들이었다. 좌현 이물에는 좀 더 멀리 큰 섬이 하나 보였는데, 제 몸이 가리고 있는 광활한 하늘에 실루엣을 만들며 어둑한 모습을 당당히 드러냈다.

문을 여니 해도를 보고 있는 내 자아의 등이 보였다. 그는 구석자리에서 나와 테이블 근처에 서 있었다.

"충분히 어두워졌소."

내가 속삭였다. 그는 한 발 물러나 내 침대에 기대면서 한결같이 조용한 일별을 보냈다. 나는 소파에 앉았다. 우리는 서로에게 어떤 할 말도 없었다. 머리 위로 경계 근무를 서는 선원이 여기저기 움직이고 있었다. 그러다가 그가 후다닥 움직이는 소리가 들렸다. 나는 그게 무엇을 의미하는지 알 수 있었다. 그는 이곳을 향해 다가오고 있었다. 그리고 이내 내 방문 밖에서 목소리가 들렸다.

"배가 아주 빨리 다가가고 있습니다, 선장님. 육지가 아주 가까워 보입니다."

"좋아, 바로 갑판으로 올라가겠네."

나는 그가 선장실에서 나갈 때까지 기다린 후 자리에서 일어섰다. 내 분신도 움직였다. 마지막 속삭임의 시간이 되었다. 이제 다시는 서로의 목소리를 들을 수 없을 것이다.

"자, 여기!"

나는 서랍을 열고 1파운드짜리 금화 세 개를 꺼냈다.

"이거 받으시오. 나는 6파운드가 있소. 당신한테 다 주고 싶지만, 순다 해협을 관통할 때 원주민 배에서 선원들에게 줄 과일과 채소를 사야 해서 돈을 좀 가지고 있어야 하오."

그는 고개를 저었다.

"받아요."

나는 필사적으로 고집하면서 속삭였다.

"누가 알겠소, 어떤 일이……"

그는 미소를 짓고는 잠옷에 달린 유일한 주머니를 의미심장하게 톡톡 쳤다. 저 주머니에 금화를 넣어두는 건 분명 안전하지 않았다. 나는 오래된 큰 실크 손수건을 꺼내 금화 세 개를 묶어 그에게 건넸다. 그는 감동한 것 같았다. 마침내 그가 선물을 받아 들고는 후다닥 재킷 아래 맨살 허리춤에 동여맸다.

우리 눈이 서로 마주쳤다. 몇 초가 흘렀다. 우리의 눈길은 여전히 뒤섞여 있었다. 나는 손을 뻗어 램프 불을 껐다. 그런 다음 방문을 활짝 열어놓은 상태로 선장실을 관통해 나가며 외쳤다.

"조리장!"

조리장은 여전히 식료품실에서 분주하게 일하고 있었다. 그는 잠자리에 들기 전 마지막 할 일인 식탁용 양념병 스탠드에 윤을 내고 있었다. 그는 불안하게 돌아보았다.

"선장님!"

나는 맞은편 방에서 잠자는 항해사를 깨우지 않게 조심하며 작은 목소리로 말했다.

"주방에서 뜨거운 물 한 잔 가져다줄 수 있겠나?"

"선장님, 죄송합니다만, 주방 불이 꺼진 지 꽤 됐습니다."

"일단 가서 확인해봐."

조리장은 계단을 올라갔다.

"자!"

나는 홀을 향해 속삭였으나 나도 모르게 큰 목소리가 나왔다. 어쩌면 너무 큰 소리였을지 모른다. 그런데 왜 그런지 모르게 내가 소리를 낼 수 없는 게 아닌가 하는 걱정이 들었다. 남자는 즉시 내 옆에 다가와 섰다. 분신 선장은 계단을 지나 작고 어두운 통로를 관통하고…… 미닫이문에 이르렀다. 우리는 돛 보관함으로 들어가 돛들 위를 무릎으로 기었다. 갑작스러운 생각이 떠올랐다. 머리에 아무것도 쓰지 않고 맨발로 헤매는 나 자신이 보였다. 검은 정수리로 태양이 내리꽂히고 있었다. 나는 얼른 내 모자를 낚아채 어둠속에서 나의 또 다른 자아의 머리에 씌워주려 더듬거렸다. 그는 조용히 몸을 피했다. 나는 그가 무슨 생각을 하는지 궁금했다. 하지만 그는 곧 상황을 이해하고 더 이상 내 손길을 피하지 않았다. 더듬거리던 우리의 손이 서로 마주쳤다. 마주잡은 손이 한순간 가만히 동작을 멈췄고…… 서로 손을 놓았을 때 그도 나도 아무런 말을 내뱉지 않았다.

조리장이 돌아왔을 때 나는 식료품실 문 옆에 조용히 서 있었다.

"죄송합니다, 선장님. 주전자가 미지근합니다. 알코올램프를 켤까요?"

"신경 쓸 거 없어."

나는 천천히 갑판으로 나갔다. 사실 육지를 최대한 가까이 스치듯 지나가는 것은 양심이 걸린 문제였다. 배가 침로를 바꾸는 동안 멈췄을 때 그가 배 밖으로 무사히 나가야 한다. 반드시 그래야 한다! 다시 돌아오는 일은 없다. 잠시 후 나는 바람 부는 쪽으로 걸어가다가 뱃머리가 육지에 닿을락말락하는 모습을 보고 기절하는 줄 알았다. 다른 상황이었더라면 더 이상 1분도 지체하지 않고 침로를 바꾸었을 것이다. 2등 항해사가 불안한 모습으로 나를 따라왔다.

나는 목소리를 침착하게 낼 수 있을 때까지 기다리며 앞을 보고 있다가 나직한 목소리로 말했다.

"바람이 불어오는 쪽으로 나아갈 거야."

"그걸, 시도, 하시려고요, 선장님?"

그는 회의적인 말투로 말을 더듬었다.

나는 그의 말을 무시하고 키잡이에게 들릴 정도로 목소리를 높였다.

"돛이 바람을 가득 안게 해."

"예, 선장님. 바람 가득!"

바람이 내 뺨을 훑었다. 돛은 잠잠했고, 세상은 고요했다. 어둠속에서 육지가 점점 더 크고 밀도 있게 부각되는 모습을 바라보고 있자니 긴장감에 압도되었다. 나는 눈을 감았다. 배는 더 가까이 다가가야 한다. 반드시 그래야 한다! 참을 수 없는 적막함이었다. 정지한 상태로 있는 것인가?

눈을 떴을 때 나는 앞에 보이는 광경에 가슴이 철렁 내려앉았다. 코링의 남쪽 검은 언덕이 마치 영원히 이어지는 밤의 탑처럼 바로 배 위에 걸려 있는 듯 보였다. 그 광대한 검은 덩어리 위에는 단 한 줄기 빛도 보이지 않았다. 단 하나의 소리도 들리지 않았다. 그것이 저항할 수 없이 압도적으로 우리를 향해 미끄러지듯 다가오고 있었다. 이미 손을 뻗으면 닿을 것 같은 느낌이었다. 중앙부 상갑판에 모여 있는 선원들이 경외심에 입을 벌리고 앞을 바라보는 모습이 희미한 실루엣으로 보였다.

"계속 가실 겁니까, 선장님?"

후미에서 불안한 목소리가 들렸다. 나는 그 말을 무시했다. 계속 나아가야만 했다.

"바람을 가득 실어. 멈추지 마. 지금으로서는 안 될 일이야."

나는 경고 조로 말했다.

"돛이 잘 안 보입니다."

키잡이가 기이하게 떨리는 말투로 내게 말했다.

이제 충분히 가까운가? 거대한 육지 그림자가 드리운 상황에서 제대로 판단할 수 없었다. 그 까만 어둠 자체에 배가 벌써 삼켜진 것만 같았다. 나는 너무나 가까이 다가가 돌이킬 수 없다고 느꼈고, 모든 게 내 손아귀에서 아예 빠져나갔다고 느꼈다.

"항해사를 불러."

나는 내 후미에 저승사자처럼 꼼짝 않고 서 있던 젊은 선원에게 명령했다.

"그리고 선원 전원 집합시켜!"

내 목소리는 높은 육지에 부딪혀 메아리치는 바람에 더욱 크게 들렸다. 사람들의 목소리가 한꺼번에 들렸다.

"우리 모두 갑판에 나왔습니다, 선장님."

그런 다음 다시 침묵이 이어졌다. 거대한 육지 그림자가 더 가까이 밀려들었다. 더 높이 솟았다. 빛 한 줄기, 소리 하나 없었다. 압도적인 적막이 내려앉은 배는 마치 에레보스*의 문 아래로 천천히 가라앉는 죽은 자의 배 같았다.

"맙소사! 여기가 어딥니까?"

내 곁에 있던 항해사가 한탄하는 소리였다. 그는 벼락이라도 맞은 듯 기겁했다. 자신의 구레나룻이 제공하는 정신적 지원도 무색한 태도였다. 그는 두 손을 맞잡고 압도적인 비명을 질렀다.

"끝장이야!"

"조용히 해."

나는 엄중하게 경고했지만, 그는 절망적인 몸짓을 하며 낮은 목소리로 물었다.

"우린 여기서 뭐하는 거죠?"

"육풍을 찾고 있어."

그는 머리카락을 쥐어뜯는 듯한 몸짓을 하며 이성을 잃

*
이승과 저승 사이의 암흑계를 의미한다.

은 태도로 소리 질렀다.

"우리 배는 여기서 절대 못 빠져나갈 겁니다. 당신이 벌인 일입니다, 선장님. 이런 식으로 끝장날 줄 알았어. 절대 바람을 거슬러 나아가지 못할 겁니다. 게다가 육지에 너무 바짝 붙어서 멈출 수도 없다고요. 해변으로 표류하다가 그대로 처박힐 거라고요. 이런, 맙소사!"

나는 항해사가 손을 들어 자신의 머리를 후려갈기려 하자 그의 팔을 붙잡고는 거세게 흔들었다. 그가 자기 팔을 붙잡은 나를 뿌리치려고 날뛰며 울부짖었다.

"배는 이미 좌초됐어!"

"그렇단 말이지? ……바람을 가득 실어!"

"예, 선장님. 바람 가득!"

겁먹은 키잡이가 어린애처럼 가는 목소리로 나를 따라 소리 질렀다.

나는 아직 항해사의 팔을 놓지 않고 계속 흔들었다.

"바람 불어오는 쪽으로 준비! 내 말 들리나? 전진!"

—항해사의 팔이 흔들— "여기서 멈춰!"

—다시 흔들— "입 닥치고 있어!"

—흔들— "그리고 선수 좌판을 제대로 풀어놓게!"

—흔들, 흔들, 흔들.

그러는 내내 나는 육지 쪽을 바라볼 엄두가 나지 않았다. 그랬다가는 가슴이 철렁 내려앉아 용기가 꺾일 것 같았다. 나는 마침내 항해사를 붙잡고 있던 팔을 놓았다. 그는 아까운 목숨을 살리려는 듯 곧바로 후다닥 도망쳤다.

나는 이 야단법석 와중에 돛 보관함에 숨어 있는 내 분신이 무슨 생각을 할지 궁금했다. 그는 모든 소리를 들을 수 있었다. 내가 왜 그토록 위험하게 육지에 가까이 닿으려 하는지 이해했을 것이다. 나의 첫 번째 명령 “바람길로 힘껏!”이란 외침이 마치 산속 골짜기에서 내지른 고함인 듯 코링의 드높은 그림자 아래로 불길하게 메아리쳤을 것이다. 그때 나는 집중해서 육지를 바라보았다. 그 부드러운 물과 가벼운 바람 속에서 바람을 거슬러 배를 돌리는 게 불가능하게 느껴졌다. 그렇다! 나는 배의 항로를 감지할 수 없었다. 그리고 제2의 자아는 지금 배를 벗어나 배 밖으로 나갈 준비를 하고 있었다. 어쩌면 벌써 가버린 걸까……?

우리 돛대머리 위로 드리운 거대한 검은 덩어리가 배의 옆에서 조용히 선회하기 시작했다. 이제 나는 떠날 준비를 하는 비밀스러운 이방인을 잊었다. 그저 내가 이 배에서 완전한 이방인이라는 사실만을 기억했다. 나는 이 배를 모른다. 배는 어찌될 것인가? 배는 어찌 다루어져야 하는가?

나는 큰 돛대의 아래 활대를 돌리고 무기력하게 기다렸다. 배는 어쩌면 멈췄을 수도 있다. 이제 배의 운명 자체가 미궁에 빠졌다. 덮쳐오는 코링의 검은 덩어리가 고물 난간 위로 영원한 밤의 문처럼 떡 버티고 있었다. 이제 배는 어찌될 것인가? 움직이고 있기는 한 건가? 나는 재빨리 측면으로 향했다. 검은 물 위에 희미한 인광성 빛 한 줄기가 유리처럼 매끈하고 잠잠한 표면만을 비출 뿐 아무것도 보이지 않았다. 육안으로 가늠하기가 불가능했다. 나는 아직 배를 느끼는 방법을 터득하지 못한 상태였다. 움직이고 있는 건가? 내게 필요한 것은 무언가 잘 보이는 것, 예를 들어 종이 한 장을 배 밖으로 던지고서 그걸 바라보는 것이었다. 나는 수중에 아무것도 없었다. 하지만 종이를 가지러 아래로 내려갈 엄두가 나지 않았다. 시간이 없었다. 이리저리 머리를 굴리며 긴장한 채로 아래를 보던 내 눈에 갑자기 배의 측면 1미터 지점에 흰 물체가 둥둥 떠 있는 모습이 보였다. 검은 물 위에 떠있는 흰색 물체. 인광성 빛이 그 아래를 지나쳤다. 저게 무언가? ……그건 바로 펄럭이는 모자였다. 남자의 머리에서 벗겨져 떨어졌음에 틀림없을 것이다. …… 그리고 그는 신경 쓰지 않았을 것이다. 이제 나는 원하는 것을 얻었다. 내 시야에서 기준점이 되어줄 물건. 그러나 나는 나의 또 다른 자아를 생각할 겨를이 없었다. 이제 배에서 벗어나 모든 친근한 사람들로부터 영원히 사라져버린 사람, 앞이마에 살인자라는 저주의 낙인을 찍지 않고 이 지상에서 도망자이자 방랑자가 될 멀쩡한 정신의 사람…… 자긍심이 너무 강해 해명 따위는 할 수 없는 사람.

나는 모자를 바라보았다. 모자는 그저 그의 육신에 대한 갑작스러운 내 연민의 표현이었다. 모자는 작열하는 태양으로부터 떠돌이 남자의 머리를 보호하기 위한 물건이었다. 그리고 이제 보라! 그것이 배를 구하고 있었다. 이 배에서 이방인이나 다름없는 무지한 내 처지를 도와 표식이 되어주었다. 모자는 배를 구하고 있었다. 하! 모자가 전방으로 표류하면서 딱 타이밍 맞게 배가 후진하고 있음을 내게 알려주고 있었다.

"키를 돌려."

나는 조각상처럼 꼼짝 않고 서 있는 키잡이에게 낮은 목소리로 지시했다.

키잡이가 맞은편으로 펄쩍 뛰어 타륜을 힘껏 돌릴 때 받침대 빛에 비친 그의 눈이 미친 듯 번뜩이고 있었다.

나는 선미루 분기점으로 걸어갔다. 어둠이 드리운 갑판에 모든 선원들이 내 명령을 기다리며 앞 활대 밧줄 옆에서 있었다. 전방의 별들마저 오른쪽에서 왼쪽으로 돌고 있는 것 같았다. 모든 게 너무나 고요해 나직하게 내뱉는 말소리도 또렷하게 들렸다.

"배가 돌았어."

선원 두 명이 몹시 안도하며 말을 주고받았다.

"줄 풀고 방향 돌려."

앞돛대 활대가 어마어마한 소리를 내며 돌았다. 기쁨의 환호성이 울려 퍼졌다. 그리고 이제 무시무시한 구레나룻은 다양한 명령을 내리고 있었다. 이미 배는 고개를 돌려 앞으로 나아가고 있었다. 이제 나는 배와 단둘이 남았다. 아무것도 없었다! 이 세상 누구도 배와 나, 우리 사이에 끼어들 수 없었다. 무언의 이해와 무언의 애정, 한 뱃사람이 첫 번째 지휘권으로 이룬 배와의 완벽한 교감에 그림자를 드리울 이는 아무도 없었다.

나는 고물 난간으로 걸어가면서 에레보스의 입구로 보이는 드높은 검은 덩어리가 드리운 어둠의 끄트머리에서 딱 때에 맞게 보았던 것이다. 그렇다, 나는 떠내려가고 있던 내 흰 모자와 딱 알맞게 마주했다. 나의 두 번째 자아인 것처럼 내 선실과 내 생각을 공유한 비밀의 남자가 스스로 벌을 받기 위해 물속으로 들어간 그 자리에 떠 있던 모자를. 이제 새로운 운명을 찾아 힘차게 앞으로 나아가는 자유로운 남자, 자랑스러운 수영 선수.

윌리엄 윌슨

에드거 앨런 포

무슨 말을 할 것인가? 무자비한 양심에 대해?
나의 여정을 가로막는 저 유령은 무엇인가?
- 챔벌레인, 〈페로니다〉*

일단 내 이름을 윌리엄 윌슨이라고 하겠다. 나의 진짜 이름으로 내 앞에 놓인 깨끗한 종이를 더럽힐 필요는 없다. 내 이름으로 인해 내 집안은 이미 모욕의 대상, 더 나아가 공포의 대상이 되어버렸다. 성난 사람들이 퍼뜨린 소문이 바람을 타고 세상 끝까지 전대미문의 오명을 퍼뜨렸다. 오, 모든 추방당한 이들 가운데 가장 버림받은 자! 너는 이 세

*
영국의 시인 윌리엄 챔벌레인의 〈사랑의 승리〉에 나온 구절과 비슷한 내용이다. 아마도 작가의 착각으로 보인다.

상에서 영원히 죽은 것이나 다름없지 않은가? 세상의 명예, 세상의 과실, 세상의 찬란한 포부 앞에 죽은 자나 다름없지 않은가? 네 희망과 천국 사이에는 암울하고 짙은 구름이 끝도 없이 걸려 있지 않은가?

나는 할 수만 있다면 여기에, 또는 오늘, 형언키 어려운 비참함과 용서받을 수 없는 범죄로 물든 내 인생의 날들을 기록하는 일을 피하고 싶다. 이 시절—근래 수년을 포함해—은 간악함이 급작스럽게 타올랐다. 현재 내 목적은 그 간악함의 원천 자체를 밝히는 것이다. 인간은 보통 단계를 밟으며 비열해진다. 그러나 내 경우에는 껍질 벗기듯 모든 미덕을 한순간에 잃었다. 나는 비교적 사소한 사악함에서 거인의 발걸음처럼 엘라가발루스*의 극악무도함으로 성큼 내디뎠다. 어떤 운명의 장난으로, 어떤 사건 때문에 내가 이렇게 사악해졌는지 고백하노니, 참을성 있게 들어주기 바란다.

죽음이 다가온다. 그리고 죽음을 알리는 그림자는 나의 영혼을 누그러뜨렸다. 나는 희미한 계곡을 관통하며 동포들의 공감을 갈구한다. 나는 거의 '연민'이라는 단어를 꺼낼 뻔했다. 그들에게 내가 어느 정도 인간의 통제력을 벗어난

*

로마의 황제 마르쿠스 아우렐리우스 안토니우스(218~222년)의 별칭. 로마의 종교적 전통을 따르지 않고 엘라가발이라는 신을 모셨으며 성적 기행으로 악명이 높았다.

상황의 노예였다고 믿게 만들고 싶은 마음이 간절하다. 내가 지금 고백하려고 하는 상세한 이야기에서 바라건대, 사람들이 내 과오의 광야에서 아주 작지만 나로서도 어쩔 수 없었던 불운의 오아시스를 찾기 바란다. 이전에 아무리 큰 유혹이 존재했다 하더라도, 인간이 적어도 이렇게까지 크게 유혹을 받고 이렇게까지 큰 파멸에 처한 적은 없다는 사실을 인정하길 바란다. 어쨌든 인정하지 않을 수 없는 건 인정하기 바란다. 사실 그 누구도 나만큼 크게 고통받은 사람이 없는 건 아닐까? 나는 실로 꿈속에 살고 있었던 건 아닐까? 그리고 지금 내가 지상에서 벌어질 수 있는 모든 광경 중 가장 끔찍한 공포와 미스터리의 희생양으로 죽어가고 있는 건 아닐까?

나는 상상력이 강하고 쉽게 흥분하는 기질을 가진 집안의 후손으로 태어났다. 그런 기질 때문에 우리 가문 사람들은 매우 눈에 띄었다. 나는 유아 시절부터 가문의 특성을 완벽히 물려받았다는 증거를 보였다. 점점 성장하면서 그 기질은 더욱 강력하게 계발되었다. 그리하여 나는 여러 면에서 친구들에게 심각한 불안의 원천이 되어갔고, 나 자신에게 실제적인 위해의 원인이 되어갔다. 나는 자신의 고집을 사수하고 사납기 이를 데 없는 변덕에 중독되었으며, 통제 불가능한 열정의 노예가 되어갔다. 마음이 약할 뿐만 아니라 나와 비슷하게 병약한 체질을 타고난 내 부모는 내가 가진 도드라진 사악한 성향을 제대로 제어할 수 없었다. 그들이 들인 노력은 미약한 데다 방향 설정부터 잘못되어 완전히 실패하고 말았다. 따라서 내 편에서 보자면 나는 완벽한 승리자였다. 그때부터 내 말은 집안의 법이 되었다. 그리하여 대부분의 아이들이 앞줄*을 떼기도 전인 어린 나이에 나는 내 의지가 시키는 대로 행동했다. 명목상으로가 아니라 실질적으로 내 행동의 주인이 되었다.

학교생활을 시작한 이후 기억나는 가장 최초의 기억은 안개에 싸인 영국의 한 마을에 있는 커다랗게 쭉 뻗은 엘리자베스 양식 저택과 연관된 것이다. 그곳은 수많은 옹이로 울퉁불퉁한 거대한 나무들이 굉장히 많았고, 모든 집들이 매우 오래된 곳이었다. 사실 그 고색창연한 옛 마을은 꿈결같이 영혼을 달래는 장소였다. 지금 이 순간 나는 상상 속에서 나무 그늘이 우거진 대로에서 부는 신선한 바람을 느끼고, 지천으로 널린 관목숲이 내뿜는 향기를 들이마시며, 매 시각 교회 종이 육중한 포효로 잠이 든 번개무늬 고딕 첨탑과 어스레하고 고요한 대기를 흔들어 깨우는 소리를 들으며, 말할 수 없는 기쁨에 새로이 전율한다.

학교와 학교에서 있었던 일을 세세히 기억하는 게 지금 경험하는 그 어떤 일보다 내게 더 큰 기쁨을 주는지도 모른다. 나는 지금 이렇게 큰 비참함에 빠져—아아! 너무나

*
유아가 걸음마를 익힐 때 쓰는 끈.

도 생생한 비참함!—두서없이 기억을 더듬어 몇 가지 세세한 일들을 떠올린다. 그게 아무리 미약하고 일시적인 것이라 할지라도 위안을 찾으려 하는 일이기에 관대하게 봐주시라. 더욱이 이 기억들이 아주 사소하고 심지어 얼토당토않은 일이라 하더라도 내 머릿속에서는 외부적인 중요성을 가진다. 이후 완전히 나를 압도해버린 운명에 대해 모호하지만 처음으로 전조를 감지한 장소와 시기가 연결되어 있기 때문이다. 그러니 그 당시로 돌아가본다.

내가 다닌 학교는 오래된 건물로, 가지런하지 못한 불규칙적인 구조였다. 부지는 광활했고, 위쪽에 모르타르로 깨진 유리가 박힌 높고 단단한 벽돌담이 전체를 둘러싸고 있었다. 이 감옥 같은 담벼락은 우리 영역의 경계를 이루었다. 우리는 그 담을 일주일에 세 번만 넘을 수 있었다. 그중 한 번은 매주 토요일 오후 안내인 두 명의 동행하에 행렬을 지어 동네 들녘으로 짧게 산책을 나가는 일이었고, 나머지 두 번은 일요일에 똑같이 공식적인 행렬을 이루어 마을에 하나뿐인 교회로 아침과 저녁 예배를 보러 가는 외출이었다. 이 교회의 목사는 바로 우리 학교 교장이었다. 멀리 신도석에 앉아 그가 설교대를 향해 천천히 근엄하게 걸어가는 모습을 보면 신기하고 당혹스러운 느낌이 우리를 깊이 사로잡곤 했다! 이 거룩한 목사님은 짐짓 점잖게 자애로운 표정을 지었고, 의복은 목회자답게 매우 번쩍번쩍하고 미끈한 차림이었다. 아주 세심하게 파우더를 칠한 가발은 거대하고 뻣뻣했다. 과연 이 사람이 바로 전까지 부루퉁한 표정에 보기 싫은 복장을 한 채 손에 매를 들고 학교의 가혹한 규칙을 관장하던 그 사람이 맞나? 오, 엄청난 역설, 터무니없이 기괴해 풀 수 없는 수수께끼!

육중한 벽 모퉁이에는 그보다 더 육중한 대문이 인상을 찌푸리고 서 있었다. 철제 빗장이 걸린 대문 위에는 그 위에 쇠못까지 박혀 있었다. 그 광경이 얼마나 심오한 경외심을 불러일으키는지! 빗장은 이미 언급한 세 번의 정기적 출입 이외에는 절대 풀리지 않았다. 풀릴 때는 그 거대한 경첩이 끼이익 소리를 냈다. 그때마다 우리는 한껏 미스터리한 느낌을 받으며 똑같이 심각한 말투로 논평을 늘어놓거나, 또는 그보다 더 진지한 태도로 묵상에 빠지곤 했다.

그 광대한 경내는 형태가 고르지 않아 넓고 후미진 공간이 여럿 있었다. 그런 공간 중 가장 큰 서너 곳이 운동장이었다. 평평한 운동장에는 조그마한 자갈이 깔려 있었다. 나는 그곳에 나무나 벤치, 또는 그 비슷한 무언가도 없었음을 또렷이 기억한다. 물론 그곳은 건물의 후면에 있었다. 전면에는 작은 화단 정원이 있었는데, 그곳에선 회양목 같은 관목이 자라고 있었다. 그렇지만 우리가 이 신성한 구역을 드나들 수 있는 경우는 매우 드물었다. 예를 들어 학교에 처음 입학할 때나 졸업할 때, 또는 부모나 지인이 방문해 크리스마스나 여름방학을 보내기 위해 신나게 집으로 떠날 때뿐이었다.

게다가 이 저택이란! 학교 건물로 쓰이는 이 저택은 정말이지 얼마나 기묘하게 고풍스러운지! 내겐 진실로 마법의 궁전 같았다! 그 구불구불한 미로는 정말로 끝이 없었다. 갈림길로 이어지는 조그마한 구역들은 도무지 이해 불가능한 영역이었다. 길을 따라가다 보면 2층으로 이루어진 그 저택의 어디로 나오게 될지 어느 때라도 확실히 밝히기가 어려웠다. 각 방에서 다른 방으로 가려면 분명 서너 계단을 오르든 내려가든 해야 함은 틀림없는 사실이었다. 이렇게 곁가지처럼 공간이 옆으로 뻗친 곳이 수도 없이 많았고 추측하기도 어려웠으며, 그러다 보니 돌다가 제자리로 돌아오는 경우가 부지기수였다. 그리하여 저택 전체에 관해 가질 수 있는 가장 정확한 생각은 우리가 무한대에 대하여 생각하는 것과 크게 다르지 않았다. 나는 이곳에서 지낸 5년이라는 세월 동안 나를 비롯하여 18~20명 정도의 학생들에게 할당된 작은 기숙사가 어떤 외진 위치에 존재했는지 절대 명확히 단언할 수가 없었다.

교실은 저택에서 가장 큰 방이었다. 당시 나는 이 세상에서 가장 큰 방이 그 교실이라고 생각하곤 했다. 그 방은 매우 길고 좁으며 답답할 정도로 층고가 낮았다. 창문은 뾰족한 고딕식 창이었고, 천장은 오크나무로 된 것이었다. 한쪽 먼 구석, 공포를 불러일으키는 구석에 2~3제곱미터 크기의 딸린 방이 있었는데, 그곳은 "업무 시간" 동안 우리 교장인 닥터 브랜스비 목사님의 성소로 쓰였다. 그 방은 육중한 문이 달린 견고한 공간이었다. 우리는 모두 "목사 겸 교장"이 없을 때 그 방에 몰래 들어가느니, 차라리 압사의 고문 속에 기꺼이 죽는 게 낫다고 생각했다. 다른 모퉁이에는 비슷하게 생긴 네모난 대臺가 두 개 있었는데, 경의를 표하는 면에선 교장의 방보다 훨씬 위엄이 떨어졌지만, 그래도 우리는 여전히 경외심을 품고 있었다. 둘 중 하나는 "고전적인" 보조교사의 연단, 즉 "영어와 수학" 보조교사의 공간이었다. 교실 전체에 이리저리 끝도 없이 비정형으로 사방을 가로지르는 무수한 벤치와 책상은 고대 유물처럼 세월에 검게 바랬고, 그 위에 닳아빠진 책들이 마구 쌓여 있었다. 또한 모퉁이 부분은 머리글자며, 누군가의 이름, 그로테스크한 형상 같은 여러 낙서들이 칼로 새겨져 있었다. 그리하여 그 옛날 원래의 형태가 어땠는지 전혀 판단할 수 없을 정도로 어지러운 모양새를 이루었다. 교실의 한쪽 맨 끝에는 커다란 물 양동이가 있었고, 다른 쪽에는 엄청난 크기의 시계가 있었다.

나는 이 고색창연하고 유서 깊은 학교에서 육중한 담에 둘러싸인 채 내 10대의 첫 5년을 보냈다. 그러나 지루하다고 느끼거나 혐오스러운 마음을 품고 지낸 건 아니었다. 창의력 넘치는 두뇌를 지닌 어린 시절에는 머리를 즐겁게 쓰기 위해 외부 세계의 자극이 필요하지 않다. 그리고 겉으로는 음울할 정도로 단조로워 보이는 학교생활이 실은 청년기의 호화로운 삶이나 성인이 된 후 범죄에서 느끼는 흥분보다 더 강렬한 흥분으로 가득 차 있다. 하지만 나는 정신 발달의 첫 단계에 흔치 않은 것들—심지어 기괴한 것들—을 많이 경험했다는 사실만은 인정한다. 보통 인간의 경우 대개 아주 어린 시절의 일들이 성년기까지 그렇게 명확한 인상을 남기는 일은 거의 없다. 모든 게 흐릿한 회색의 그림자다. 희미하고 불명확한 기억, 즉 미약한 기쁨과 주마등 같은 고통이 불분명한 형태로 재결집한 상태랄까. 그러나 나는 그렇지 않다. 지금도 내 기억 속에는 또렷한 선으로 새겨진 것처럼 생생하게 남아 있다. 미루어 보아 어린 시절 나는 성인의 에너지를 지녔고, 그에 걸맞게 느꼈음에 틀림없다. 그 기억은 카르타고의 동전에 새겨진 문자처럼 깊고 또렷하며 아직도 생생하다.

그러나 사실—세상의 관점에서 사실상—기억할 만한 가치가 있는 게 실로 얼마나 보잘것없는지! 아침의 기상, 밤의 잠자리, 공부, 암송, 정기 반휴일, 산책. 다툼과 오락과 음모로 가득 찬 운동장. 이런 일들은 지금은 잊힌 지 오래된 어떤 신비한 정신의 마술이 작용해 흘러넘치는 감각과 풍요로운 사건의 세계, 가장 열정적으로 영혼을 흔들어놓는 흥분과 다양한 감정의 우주나 마찬가지였다. "오, 좋았던 시절, 그 철기시대여!"*

*
볼테르의 시집 『사교계 사람』에서 따온 구절이다.

나는 기질적으로 타고난 열정과 열의가 넘치고 오만한 성격으로 인해 이내 학급 친구들 사이에서 도드라진 존재가 되었다. 그러면서 서서히 너무나 자연스럽게 나보다 나이가 아주 많은 학생들을 제외한 또래의 모든 친구들보다 우위에 서게 되었다. 그렇다, 딱 한 명만 빼고 모두의 우위에 섰다. 이 예외의 인물은 친척이 아니면서도 나와 똑같은 성씨와 이름을 지닌 학생이었다. 그렇다고 그게 대단한 일은 아니었다. 귀족 가문이긴 하지만 내 이름은 그저 평범했기 때문이었다. 그 이름은 아득한 옛날부터 대중들이 관례적으로 쉽게 가져다 쓰는 흔하디흔한 이름이었다. 그러므로 나는 이 이야기에서 나 자신을 윌리엄 윌슨이라고 칭한다. 실제 내 이름과 그다지 다르지 않은 가명이다. 학교에서 쓰는 은어로 "우리 패거리"를 이루는 아이들 가운데 나와 이름이 같은 그 아이만이 학교 공부에서 감히 나와 경쟁했다. 스포츠와 운동장의 다툼에서도 마찬가지였다. 그 아이만이 확고한 내 주장을 은연중에 믿지 않으려 들었고, 내 의지에 굴복하지 않았다. 실로 그 아이는 나의 전횡적인 명령에 어떤 식으로든 훼방을 놓으려 했다. 이 세상에 무조건적인 궁극의 독재가 있다면, 그것은 소년 시절 자신보다 열의가 떨어지는 아이들 위에 군림하는 주모자의 독재일 것이다.

나는 윌슨이 반항을 일삼자 몹시 당혹스러웠다. 더욱 그러했던 이유는 내가 모두가 보는 앞에서는 허세를 떨며 그 아이의 잘난 체가 별것 아니라는 듯 행동했지만, 실은 남몰래 그 아이를 두려워했기 때문이었다. 나는 그 아이가 그토록 수월하게 나 자신과 대등하게 구는 면모, 즉 그 아이의 진정한 우월성의 증거를 곰곰이 따져보지 않을 수 없었다. 나는 그 아이에게 짓눌리지 않으려고 끊임없이 씨름할 수밖에 없었다. 그러나 이 우월성은 나 빼고 사실상 그 누구도 인정하지 않았다. 우리 패거리는 뭐라고 설명할 수 없는 맹목적 태도로 내가 그 아이보다 우월하다는 사실을 전혀 의심하지 않는 것 같았다. 사실 그 아이가 나와 경쟁을 벌이고, 나에게 저항하며, 특히 뻔뻔하고 집요하게 내 의지를 꺾기 위해 방해를 일삼었던 일은 노골적이라기보다 은연중에 일어났다. 그는 나로 하여금 남들 위에 군림하며 탁월한 존재가 되도록 해준 열정적 에너지와 야망이 없는 것 같았다. 그가 내게 보이는 경쟁심은 오직 나를 방해하고 놀라게 하고 굴욕감을 느끼게 하기 위한 별난 욕망에 의해 작동되는 건지도 몰랐다. 그렇지만 나는 그 아이가 내게 무례하게 반박하고 모욕적으로 굴면서도 아주 가당찮고 달갑지 않게도 나에 대한 애정을 내비치는 모습을 보며, 나도 모르게 놀라움과 굴욕감과 불쾌함이 밀려들곤 했다. 나는 이 기묘한 행동이 내게 은혜와 보호라도 베풀고 싶어 하는 저급한 태도, 온전한 허영심의 발로였을 뿐이라고 생각할 따름이다.

아마도 윌슨의 이러한 행동과 우리가 이름이 같다는 점,

그리고 우연히도 같은 날 학교에 입학한 점 때문에 고학년 학생들은 우리가 형제라고 생각하는 듯했다. 선배들은 보통 후배들의 문제에 대해 엄밀하게 따지거나 묻지 않는다. 나는 윌슨이 내 가족과 아주 먼 차원에서라도 아무런 연관이 없음을 앞서 분명히 밝혔다. 그러나 만일 우리가 형제였다면, 우리는 분명 쌍둥이였을 것이다. 왜냐하면 내가 닥터 브랜스비의 학교를 떠난 후 우연치 않게 나와 이름이 같은 그 아이가 1813년 1월 19일에 태어났다는 사실을 알게 되었기 때문이었다. 그날은 바로 내 출생일이었다.

윌슨의 경쟁심과 툭하면 내게 반박하려는 그 참을 수 없는 반발심으로 인해 끊임없이 불안했음에도 내가 그 아이를 완전히 증오할 수 없었다는 사실이 이상하게 보일지도 모른다. 우리는 분명 매일매일 말다툼을 벌이다시피 했는데, 그 아이는 사람들이 보는 앞에서 내게 승리의 영예를 양보하면서도 어떤 식으로든 자신이 그 승리를 받을 자격이 있는 사람이라는 사실을 내가 느끼도록 만드는 희한한 재주가 있었다. 그러나 나는 자긍심으로, 그 아이는 진정 위엄 어린 품위로, 우리는 항상 "이야기를 주고받을 정도의 관계"를 유지했다. 사실 우리 둘은 기질적으로 아주 잘 맞는 점들이 많았다. 그런 면이 내게 일종의 정감을 불러일으키곤 했지만, 오로지 우리 서로의 입장 그 하나가 그 정감이 우정으로 무르익는 것을 막아주었던 것 같다. 사실 그 아이를 향한 나의 진정한 감정을 규정하거나 묘사하는 건 어려운 일이다. 그 감정은 잡다하고 이질적인 것들의 혼합이었다. 그중 성마른 적의도 있었지만, 그것은 증오가 아니라 어느 정도의 존중과 그보다 더 큰 존경, 많은 두려움, 불안한 호기심 등이 뒤섞인 것이었다. 도덕가가 보았다면 분명 윌슨과 내가 가장 분리하기 힘든 한 쌍이라고 진단했으리라.

내가 그 아이를 공격하면서 매우 심각하고 단호하게 적대감을 표출하기보다 조롱이나 장난의 방식(그저 단순한 장난처럼 보이면서도 고통을 가하는 방식)을 취한 것은 분명 우리 사이에 존재하는 이상한 상황 때문이었다. 게다가 그 아이를 골탕 먹이려는 계획이 항상 성공한 건 아니었다. 심지어 아주 재치 넘치게 계획을 짰을 때도 그랬다. 그 이유는 그 아이가 젠체하지 않고 조용한 가운데 절제하는 성격이어서 신랄한 장난을 웃어넘길 줄 알았기 때문이었다. 또한 그 아이는 아킬레스건이 없었다. 남에게 비웃음을 사는 행동을 절대적으로 거부했기 때문이었다. 사실 나는 그의 약점을 딱 하나밖에 찾지 못했다. 그건 바로 체질적인 약점이었다. 나처럼 약이 잔뜩 올라 어찌할 바를 모르는 적수가 아닌 이상 건드리지 않았을 신체적 특성이었다. 내 경쟁자는 목구멍과 후두부 기관에 이상이 있어서 언제나 매우 조용하게 속삭일 뿐 목소리를 크게 내지 못했다. 나는 내 알량한 이점을 이용하는 데 주저하지 않고 그 약점을 파고들었다.

윌슨 역시 다양한 방법으로 내게 보복했다. 무엇보다도 참을 수 없이 화가 나게 만드는 한 가지 장난이 있었다. 내가 그렇게 사소한 일로 몹시 화를 낸다는 사실을 그 아이가 어떻게 그토록 명민하게 알아차렸는지 절대 알 수 없었다. 그러나 그 아이는 한번 알아낸 이상 재미를 붙인 듯 습관적으로 약을 올렸다. 나는 언제나 우아하지 못한 내 성씨를 혐오했고, 그 흔하디흔한 서민적인 이름도 싫어했다. 그 성씨와 이름이 내 귀에는 독처럼 들렸다. 내가 학교에 처음 오던 날, 두 번째 윌리엄 윌슨 역시 학교에 나타났다. 나는 그 이름을 지닌 아이에게 무작정 화가 났다. 모르는 사람이 그 이름을 쓴다는 사실에 배로 화가 났다. 항상 내 주변에서 알짱거릴 테고, 그러다 보면 그 혐오스러운 우연의 일치로 일상적 학교생활에서 피치 못하게 나와 혼동을 일으킬 게 뻔하지 않은가.

그렇게 치밀어 오른 짜증은 나와 경쟁자 사이의 정신적, 신체적 닮은 점이 드러날 때마다 점점 더 커져갔다. 당시 나는 우리 나이가 똑같다는 놀랄 만한 사실을 미처 알지 못했다. 그러나 키가 똑같다는 사실은 알고 있었고, 심지어 전체적인 몸의 윤곽과 이목구비마저 몹시 닮았다는 점을 알아차렸다. 고학년 사이에서 점점 퍼지고 있던, 우리가 친척이라는 소문 또한 불쾌하기 짝이 없었다. 요컨대 우리 사이에 존재하는 정신, 신체, 또는 기질의 유사성을 지적하는 말보다 날 더 불쾌하게 만드는 건 그 무엇도 없을 정도였다

(물론 나는 그런 불쾌한 감정을 신중하게 감추었다). 그러나 사실 우리가 닮았다는 사실이 학우들 사이에서 대화의 주제가 되거나, 심지어 관찰의 대상이 된다고 믿을 이유는 아무것도 없었다(친척이라는 소문과 윌슨 스스로 넌지시 비치는 경우를 제외하고 말이다). 그가 그런 유사성에 내포되는 모든 의미를 의식하고 있다는 것, 나만큼이나 그 점에 집착하고 있다는 사실은 명백했다. 그러나 그 아이가 그런 상황에서 나를 짜증 나고 화나게 만들 효과적인 소재를 찾았다는 점은 앞서 말한 것처럼 비범한 통찰력에 기인한 거라고밖에 달리 설명할 방법이 없었다.

그 아이는 말과 행동 양면에서 나를 완벽하게 똑같이 모방하려 들었다. 그리고 놀랄 정도로 탁월했다. 내 옷차림을 흉내 내는 건 손쉬운 문제였다. 걸음걸이와 일반적인 행동거지 또한 어렵지 않게 성취해냈다. 체질적 결함에도 불구하고 목소리까지 따라 했다. 물론 나처럼 큰 성량을 내지는 못했으나 음조는 똑같았다. 독특하게 속삭이는 소리는 내 목소리의 메아리처럼 들렸다.

초상화를 그리듯 절묘한 이 모방이 나를 얼마나 심대하게 괴롭혔는지 여기서 굳이 묘사하지 않겠다(그것을 단순한 풍자화라고 부르는 건 틀린 말이다). 나는 단 하나의 위안거리만 있을 뿐이었다. 그것은 바로 그 아이가 날 흉내 낸다는 사실을 나만 알아차렸다는 점, 그리하여 그 아이가 은근히 내비치는 의미심장하고 기이하게 빈정거리는 조소만 견디면 된다는 사실이었다. 그 아이는 제가 의도한 대로 내가 울화를 내비치자 남몰래 고소해하는 것 같았다. 그러면서도 자신의 성공적인 재치로 그토록 쉽사리 끌어낼 수 있을 법한 대중의 환호에는 특유의 성격대로 아무 관심을 보이지 않았다. 실로 다른 아이들이 왜 그 아이의 의도를 감지하지 못하는지, 그 아이가 의도한 대로 성공했다는 것을 알지 못하는지, 그 아이와 함께 비웃지 않는 건지, 그것이 그 불안한 세월 동안 내가 절대 풀지 못한 수수께끼였다. 아마도 그 아이가 모방의 강도를 아주 조금씩만 올리는 방식으로 진행해서 쉽사리 눈에 띄지 않았을지도 모른다. 어쩌면 모방자의 대가다운 면모 때문에 아이들이 알아차리지 못했다고 보는 것이 좀 더 타당한 설명이리라. 즉 특유한 스타일(아둔한 사람들도 알아볼 수 있는 면모)을 경멸하는 모방자로서 원본의 온전한 참뜻까지 흉내 냈기 때문이리라. 그리하여 나는 그 모습을 관조하다가 분통을 터뜨리지 않을 수 없었다.

나는 이미 앞서 그가 내게 보이는 은혜라도 베푸는 듯한 역겨운 태도와 틈만 나면 내 의지에 어깃장을 놓는 행동에 대해 언급했다. 그런 그 아이의 행동은 주로 무례하고 건방지게 조언하는 방식이었다. 공개적으로 제시하는 조언이 아니라 은연중에 내비치거나 암시하는 식이었다. 나는 그런 충고에 강한 반감을 느꼈으며, 그 반감은 세월이 지날수록 강도가 커졌다. 그러나 이렇게 세월이 많이 지난 시점에서 돌이켜볼 때 공정하게 인정하는 바, 넌지시 비치는 내 경쟁자의 그런 암시에는 미성숙하고 경험이 일천한 나이에 흔하기 마련인 과오나 어리석은 면모가 없었음을 밝힌다. 일반적 재능이나 세속적 지혜는 아니지만 그의 도덕적 감각은 적어도 나보다 훨씬 예리했다. 그리고 당시에는 내가 그토록 진심으로 증오했고 너무나 쓰디쓰게 경멸했던 그 아이의 의미심장한 속삭임에 담겨 있던 조언을 그토록 일관되게 거절하지만 않았더라도, 나는 오늘날 더 좋은 사람이 되었을 테고, 따라서 더 행복한 삶을 살았을 것이다.

나는 그러지 않았다. 그러므로 마침내 그 역겨운 감독 노릇에 극단적으로 반항했고, 날이 갈수록 참을 수 없는 그 아이의 오만함에 더욱더 공개적으로 분개했다. 나는 학급 친구인 우리의 관계로 볼 때 첫 몇 년 동안 그 아이에 대한 나의 감정이 쉽사리 우정으로 발전해갈 수도 있었다고 본다. 그러나 학교생활 후반기에 방해를 일삼던 그 아이의 태도가 분명 어느 정도 누그러지긴 했지만, 나는 그와 반대로 훨씬 더 강렬하게 증오심을 키웠다. 한번은 그가 그런 점을 간파하고는 그 후로 나를 피했다. 아니, 나를 피하는 척했다.

내가 기억하는 게 맞다면 아마 그즈음이었을 것이다. 우리는 격렬하게 말다툼을 벌이다가 그가 평상시보다 더 방심하게 되었다. 그리하여 원래의 성정과는 달리 탁 터놓고 노골적인 말과 행동을 했을 때, 나는 그의 말투와 분위기, 전반적인 풍모에서 무언가를 발견했다. 어쨌거나 발견했다고 생각한다. 나는 처음에는 놀랐으나 점차 몹시 호기심이 일었다. 내 이른 유년기의 희미한 기억을 불러일으키는 무언가가 느껴졌기 때문이었다. 그것은 기억 자체가 아직 형성되기 이전의 시기에 관한 것으로 온통 뒤죽박죽 혼란스러운 기억이었다. 나를 압도한 감정을 이렇게밖에 표현하지 못하겠다. 즉 내가 매우 오래전 어느 시기에, 그러니까 마치 무한하게 먼 과거의 어느 시점에 지금 내 앞에 서 있는 존재와 알고 지내던 관계였다는 믿음을 떨쳐내기가 어려웠다. 그러나 그러한 망상은 왔을 때처럼 재빨리 사그라졌다. 그리고 내가 이런 느낌을 말하는 이유는 나와 이름이 똑같은 독특한 그 아이와 마지막으로 언쟁을 벌이던 날을 설명하기 위해서다.

무수히 많은 공간 구획을 지닌 그 거대한 저택은 서로 연결되는 커다란 방들이 여기저기 있었다. 그 방들이 학생들의 기숙사로 사용되었다. 또한 저택에는 (그렇게 마구잡이로 설계한 건물이 필연적으로 그럴 수밖에 없듯이) 작은 구석, 모퉁이 등 후미진 공간이 많았는데, 닥터 브랜스비는 절약정신을 발휘해 그런 곳들까지 구석구석 기숙사 방으로 활용했다. 그저 벽장만 한 작은 공간에 딱 한 명만 수용하는 방으로 이용되었다. 그중 하나가 윌슨의 방이었다.

나의 학교생활 5년째가 마무리되어 가던 어느 날 밤이었다. 방금 언급한 말다툼 직후였다. 모든 사람이 잠든 사실을 확인한 나는 자리에서 일어나 손에 램프를 들고 슬그머니 내 방을 빠져나왔다. 그리고 구불구불 이어진 비좁은 통로를 통과해 경쟁자의 방으로 다가갔다. 나는 그 아이에게 지금까지 일관되게 실패를 맛보았던 비뚤어진 장난으로 한 방 먹이리라 오랫동안 계획하고 있었다. 마침내 그 계획을 실행에 옮기기로 결심한 참이었다. 나는 마음속 악의를 그 아이에게 온전히 느끼게 해줄 작정이었다.

그의 방에 도착해 아무 소리 내지 않고 침입했다. 램프는 갓을 씌워 방문 밖에 두었다. 나는 앞으로 한 발 나아가 고른 숨을 쉬고 있는 그 아이의 숨소리에 귀를 기울였다. 깊이 잠든 사실을 확인한 후 돌아와 램프를 들고 다시 침대로 다가갔다. 침대에는 휘장이 둘러쳐져 있었다. 계획을 실행하기 위해 천천히, 아주 조용히 휘장을 열었다. 그러자 램프의 밝은 불빛에 그 아이의 모습이 생생하게 드러났다. 동시에 내 시선은 얼굴을 향했다. 나는 내려다보았다. 그리고 아! 나는 그 자리에서 얼어붙었다. 서늘한 느낌이 온몸을 사로잡았다. 가슴이 부풀어 올랐다. 두 무릎이 비틀거렸다. 내 영혼 전체가 대상이 없는 견딜 수 없는 공포에 사로잡혔다. 나는 숨을 헐떡거리며 램프를 얼굴에 더욱더 가까이 가져갔다. 이것이……, 이것이 윌리엄 윌슨의 얼굴인가? 나는 그게 그의 얼굴임을 확인했지만, 그 얼굴이 아니라고 생각했다. 나는 말라리아에 걸린 것처럼 달달 떨었다. 도대체 이 이목구비에 무엇이 있기에 이토록 나를 혼란에 빠뜨린 것일까? 나는 시선을 고정한 채 계속 내려다보았다. 머리는 수많은 생각이 뒤죽박죽 섞여 어지러웠다. 그 아이는 그렇게 보이지 않았다. 분명 환한 대낮에는 그런 모습이 아니었는데. 똑같은 이름! 똑같은 자태! 똑같은 입학일! 거기에 집요하고 무의미한 흉내 내기! 내 걸음걸이며 내 목소리, 나의 습성, 나의 태도까지! 내가 지금 보고 있는 게, 과연 습관적으로 빈정거리며 모방한 결과라는 게 현실 세계에서 도대체 가능한 일일까? 나는 겁에 질리고 오싹한 소름이 돋은 채 램프의 불을 끄고는 조용히 방에서 빠져나왔다. 그런 다음 그 즉시 그 고택을 떠났다. 그런 후 두 번 다시 그곳으로 향하지 않았다.

나는 몇 달을 집에서 빈둥거리며 지내다가 이튼에 입학했다. 그 몇 개월은 닥터 브랜스비의 학교에서 있었던 일을 지우기에 충분했다. 아니, 적어도 그 기억에 달라붙은 느낌을 물리적으로 변화시키기에 충분했다. 그 드라마의 진실—비극—은 더 이상 존재하지 않았다. 나는 이제 내 감각의 흔적을 의심하기 시작했다. 그리고 그 일을 떠올리지도 않았다. 쉽사리 믿는 인간의 성향을 그저 놀라워했다. 그러면서 유전적으로 타고난 내 상상력의 강렬한 힘에 그저 미소 지을 뿐이었다. 이런 식의 회의는 이튼에서 꾸려나가던 내 삶의 방식으로도 줄어들지 않았다. 이튼에 들어가자마자 내가 그토록 즉각적이고 무모하게 빠져들었던 분별없는 난봉의 소용돌이는 지난 시절을 모두 휩쓸어 거품만 남게 만들었다. 즉 견고하고 심각한 인상은 모두 사라져버렸다.

그저 예전 삶의 순전한 경거망동만이 기억에 남게 되었다.

그러나 나는 여기서 그곳에서 즐긴 비루한 방종의 생활을 나열하고 싶은 생각 따윈 없다. 방탕한 생활이란 법규를 무시하고 학교의 감시를 교묘히 피하는 삶이었다. 아무런 소득 없이 그렇게 어리석은 행동으로 점철된 3년의 세월이 흘렀고, 그러는 동안 악덕의 습관이 몸에 배었다. 그리고 다소 특이할 정도로 키가 많이 자랐다. 그때 나는 아무 정신없이 일주일 동안 방탕한 생활을 즐긴 후, 또다시 방탕하기로 치면 으뜸갈 몇몇 학생들을 내 방으로 불러 술잔치를 벌였다. 우리는 밤늦은 시각에 모였다. 타락한 주연은 언제나 아침까지 이어졌다. 술이 물 흐르듯 흘렀고, 그 외에 더 위험한 유혹도 있었다. 그리하여 동쪽 하늘에 잿빛 새벽이 희미하게 밝아오고 있을 때 광란의 방종은 최고조에 이르렀다. 카드와 술로 불콰해진 나는 습관이 된 불경한 짓을 벌이며 축배를 권하고 또 권했다. 그때 갑자기 거칠게 현관문 열리는 소리가 났다. 뒤이어 밖에서 하인의 다급한 소리가 들렸다. 그는 어떤 사람이 굉장히 다급하게 나와 홀에서 이야기를 나누고 싶어 한다는 말을 전했다.

나는 술에 만취한 상태라 예기치 못한 방해가 놀랍기보다 즐거웠다. 나는 즉시 비틀거리며 밖으로 나아가 건물의 현관에 다다랐다. 이 낮고 작은 공간에는 램프가 없었다. 그저 반원형 창을 통해 들어오는 매우 희미한 새벽빛만 비칠 뿐이었다. 내가 문간 너머로 발을 내딛자 키가 나와 같은 한 젊은이의 모습이 보였다. 남자는 당시 내가 입고 있던 것과 똑같은 새로운 패션 스타일의 하얀색 캐시미어 모닝 프록코트 차림이었다. 나는 희미한 빛으로 그 정도 인상만을 감지했다. 얼굴 생김새는 정확히 알 수 없었다. 내가 다가가자 그 남자는 다급하게 내게로 걸어오더니 조급하고 성마른 몸짓으로 내 팔을 붙잡고는 내 귀에 대고 속삭였다.

"윌리엄 윌슨!"

나는 그 즉시 완벽하게 정신을 차렸다.

이방인의 태도, 위로 치켜든 손가락을 앞뒤로 흔드는 손짓. 그는 내 눈앞에 손가락을 흔들고 있었다. 나는 그저 경악할 뿐이었다. 그러나 나를 그토록 격렬하게 동요하도록 만든 것은 그런 행동이 아니었다. 그것은 바로 낮게 스스거리는 그 독특한 말투에 담긴 근엄한 훈계의 경고였다. 그리고 무엇보다도 몇 마디 안 되는 단순하고 익숙한 단어의 개성, 음색, 음조가 지나간 시절의 수많은 기억들을 한꺼번에 불러일으키며 내 영혼에 전기충격처럼 와닿았다. 어느 순간 정신을 차리기도 전에 그는 사라져버렸다.

이 일이 나의 두서없는 상상력에 생생한 영향을 끼쳤다. 그러나 생생한 만큼 덧없이 순간적이었다. 실로 나는 몇 주 동안 열심히 알아보기도 했고, 그러면서도 병적으로 추측에 휩싸이기도 했다. 나는 그토록 끈기 있게 내 일에 훼방을 일삼고 은근한 훈계로 나를 괴롭히는 그 독특한 인물의 정체를 모른 척하지 않았다. 이 윌슨은 도대체 누구이며 정체가 무엇인가? 그자는 어디서 나타났는가? 목적은 무엇인가? 이 의문점 가운데 그 어떤 것에도 답을 내릴 수 없었다. 그저 그의 집안에 갑작스런 사정이 생겨 내가 도망쳤던 바로 그날 오후 닥터 브랜스비의 학교에서 그 역시 떠났다는 사실만 확인했을 뿐이었다.

나는 잠시 동안 그 문제를 외면했다. 옥스퍼드로 떠날 생각에 몰두하고 있었기 때문이었다. 나는 이내 옥스퍼드로 떠났다. 이것저것 따지지 않는 부모의 허영심 덕에 나는 일용품이며 연간 수입이 보장되어 있었다. 그 덕분에 이미 흠뻑 빠져든 사치스러운 생활을 내 멋대로 누릴 수 있었다. 그렇게 나는 영국의 가장 부유한 귀족들의 가장 콧대 높은 상속자들과 헤픈 씀씀이를 경쟁할 수 있었다.

그런 악덕에 물든 나는 그렇지 않아도 타고난 내 기질에 더욱 자극받았다. 나는 미친 듯 흥청망청 타락을 즐기며 체면이니 품위 따위는 모두 던져버렸다. 그러나 그 무절제한 생활을 일일이 열거하는 건 바보스러운 짓이다. 그저 씀씀이가 헤픈 사람들 중에 내가 헤롯왕을 능가했다고 말하는 정도로 충분할 것이다. 그리고 난봉꾼이 벌일 수 있는 수많은 기발한 행동 목록으로 볼 때, 유럽에서 가장 방탕한 대학에서 흔히 있는 것보다 훨씬 더 긴 악덕의 부록을 덧붙일 수 있었다고 말하는 것만으로 충분할 것이다.

그러나 신사의 지위에서 그토록 완전히 타락한 내가 심지어 이곳에서도 직업 도박꾼의 가장 악독한 기술을 익히고 그 비열한 기술의 달인이 되어, 그렇지 않아도 이미 막대한 수입을 더 늘리기 위해 습관적으로 도박 기술을 썼다는 사실을 믿기 힘들 것이다. 그런 일엔 항상 동료 대학생들 중 마음 여린 자들이 희생양이 되었다. 믿기 힘들더라도 그게 사실이었다. 그리고 이 범죄의 극악무도함 자체, 즉 남자답고 명예로운 모든 정서에 역행하는 극악함 자체가 의심할 여지없이 그 범죄가 발각되지 않고 무사히 넘어갈 수 있었던, 유일하지는 않더라도 주된 이유였다. 실로 나의 가장 방탕한 동료들은 차라리 자기들이 직접 보고 들은 명백한 감각을 의심하지, 솔직하고 즐겁고 관대한 윌리엄 윌슨이 그런 짓을 저질렀다고 의심이나 하겠는가? 옥스퍼드 대학의 자비생 중 가장 고귀하고 관대한 나, 어리석음은 그저 젊은이의 치기로 상상력에는 굴레가 없을 뿐이고, 그 과오는 그저 아무나 흉내 낼 수 없는 변덕의 소산일 뿐이며, 그 가장 어두운 악덕한 행위는 그저 부주의하고 원기 왕성한 방종일 뿐인 나를?

나는 이런 식으로 2년을 정신없이 보냈다. 그러다 우리 대학에 글렌디닝이라는 벼락부자 출신의 젊은 귀족이 나타났다. 들리는 바에 의하면 그는 헤로데스 아티쿠스*만큼이나 부자이며 그의 재산 또한 쉽게 얻은 것이라고 했다.

*
고대 그리스 대부호의 아들이자 변론가.

나는 이내 그가 그다지 똑똑하지 않다는 사실을 알아차렸다. 물론 내 기술을 써먹을 적임자로 찍었다. 나는 그를 자주 도박판에 끌어들였고, 도박꾼의 예사로운 수법으로 상당한 액수를 따게 만들어주었다. 그는 내가 쳐놓은 올가미에 제 발로 손쉽게 빠져들었다. 마침내 내 계략이 무르익었다. 나는 그를 동료 자비생(미스터 프레스턴)의 방에서 마주하게 되었다(나는 이 만남을 최종적이고 결정적인 한 방으로 만들 거라는 계획을 가지고 있었다). 프레스턴은 우리 둘 모두와 똑같이 친분이 있었다. 게다가 공정하게 말하자면 그는 내 계략에 대해 눈곱만큼도 알지 못했다. 나는 계획을 더 그럴듯하게 꾸미기 위해 8~10명 정도를 모았다. 그러고는 카드를 꺼내는 게 순전히 우발적인 것처럼, 또 내가 찍은 먹잇감 자신이 자발적으로 먼저 게임을 제안하도록 유도하기 위해 아주 신중하게 행동했다. 비열한 속임수에 대해 간단히 설명하자면, 저급한 술수로 비슷한 경우에 늘 쓰는 수법인지라 당한 자가 얼마나 정신을 못 가눌 정도면 그런 속임수에 넘어갈 수 있는지 놀랄 정도의 도박 기술이었다.

우리는 밤늦게까지 도박을 이어나갔다. 나는 마침내 글렌디닝을 나의 유일한 적수로 몰아가는 데 성공했다. 게임 또한 내가 좋아하는 에카르테*였다. 나머지 참가자들

*

19세기 프랑스와 독일에서 유행한 2인용 카드놀이.

은 자신들의 카드를 내려놓고는 우리 게임에 관심을 보이며 우리를 둘러싸고 구경했다. 그 벼락부자는 초저녁부터 내 술책에 말려들어 과도하게 술을 마셨다. 그는 이제 눈에 띌 정도로 초조하게 카드를 섞고 패를 돌렸다. 그 모습은 술에 취한 것이 일부 원인이었겠지만 단지 술의 효과가 다는 아닌 것으로 보였다. 그는 아주 짧은 시간에 내게 꽤 많은 빚을 지게 되었다. 그러자 와인을 길게 들이켜더니 정확히 내가 냉정하게 예측한 수순으로 나아갔다. 이미 터무니없을 만큼 커진 판돈을 두 배로 늘리자는 제안이었다. 나는 더 이상 하고 싶지 않다는 시늉을 했다. 내가 반복해서 거절하자 그는 화를 내며 언성을 높였고, 나는 어쩔 수 없이 수락한다는 시늉을 했다. 물론 그 결과로 내 먹잇감은 완전히 올가미에 걸려든 꼴이 되었다. 한 시간이 채 지나지 않아 그의 빚은 네 배로 늘었다. 그동안 안색은 와인 때문에 불그레해진 색조마저 잃고 있었다. 그의 얼굴은 이제 놀랍도록 무시무시한 색으로 변했다. 그렇다, 나는 진정 놀랐다. 내가 열심히 알아본 결과 글렌디닝은 무한할 정도로 부자였다. 그가 이제까지 잃은 액수는 그 자체로는 엄청나게 큰돈이었지만 그의 재정에 심각한 타격을 줄 정도는 아니었고, 크게 속 태울 정도도 아니었다. 이제까지 마신 술로 판단력이 흐려졌다는 사실은 누가 보기에도 확연히 드러났다. 그리고 나는 다른 어떤 이유보다 동료들 앞에서 내 인격을 지키려는 생각으로 게임을 그만두기를 단호하게 주장하려던 참이었다. 바로 그때 옆에 있던 동료들의 표정을 보고, 또 글렌디닝이 완전히 절망에 빠져 내뱉는 탄식을 듣고, 내가 그를 철저하게 파멸시켰다는 생각이 들었다. 거기 있던 사람들이 모두 그에게 연민을 보냈다. 그를 지키기 위해 악마의 수작이라도 막아낼 기세였다.

벌어진 일을 돌이켜보면 내가 어떻게 행동하는 게 좋았을지는 판단하기 어려운 문제다. 내게 호구가 된 그자의 딱한 모습으로 인해 모두가 당황스럽고 우울했다. 한순간 깊은 침묵이 이어졌다. 우리 일행 중 그나마 덜 타락한 사람들이 경멸과 비난 어린 뜨거운 눈빛으로 나를 쳐다보았다. 나는 뺨이 화끈거렸다. 나는 그렇게 참을 수 없도록 무겁게 짓누르던 불안이 이내 갑작스럽게 일어난 놀라운 일로 인해 잠시나마 내 가슴속에서 사라졌다고 솔직히 고백한다.

폭이 넓고 육중한 접이식 문이 한순간에 활짝 열렸다. 그 거센 바람에 마치 마법처럼 방 안의 모든 촛불이 꺼지고 말았다. 그 순간 우리는 꺼져가는 희미한 불빛 덕분에 어떤 낯선 이가 방으로 들어오는 모습을 볼 수 있었다. 나와 비슷한 키에 외투를 둘둘 싸맨 모습이었다. 그러나 이내 완전한 어둠이 내려앉았다. 우리는 그가 우리 한가운데 서 있다는 사실을 그저 느낌으로 알 수 있었다. 우리 모두는 이 급작스러운 낯선 이의 출현에 극도로 놀라 얼이 빠지고 말았다. 침입자의 목소리가 들렸다.

"신사 여러분,"

낮고 또렷한 목소리, 골수까지 전율하게 만드는 결코 잊을 수 없는 속삭임.

"신사 여러분, 이렇게 느닷없이 나타난 것에 대해 변명하진 않겠소. 나는 임무를 수행하기 위해 이렇게밖에 행동할 수 없기 때문이오. 여러분은 오늘밤 에카르테 게임으로 글렌디닝 경으로부터 막대한 액수의 돈을 딴 사람의 진정한 정체를 모르고 있소. 따라서 내가 바로 당신들께 꼭 필요한 정보를 신속하게 알려드리리다. 저자의 왼쪽 소맷부리의 안감을 살펴보시기 바라오. 그리고 자수가 놓인 모닝 가운의 넓은 주머니를 보면 작은 꾸러미가 몇 개 있을 테니 확인하시오."

남자가 그렇게 말하는 동안 사방은 더할 나위 없이 고요했다. 바닥에 떨어지는 핀 소리조차 울릴 정도였다. 그는 말을 마치자마자 들어왔을 때처럼 홀연히 사라졌다. 내가 정말…… 내가 과연 그때 받은 느낌을 묘사할 수 있을까? 그 순간 저주받은 자의 모든 공포를 느꼈다고 해야 하나? 이런저런 생각을 할 틈이 없었다. 사람들이 그 자리에서 나를 붙들었다. 즉시 다시 불이 밝혀지고 몸수색이 이어졌다. 내 소맷부리 안감에서 에카르테에 필수적인 그림카드가 발견되었고, 가운 주머니에서는 우리 도박판에서 사용했던 카드의 복사본 몇 벌이 나왔다. 단 보통의 카드와 다른 점은, 내 카드는 기술적으로 '아롱드'라고 불리는 것으로서, 높은 패는 위아래가 살짝 볼록하고, 낮은 패는 양옆이 살짝 볼록

한 카드라는 것이다. 이렇게 조작함으로써 세로 길이에 맞춰 패를 떼는 사람은 항상 적수에게 높은 패를 주게 되고, 속임수를 쓰는 노름꾼은 가로로 패를 떼서 상대방에게 잃는 패를 주게 된다.

이런 조작이 발각되었을 때 동료들이 불같이 화를 냈다면 차라리 나았을 것이다. 그들은 그저 조용히 경멸하는 표정을 보이며 침착하게 빈정거릴 뿐이었다. 그게 나를 더욱 비참하게 만들었다.

윌슨 씨."

발밑에서 굉장히 고급스러운 진귀한 모피 외투를 들어 올리기 위해 몸을 수그린 방 주인이 말했다.

"윌슨 씨, 여기 당신 외투입니다." (날은 추웠고, 나는 내 방에서 나올 때 모닝 가운 위에 외투를 걸쳤고, 이곳에 도착하자마자 벗어놓았다)

"여기서 (그는 쓴웃음을 지으며 외투의 주름을 바라보았다) 당신의 속임수를 증명할 더 이상의 증거를 찾는 건 불필요한 일이겠지요? 볼 만큼 다 봤으니까요. 여하튼 당신이 옥스퍼드를 떠날 필요가 있다는 건 스스로 잘 알 테지요. 내 방에서 나가자마자 즉시 말입니다."

당시 내가 그토록 놀라운 존재에 온통 마음을 빼앗긴 상황이 아니라면, 내가 아무리 치욕스러운 굴욕을 당한 상황이라 하더라도 이 모욕적인 언사에 분개해 곧바로 그자에게 덤벼들었을 것이다. 내가 그때 입은 외투는 매우 진귀한 모피였다. 얼마나 진귀한 고가의 옷이었는지는 따로 말하지 않겠다. 그 옷의 디자인도 나의 환상적인 창의성으로 구현한 것이었다. 나는 멋 내기 같은 대단치 않은 일에 과도할 정도로 까다로웠다. 따라서 방 주인인 프레스턴 씨가 접이식 문 근처 바닥에서 주운 모피 외투를 내밀었을 때, 내가 분명 무의식적으로 이미 내 팔에 걸쳐놓았던 외투를 보고 화들짝 놀랐다. 아니, 그 감정은 놀람보다 공포 그 자체였다. 그 옷은 아주 세밀한 부분 하나하나까지 정확히 내 옷과 똑같았다. 내 기억으로는 그토록 비참하게 내 정체를 밝힌 기묘한 존재는 외투를 입고 등장했다. 그리고 나를 제외한 우리 일행 중에는 아무도 그런 옷을 입지 않았다. 얼이 빠졌던 나는 다소 정신을 차리고 프레스턴이 내민 외투를 받아들었다. 그리고 남들이 주목하지 않는 틈을 타 내 옷 위에 그대로 걸쳤다. 그러고는 결연하고 반감 가득한 표정으로 방을 나섰다. 나는 다음날 동이 트기 전 완벽한 공포와 수치심으로 고뇌에 빠진 채 서둘러 옥스퍼드를 떠나 유럽 대륙으로 향했다.

그러나 헛된 도망이었다. 사악한 운명은 마치 광란의 환희에 빠진 것처럼 나를 추적했다. 그 운명은 자신의 신비로운 지배력을 이제야 겨우 행사하기 시작한 것이나 다름없었다. 나는 파리에 발을 들이기 무섭게 무언가, 누군가 내 일에 사사건건 개입한다는 혐오스러운 흔적을 감지했다. 바로 윌슨이 저지른 일들이었다. 몇 년이 지났다. 그래도 나는 벗어날 수 없었다. 비열한 악당 같으니라고! 그 작자는 로마에서 참으로 안 좋은 타이밍을 골라 내 야망에 유령처럼 끼어들었다! 빈에서도 마찬가지였고, 베를린에서도, 모스크바에서도 똑같았다! 진실로 내가 가슴속 깊이 쓰디쓴 마음으로 그자를 저주하지 않은 곳이 있었던가? 나는 두려움에 사로잡혀 역병을 피해가듯 그자의 그런 불가해한 폭정을 피해 도망쳤다. 그러나 지구 끝까지 도망쳐도 아무런 소용이 없었다.

나는 내 영혼과 비밀스러운 교섭을 하며 거듭거듭 묻곤 했다. "그자는 누구인가? 어디서 왔는가? 그자의 목적은 도대체 무엇인가?" 그러나 그 어떤 답도 찾을 수 없었다. 그때 나는 그자의 뻔뻔한 감시 행태, 방법, 주요 특성을 꼼꼼하고 면밀하게 따져보았다. 그러나 아무리 따져보아도 추측의 근거가 될 만한 무언가를 찾을 수 없었다. 그런데 눈에 띄는 사실이 하나 있었다. 그자가 최근에 내가 가는 곳마다 발을 들인 그 무수한 경우 모두가 나의 어떤 계략을 좌절시키거나, 또는 내 행동을 방해할 목적이 아닌 경우가 없었다는 점이었다. 다시 말해 방해받지 않고 온전히 실행에 옮겨졌다면 분명 쓰디쓴 해악으로 작용했을 행동이었다. 남의 일에 그토록 오만하게 참견하면서 참으로 뻔뻔한 정당화를 하는 게 아닌가! 그토록 집요하게, 그토록 모욕적으로 타고난 자결권을 부정하는 일의 이유로는 참으로 근거 없는 면책권 아닌가!

나는 또한 나를 괴롭히는 그자가 매우 오랫동안 내 의지를 꺾어놓기 위해 다양한 일을 실행하면서도, 언제나(빈틈없고 불가사의한 솜씨로 나와 동일한 복장을 하는 기행을 벌이면서도) 자신의 얼굴을 보지 못하도록 용케 일을 꾸민다는 사실을 깨닫지 않을 수 없었다. 윌슨이 어떤 인간이건 간에 적어도 이러한 면모는 그의 순전한 허세, 또는 어리석음의 표식일 터였다. 예를 들어 그자, 이른 시절 나를 훈계하던 이, 옥스퍼드 시절 내 명예를 실추시킨 자, 로마에서 내 야망을 꺾어놓고, 파리에서 복수를 방해하고, 나폴리에서 열정적인 사랑을 막아서고, 이집트에서 나의 탐욕으로 착각한 일을 훼방 놓은 자, 나의 정적이자 사악한 천재인 그자 윌리엄 윌슨이 학창 시절 이름이 같은 학우이자 경쟁자, 닥터 브랜스비의 학교 시절 그 혐오스럽고 끔찍한 경쟁자였다는 사실을 내가 알아보지 못할 거라고 생각하는 게 가당키나 한 일일까? 말도 안 되는 일이다! 그러나 어쨌든 이 드라마의 마지막 파란만장한 현장으로 돌아가 보자.

그때까지 나는 이러한 독재적인 지배에 무기력하게 굴복했다. 내가 그 숭고한 인물, 그 장엄한 지혜, 어디든 나타날 수 있는 능력과 전능함에 대해 습관적으로 가졌던 깊은 경외심은 공포감을 배가시켰다. 그런 느낌에 그의 본성이 지닌 여러 특성들과 오만함이 더해져 나는 그에게 경이로움을 느끼지 않을 수 없었다. 더 나아가 나 자신이 너무나 나약하고 무기력하다는 감정을 품지 않을 수 없었다. 비록 씁쓸하고 내키지 않았지만 그런 감정은 그자의 전횡적인 의지에 굴복하라는 은영중의 암시로 작용했다.

근래 나는 완전히 술독에 빠져 살고 있었다. 그러다 보니 술의 맹렬한 영향력과 유전적 기질이 결합해 더욱더 자기통제력을 상실해가고 있었다. 나는 투덜거리고, 주저하고, 저항하기 시작했다. 그런데 내가 점점 더 강경해질수록 나를 고문하는 그자 역시 그에 반비례해 점점 누그러지고 있다고 믿었던 건 순전히 나만의 착각이었을까? 사실이건 착각이건 나는 이제 불타오르는 희망을 품기 시작했고, 마침내 내 가슴속 깊은 곳에서는 더 이상 그자에게 노예처럼 굴지 않겠다는 단호하고 필사적인 결심이 타오르게 되었다.

18○○년 나는 축제가 벌어지고 있던 로마에서 나폴리 귀족인 디 브롤리오 공작의 저택에서 열린 가장무도회에 참석했다. 나는 평소보다 더 방종하게 무절제한 술잔치를 즐기고 있었다. 하지만 사람들로 미어터지는 숨 막히는 실내 분위기 때문에 금세 참을성을 잃고 짜증이 솟구쳤다. 몰려든 사람들 사이를 미로처럼 뚫고 나가다 보니 점점 더 신경이 곤두섰다. 그때의 나는 나이 든 공처가인 디 브롤리오 공작의 젊고 유쾌하며 아름다운 아내를 찾는 데 안달이 나 있었기 때문이었다(어떤 가당찮은 동기를 품고 그랬는지는 따로 말하지 않겠다). 그 여자는 이전에 자신감이 넘치다 못해 경솔하게도 자기가 가장무도회에 어떤 옷을 입을지 그 비

밀을 내게 알려주었는데, 내가 지금 그런 복장을 한 여인을 언뜻 보았다. 나는 그 여자를 따라잡기 위해 서둘렀다. 그 순간 내 어깨에 어떤 사람의 손이 가볍게 닿는 것이 느껴졌다. 그러고는 귓가에 그 잊을 수 없는 가증스러운 낮은 속삭임이 들려왔다.

나는 미친 듯 분노가 폭발해 나를 방해한 남자에게로 즉시 돌아서며 거칠게 멱살을 붙잡았다. 그는 내가 예상한 대로 내 옷과 거의 같은 차림이었다. 스페인풍 푸른 벨벳 외투에 허리에는 양날 검이 달린 심홍색 벨트를 두르고 있었고, 검은 실크 가면이 얼굴 전체를 가리고 있었다.

"이 악당 놈!"

나는 분노에 찬 거친 목소리로 소리 질렀다. 내가 내뱉는 음절 하나하나가 분노에 새로이 기름을 퍼붓는 것만 같았다.

"이 악당 놈! 사기꾼 놈아! 이 벼락 맞을 악당 놈아! 넌…… 죽을 때까지 날 쫓아다닐 작정이냐! 좋아, 어디 한번 해봐라, 안 그러면 내가 네놈을 지금 당장 찔러 죽여주마!"

나는 이내 저항하지 않는 그자를 질질 끌고는 연회실을 나와 옆에 있는 작은 곁방으로 나아갔다.

나는 그 방에 들어서자마자 그자를 거칠게 내동댕이쳤다. 그는 비틀거리며 벽에 부딪혔다. 나는 욕설을 내뱉으며 문을 닫고 그자에게 칼을 뽑으라고 소리쳤다. 그자는 아주 잠깐 주저하다가 이내 낮은 한숨을 내쉬며 조용히 칼을 뽑고는 방어 자세를 취했다.

결투는 실로 아주 짧았다. 나는 광란의 상태로 길길이 날뛰었다. 한쪽 팔에 마치 무수한 사람들의 기운이 한꺼번에 쏠리는 것처럼 느껴졌다. 나는 몇 초 지나지 않아 순전한 힘으로 그자를 웨인스코트 벽에 밀어붙여 굴복시켰다. 그러고는 잔인하고 사나운 힘으로 그자의 가슴에 칼을 꽂았다. 찌르고 또 찔렀다.

그 순간 어떤 이가 문의 빗장을 열고 들어오려 했다. 나는 서둘러 침입자가 들어오지 못하게 막고는 즉시 죽어가는 적수에게로 돌아섰다. 그러나 그때 내 눈에 들어온 광경을 보고 느낀 그 놀람, 그 공포를 인간의 언어로 묘사할 수가 있을까? 시선을 돌린 그 짧은 순간, 바로 그 순간에 방의 안쪽 구석의 배치가 물리적 변화를 일으킨 게 틀림없는 듯했다. 방금 전까지 아무것도 없었던 그곳에 커다란 거울—처음에는 혼란스러운 내 눈에 분명 그렇게 보였다—이 서 있었다. 나는 극도로 두려움에 사로잡혀 거울 앞으로 다가갔다. 나 자신의 모습이 보였다. 온통 창백하고 피범벅이었다. 그런 나의 모습이 힘없이 비틀거리는 발걸음으로 나를 향해 다가오고 있었다.

그렇다, 그렇게 보였다. 하지만 아니었다. 그것은 나의 적수, 윌슨이었다. 윌슨이 거기 내 앞에서 죽음의 고통 속에 서 있었다. 그자의 가면과 외투는 바닥에 던져진 채 놓여 있었다. 그자의 복장에서 단 하나의 실오라기도, 그자만의 개성이 도드라진 얼굴 생김새에서 단 하나의 선도 절대적으로 나와 다른 것은 없었다!

그것은 윌슨이었다. 그러나 그는 더 이상 속삭이지 않았다. 나는 그자가 말하는 동안 나 자신이 말하고 있다는 착각이 들었다.

“네가 이겼다. 내가 졌다. 하지만 이제부터는 그대 역시 죽은 목숨이다. 이 세상에서도, 천국에서도, 희망에 있어서도 죽은 목숨이다! 그대는 내 안에서 존재했다. 그리고 내가 죽음으로써…… 이 모습을 보게! 그대 자신의 모습 아닌가! 그대는 그대 자신을 얼마나 철저히 죽였는가!”

빨간 머리 연맹

아서 코난 도일

나는 작년 가을 어느 날 내 친구 셜록 홈즈를 찾아갔다. 그는 어느 노신사와 한창 열띤 대화를 나누고 있었다. 머리가 매우 붉고 얼굴이 불그레한 아주 건장한 남자였다. 내가 불쑥 들이닥친 것에 대해 사과하며 물러나려고 할 때, 홈즈는 급작스럽게 나를 방 안으로 휙 끌어당기며 방문을 닫았다.

"아주 제때에 딱 맞춰 왔네, 왓슨!"

그가 따뜻하게 나를 맞았다.

"지금 바쁜 거 같은데?"

"그래. 아주 골몰하던 참이었지."

"그럼 옆방에서 기다릴게."

"그럴 필요 없어. 윌슨 씨, 이분은 내가 성공을 거둔 많은 사건에서 내 파트너이자 조력자 역할을 하셨습니다. 이분이 당신 사건에도 굉장히 큰 도움을 주실 겁니다."

건장한 신사가 자리에서 일어서더니 고개를 까닥하며

인사했다. 눈자위가 도톰한 작은 눈에 재빨리 궁금한 기색이 비쳤다.

"자리에 앉게나."

홈즈가 자신의 안락의자에 다시 앉더니 무언가 판단할 때 나오는 버릇대로 손가락을 한데 모았다.

"친애하는 왓슨, 자네는 나와 마찬가지로 단조롭고 뻔한 일상의 궤도를 넘어선 기이한 것을 좋아하는 취향이 있지 않나. 그런 취향 때문에 그토록 많은 내 모험들을 열정적으로 기록하고 있는 것이고. 또 이렇게 말하는 걸 양해하기를 바라지만, 그 이야기들이 멋지게 보이도록 다소 꾸미기도 하잖나?"

"자네가 맡는 사건들은 정말 흥미진진해."

"며칠 전 메리 서덜랜드 양이 왔을 때 말이야, 아주 간단한 그 문제에 대해 논의하기 직전에 내가 한 말 기억하지? 기이한 결과라든가 비범하게 맞물린 일을 찾으려면 생생한 삶 자체를 들여다봐야 한다고 했던 말 말이야. 그런 건 그 어떤 상상력으로 펼친 이야기보다 말 그대로 상상 그 이상인 법이지."

"내가 의심했던 일 말이지?"

"그랬지. 하지만 어쨌든 자네는 결국 내 견해에 따라야 할 거야. 안 그러면 내가 계속 사실들을 나열할 거거든. 자네가 결국 그 사실들에 압도되어 내 말이 맞다는 사실을 인정할 때까지 말이야. 자, 여기 계신 하베즈 윌슨 씨가 이 아침에 여기 오셔서 들려주신 이야기가 있다네. 오랜만에 정말이지 매우 독특한 사건이라는 생각이 드네. 아주 기이하고 독특한 일들은 종종 큰 범죄가 아니라 작은 범죄와 연관된 것들이라고 하지 않았나. 거기다 그런 경우에는 가끔 진짜 범죄가 벌어졌는지 의심이 들 정도라고 말이야. 지금까지 들은 내용만으로 판단해보건대, 이 사건이 진짜 범죄인지 아닌지 판단하는 건 불가능하다네. 어쨌든 사건이 벌어진 경위는 분명 내가 이제껏 들은 이야기 중에 가장 독특하다고 볼 수 있어.

윌슨 씨, 다시 처음부터 이야기를 해주시겠습니까? 제가 이렇게 청하는 이유는 닥터 왓슨이 서두를 듣지 못했을 뿐만 아니라, 그 이야기가 너무나도 독특하다 보니 선생으로부터 직접 모든 세세한 내용을 다시 듣고 싶은 마음이 크기 때문입니다. 저는 대개 사건의 경위에 대해 약간만 들어도 머릿속에 수천 가지 비슷한 사건들이 떠오릅니다. 그런 것으로 사건 해결의 실마리를 잡을 수 있죠. 그런데 이 사건의 경우에는 정말 독특해서 비슷한 사례가 떠오르지 않는다고 인정하지 않을 수 없군요."

풍채 좋은 의뢰인은 의기양양하게 가슴을 똑바로 펴고는 코트 주머니에서 꼬깃꼬깃하게 구겨진 신문을 꺼냈다. 그리고 무릎 위에 신문을 평평하게 펼치고는 고개를 앞으로 쑥 내밀어 광고란을 찾고 있었다. 그때 나는 홈즈의 방식을 좇아 남자를 면밀히 살펴보았다. 의복이나 외모에서 무언가 힌트가 될 만한 게 있는지 탐색했다.

그러나 별다른 소득이 없었다. 우리 의뢰인은 평균적인 영국 상인의 특징을 모두 다 가진 인물이었다. 뚱뚱하고 젠체하고 아둔해 보였다. 그는 다소 헐렁한 회색 셰퍼드 체크 바지와 검정 프록코트 차림이었다. 프록코트는 아주 말끔하진 않았고 단추도 잠그지 않았다. 누런색 조끼에는 무거운 놋쇠로 만들어진 앨버트형 시곗줄과 구멍 뚫린 네모난 금속 장식이 매달려 있었다. 옆쪽 의자에는 해진 실크해트와 주름진 벨벳 칼라가 달린 색 바랜 갈색 오버코트가 놓여 있었다. 전체적으로 머리가 불타는 듯 매우 붉다는 점과 표정에 매우 불편하고 못마땅한 기색이 엿보일 뿐, 눈에 띄는 다른 면모는 없었다.

셜록 홈즈는 명민한 눈으로 내가 뭘 하고 있는지 간파했다. 홈즈는 내가 묻는 듯한 표정을 짓자 미소를 보이며 고개를 가로저었다.

"과거 한동안 육체노동을 했고, 코담배를 피우고, 프리메이슨이며, 중국에 갔다 온 적이 있고, 최근에 글쓰기를 꽤 많이 했다는 명백한 사실 이외에 다른 것은 유추할 수 없군."

하베즈 윌슨이 자리에서 벌떡 일어섰다. 집게손가락을 신문에 댄 채로 시선은 내 친구에 붙박여 있었다.

"아니, 도대체 그 모든 사실을 어떻게 다 맞춘 거죠, 홈즈 씨? 가령 제가 육체노동을 했다는 걸 어떻게 아는 겁니까? 저는 실제로 선박 목수로 일을 시작했거든요."

"선생 손을 보십시오. 오른손이 왼손보다 더 크죠? 오른손을 많이 쓰는 일을 했기에 근육이 더 발달한 것이지요."

"음, 그렇다면 코담배는요? 그리고 프리메이슨은요?"

"제가 그걸 어떻게 알아냈는지 일일이 말씀드리면 선생의 지력을 모욕하는 꼴이 되겠지요. 특히 선생은 선생이 속한 단체의 엄격한 규율을 어기고서 활과 컴퍼스 모양* 장식 핀을 달고 있지 않습니까?"

"아, 그렇군요. 제가 깜박했네요. 그런데 글을 많이 썼다는 건 어떻게 맞추셨나요?"

"오른쪽 소맷부리 10여 센티미터가 반들반들하고, 책상에 닿는 왼쪽 팔꿈치 근처는 부드럽게 닳아 있으니 다른 설명이 필요할까요?"

"음, 그렇다면 중국은요?"

"손목 바로 윗부분에 새긴 물고기 문신은 중국에서만 하는 것이지요. 제가 문신에 대해 연구를 좀 했거든요. 그 주제로 글을 쓴 적도 있었죠. 물고기 비늘을 연보라색으로 칠하는 기술은 전형적인 중국식 기술이랍니다. 덧붙여 선생의 회중시계 줄에 달린 중국 동전을 보면 더 확실하지요."

하베즈 윌슨 씨는 떠들썩하게 웃었다.

*

직각자와 컴퍼스와 함께 프리메이슨의 상징이다.

"하, 저는 생각도 못 했네요! 처음에는 선생이 뭐 대단히 신기한 기술을 부린 줄 알았는데, 알고 보니 그런 건 없군요."

"왓슨, 내가 설명을 한 게 실수였다는 생각이 들기 시작하는군. 옴니 이그노텀 프로 마그니피코 에스트(뭐든 알려지지 않은 것이 대단하다고 여겨진다). 사실 내 명성이 별반 대단할 것도 없는데, 거기다 이런 식으로 너무 솔직하게 굴면 그것마저 완전히 땅바닥에 곤두박질칠 거 같네 그려. 그럼 윌슨 씨, 그 광고 좀 찾아주시겠어요?"

"여기 있소."

그가 신문기사 중간쯤에 붉고 굵은 손가락을 얹었다.

"여깁니다. 이게 그 모든 일을 일으킨 원인입니다. 직접 읽어보시지요, 선생."

나는 그에게서 신문을 건네받아 읽었다.

빨간 머리 연맹에서 공고함

미국 펜실베이니아 레바논의 고故 이즈키야 홉킨스의 유증에 따라 설립된 우리 연맹에 현재 회원 공석이 하나 생겼습니다. 순전히 명목상의 봉사로 봉급은 주당 4파운드입니다. 심신이 건강한 21세 이상 모든 빨간 머리 남자들은 지원 가능합니다. 플리트가 포프스 코트 7번지 연맹 사무실에서 월요일 11시 던컨 로스에게 직접 지원하시면 됩니다.

"도대체 이게 무슨 소리야?"

나는 그 기이한 광고를 두 번이나 읽어보고 나서 소리를 질렀다.

홈즈는 기분이 매우 좋을 때면 나오는 버릇대로 자리에 앉아 몸을 꿈틀거리며 껄껄 웃었다.

"그게 좀 흔치 않은 일이지, 안 그래? 자, 윌슨 씨, 처음부터 말씀해주시죠. 선생 자신, 선생의 가정, 그리고 이 광고가 선생 재정에 끼친 영향 등등 모두 말씀해주세요. 왓슨 자네는 먼저 신문 이름과 날짜를 기록해주게나."

"《모닝 크로니클》 1890년 4월 27일자. 두 달 전이군."

"좋아요. 자, 이제 부탁드립니다, 윌슨 씨."

"음, 제가 말씀드린 그대로입니다, 셜록 홈즈 씨."

하베즈 윌슨이 이마를 닦으며 말을 이었다.

"저는 런던의 시티 구역 근처 색스-코벅 스퀘어에서 작은 전당포를 운영하고 있습니다. 그다지 큰 가게는 아니죠. 최근에는 그저 생계를 유지할 정도였습니다. 예전에는 직원 두 명이 있었는데 지금은 한 명뿐이죠. 저야 그 직원한테 월급을 전부 지불할 용의가 있습니다만, 그 사람이 일을 배운다고 반만 받겠다고 해서 그렇게 하고 있답니다."

"예의 바른 그 젊은이의 이름이 무언가요?"

셜록 홈즈가 물었다.

"빈센트 스폴딩입니다. 그런데 그렇게 젊은 친구는 아닙니다. 나이를 가늠하기가 쉽지 않아요. 홈즈 씨, 그 친구는 꽤 똑똑하답니다. 저는 그 친구가 지금보다 더 나은 일을 할 수 있다는 걸 잘 압니다. 제가 지금 주고 있는 것보다 두 배는 더 벌 수 있을걸요. 하지만 뭐, 자기가 만족한다는데, 굳이 제가 나서서 그런 생각을 심어줄 필요가 있을까요?"

"그런가요? 합당한 임금보다 훨씬 싸게 받고 일할 직원을 얻는다는 건 대단한 행운인 것 같군요. 지금 시대에는 고용주가 그런 직원을 두는 게 쉽지 않죠. 그런 면에서 보면 선생의 직원이 선생 말마따나 그렇게 훌륭한지는 잘 모르겠군요."

"아, 물론 그 친구도 단점이 있지요. 사진 찍는 일에 아주 환장하거든요. 남는 시간에 일 배울 생각은 안 하고 카메라만 들고 세월을 보내거든요. 그러다가 사진 현상할 때는 굴로 들어가는 토끼처럼 지하실로 들어간다니까요. 그게 그 친구의 가장 큰 단점입니다. 하지만 전반적으로 건실하긴 합니다. 생활에 있어 나쁜 버릇도 없고요."

"아직 같이 일하고 있죠?"

"예, 그렇습니다. 그 친구와 14살 먹은 여자애가 있어요. 여자애는 요리와 청소를 도맡아 합니다. 그 친구들이 우리 집에 있는 식구 전부입니다. 저는 홀아비라 다른 가족이 없어요. 우리는 매우 조용하게 살고 있죠. 우리 셋이요. 그럭저럭 살림을 꾸리며 빚을 갚고 있답니다. 뭐, 별다른 건 없습니다.

문제가 생기기 시작한 건 바로 그 광고 때문이었어요. 스폴딩이 8주 전에 신문을 들고 사무실에 왔어요. 그러더니 이렇게 말하더군요. '윌슨 사장님, 저는 정말 붉은 머리가 된다면 소원이 없겠어요.' 그래서 '왜 그러는데?'라고 물었죠.

'그게 빨간 머리 연맹에 공석이 하나 생겼대요. 그거 꽤 돈이 되는 자리거든요. 제가 알기로는 빨간 머리 남자의 수보다 공석이 더 많거든요. 그래서 연맹 이사들이 돈을 어떻게 써야 할지 난감할 거예요. 아, 나도 머리색을 바꿀 수 있다면 좋을 텐데! 이거 완전 비비기 좋은 언덕이거든요.'

'그게 도대체 뭔데?'라고 제가 물었죠. 홈즈 씨, 저는 말이죠, 집에서 지내는 걸 좋아하는 스타일인 데다 제 사업도 출근이 필요 없는 일이기에, 문밖으로 한 발짝도 안 내밀고 몇 주씩 지내기도 한답니다. 그런 식이니까 사실 바깥세상 돌아가는 일에는 어두운 편입니다. 그래서 뭔가 새로운 소식이 들리면 언제나 솔깃하거든요.

'빨간 머리 연맹에 대해서 들어본 적 없으세요?' 그 친구가 눈을 동그랗게 뜨고 묻더라고요. '한 번도 없다네.'

'아이고, 정말 놀라운데요? 딱 사장님 같은 분이 그 자리에 지원 가능한 사람인데요?'

'거기 들어가면 뭐가 나오는데?'

'오, 1년에 200파운드는 벌 수 있어요. 그런데 일은 거의 없고, 원래 하는 일에 방해도 되지 않아요.'

'흠, 솔깃한 일이긴 하구먼. 경기가 안 좋은 게 벌써 몇 년짼데, 한 200파운드 정도 수입이 더 생기면 도움이 되긴 하지. 자세히 말해봐.'

그러니까 그 친구가 광고를 보여주며 말하더라고요.

'여기 직접 보세요. 연맹에서 공석이 하나 났다는 얘기가 있고, 주소도 나와 있으니 가서 알아보시면 될 거 같아요. 제가 아는 선에서 말씀드리자면, 연맹은 미국의 백만장자 이즈키야 홉킨스 씨가 설립했는데, 그 사람이 아주 별난 사람이었다네요. 본인이 빨간 머리라서 빨간 머리 남자들에게 대단한 연민을 가졌다더군요. 그래서 그 사람이 죽을 때 유산 관리인들 손에 막대한 재산을 남기고는 머리색이 빨간 남자들을 위해 일자리를 제공하고 그들을 위해 쓰라고 했다는 거예요. 듣기로 봉급이 꽤 쏠쏠한데 할 일은 거의 없대요.'

'그렇지만 지원할 수 있는 빨간 머리 남자가 수백만은 될 거 아닌가?' 제가 물었죠.

'사장님이 생각하시는 것만큼 그렇게 많지 않아요. 성인인 런던 출신에 국한되어 있거든요. 이 미국인이 젊었을 때 런던에서 출세했기 때문에 이 도시에 보답을 하고 싶었대요. 게다가 옅은 붉은색이나 어두운 붉은색 같은 건 안 되고 불타는 것처럼 진짜 새빨간 머리만 지원 가능하다는군요. 윌슨 사장님, 진짜 마음이 있으시면 그냥 지원해보세요. 몇백 파운드나 버는 건데 수고 조금 하더라도 어차피

밑져야 본전이잖아요?'

두 분께서 보시다시피 제 머리는 완전히 풍성한 붉은색이잖습니까. 그래서 그런 부분에 무슨 시합이라도 있다면, 제가 그 누구라도 이길 가능성이 크다는 생각이 들더라고요. 빈센트 스폴딩은 그 일에 대해 아주 많이 아는 것 같았어요. 그래서 그 친구가 도움이 되겠다 싶어 그날 가게 문을 닫고 같이 가보자고 했죠. 그 친구는 하루 휴일을 갖는 것이니 아주 좋아하더군요. 그래서 가게 문을 닫고 그 친구와 함께 광고에 나온 주소로 향했답니다.

저는 정말 그런 광경을 다시는 보고 싶지 않습니다, 홈즈 씨. 동서남북 사방에서 머리가 좀 붉다 싶은 사람은 모조리 광고를 보고 시티 지역에 몰려들었더라고요. 플리트 가는 빨간 머리 남자들로 발 디딜 틈이 없었답니다. 포프스 코트는 과일 가게의 오렌지 수레 같았어요. 정말 그런 광고 하나에 전국에서 그토록 많은 사람들이 몰릴 줄은 상상도 못 했답니다. 온갖 색조가 다 있더군요. 밀짚색, 레몬색, 오렌지색, 벽돌색, 아이리시 세터색, 찰흙색 등등이요. 그런데 스폴딩 말마따나 진짜 생생한 불꽃색은 많지 않더군요. 저는 너무 많은 사람들이 몰려 있는 걸 보고 포기하려고 했는데, 스폴딩이 고집을 꺾지 않았어요. 대체 그 친구가 어떻게 했는지 모르겠지만 밀고 당기고 들이받고 하면서 나를 끌고 군중 사이를 헤쳐 나가더니, 어느새 사무실 바로 앞 계단까지 가게 되었답니다. 계단에는 두 줄이 있었는데, 한 줄은 희망을 품고 올라가는 사람들이었고, 다른 한 줄은 낙담해서 내려오는 줄이었어요. 어쨌든 우리는 잘 끼어들어서 이내 사무실 안으로 들어갔답니다."

"정말 흥미진진한 경험을 하셨군요."

의뢰인이 잠시 말을 멈추고 한 움큼 코담배를 채워 넣으며 기억을 더듬을 때 홈즈가 입을 열었다.

"이야기가 아주 흥미진진하군요. 계속해보시죠."

"사무실 안에는 별거 없었어요. 그저 나무 의자 두 개와 송판으로 만든 책상이 있었는데, 그 책상엔 작은 남자가 한 명 앉아 있었답니다. 그런데 머리가 제 머리보다 훨씬 더 붉더라고요. 그 남자는 지원자가 올라올 때마다 몇 마디 하면서 계속 무언가 꼬투리를 잡아 탈락을 시키더군요. 결국 공석에 들어가는 게 그리 쉬운 일이 아닌 것 같았죠. 그런데 우리 차례가 왔을 때 그 작은 남자가 다른 어떤 사람보다 더 호의적으로 저를 대하더라고요. 우리가 들어가자마자 문을 닫고 아주 은밀하게 이야기를 나눴습니다.

'이분은 하베즈 윌슨 씨입니다.' 내 직원이 말했죠. '연맹에 새로 난 자리에서 일하고 싶어 하십니다.'

'딱 우리가 찾던 분이군요.' 작은 남자가 그렇게 대답했답니다. '모든 조건이 다 맞아요. 이토록 멋진 머리색은 처음 본 것 같군요.' 그는 한 발 뒤로 물러나 고개를 한쪽으로 기울이더니 당황스러울 정도로 내 머리를 빤히 들여다봤어요. 그러더니 갑자기 앞으로 다가와 내 손을 덥석 잡고 따뜻한 말로 나에게 축하를 건네더군요.

'망설이는 건 무례한 일이 될 테지만, 그래도 짚고 넘어가야 할 건 짚고 넘어가야 하니 양해바랍니다.' 그러더니 그 사람이 두 손으로 내 머리를 움켜잡고 눈물이 쏙 빠지도록 잡아당겼죠. '아, 눈물이 차오르는군요.' 그가 내 머리를 놓으며 말했어요. '진짜라는 게 확실히 느껴지네요. 하지만 우리는 신중해야 합니다. 속은 적이 두 번 있거든요. 한 번은 가발에 속았고, 또 한 번은 염색 머리였답니다. 구두 수선공 왁스 이야기를 들으면 분명 인간 본성에 혐오감을 느낄 겁니다.' 그는 창문으로 가더니 적임자를 구했다고 목청껏 소리쳤습니다. 아래쪽에서 실망으로 투덜거리는 소리가 들리더니, 이내 사람들이 모두 사방으로 흩어졌죠. 이제 나와 담당자 말고는 빨간 머리는 아무도 보이지 않았어요.

'내 이름은 던컨 로스입니다. 나도 우리의 고귀한 후원자가 남긴 기금을 받는 연금 수령자랍니다. 윌슨 씨, 결혼하셨습니까? 가정은 있나요?'

저는 아니라고 답했죠. 그가 곧바로 고개를 떨어뜨리더라고요.

'이런!' 그가 심각한 태도로 말했답니다. '그건 정말 심각한 문제군요! 참으로 유감입니다. 우리 기금은 빨간 머리의 유지뿐만 아니라 번식과 전파를 위해 존재합니다. 독신자라는 건 참으로 불행입니다.'

저는 그 말에 시무룩해졌죠. 결국 그렇게 자리를 얻지

못하는가 보다 생각했으니까요. 하지만 그 사람이 몇 분 동안 생각해보더니 괜찮다고 말하더라고요.

'다른 사람 같았으면 치명적인 결격사유겠지만, 당신은 이토록 멋진 머리를 가졌으니 어찌 반대할 수 있겠습니까. 그럼 이 일은 언제부터 하실 수 있으시죠?'

'음, 그게 좀 곤란한 점이 있는데요. 제 사업이 있거든요.'

'아, 그런 건 신경 안 써도 됩니다, 윌슨 사장님!' 빈센트 스폴딩이 나서서 말했어요. '제가 사장님 대신 봐드릴게요.'

'근무 시간은 어떻게 됩니까?' 내가 물었죠.

'10시부터 2시까지입니다.'

전당포 영업은 주로 저녁에 한답니다, 홈즈 씨. 특히 주급 전날인 목요일과 금요일 저녁 말입니다. 그러니 저로서는 오전 시간에 다른 일을 조금 하는 게 딱 맞겠다 싶었죠. 게다가 우리 직원은 참 착한 데다 일처리도 알아서 잘하니까요.

'그러면 저한테는 딱 좋습니다. 임금은 어떻게 됩니까?'

'주급으로 4파운드입니다.'

'일은요?'

'순전히 명목상의 일입니다.'

'순전히 명목상이라는 게 무슨 말씀이신지?'

'그게, 근무 시간에 사무실에 나오시기만 하면 됩니다. 아니면 건물 안에만 있으면 돼요. 그 시간에 자리를 비우면 영원히 직위가 박탈됩니다. 그 점에 있어서 유언장은 매우 명확합니다. 그 시간에 사무실을 비우면 조건을 어기는 겁니다.'

'하루에 네 시간뿐이니 자리를 비울 일은 없을 겁니다.'

'어떤 변명도 통하지 않습니다. 병이 나도, 사업 때문에라도, 그 어떤 것도 안 됩니다. 반드시 자리에 있어야 합니다. 그렇지 않으면 자리를 잃게 됩니다.'

'그러면 일은요?'

'대영백과사전을 필사하는 일입니다. 저쪽 책장에 1권이 있습니다. 잉크와 펜, 잉크 닦는 압지는 직접 구하셔야 하지만 이 책상과 의자는 제공합니다. 내일부터 일하실 수 있을까요?'

'물론입니다.'

'그럼 됐습니다, 하베즈 윌슨 씨. 운 좋게 이 중요한 자리에 합격하신 것을 다시 한 번 축하드립니다.' 그는 그렇게 인사하며 나를 내보냈죠. 저는 무슨 말을 해야 할지, 뭘 해야 할지도 잘 알지 못한 채 직원과 함께 집으로 돌아왔습니다. 어쨌든 행운을 잡은 것 같아 기분은 좋았습니다.

음, 그런데 그 문제에 대해 온종일 생각해보았어요. 저녁이 되니 기분이 가라앉더군요. 왠지 그 모든 일이 일종의 짓궂은 장난이나 사기 아닌가 싶은 생각이 들었거든요. 물론 그렇다면 목적이 무엇인지 전혀 감을 잡지 못했지만 말입니다. 누군가 그런 유언장을 만들었다는 게 납득이 되지 않았어요. 대영백과사전을 필사하는 단순한 일에 그런 보수를 지불한다는 것도 납득되지 않았죠. 빈센트 스폴딩은 제 기분을 맞춰주려고 애를 썼지만, 잠자리에 들 시간이 되자 그 일에서 손을 떼겠다는 다짐을 했답니다. 하지만 아침이 되니 어쨌든 한번 시도는 해봐야 하지 않나 싶더라고요. 그래서 저는 잉크 한 병과 깃펜, 대판양지大判洋紙 일곱 묶음을 사서 포프스 코트로 향했습니다.

그런데 놀랍게도 모든 게 다 잘 풀려서 기뻤답니다. 제가 쓸 책상이 준비되어 있었고, 던컨 로스 씨는 제가 잘 출근하는지 확인하기 위해 이미 와 있었습니다. 그는 저더러 A 항목부터 시작하라고 시키고는 자리를 떴습니다. 하지만 그러고 나서도 제가 일을 잘 하고 있는지 확인하기 위해 이따금 들렀답니다. 그러더니 2시에 와서 제가 필사한 양을 확인한 후 칭찬을 하고는 가보라고 하더군요. 그러고는 제가 나가자 사무실 문을 잠갔습니다.

날마다 이런 식으로 진행되었어요, 홈즈 씨. 그러더니 토요일에 담당자가 와서 주급이라며 금화 네 개를 찰랑 내려놓더라고요. 다음 주도 그다음 주도 마찬가지였어요. 매일 아침 10시에 출근해 2시에 퇴근했죠. 던컨 로스 씨는 점차 오는 횟수가 줄다가 아침에 한 번만 나오더군요. 그나마도 며칠이 더 지나자 아예 나오지 않았어요. 물론 그래도 전 한순간이라도 사무실을 뜰 엄두를 못 냈습니다. 그 사람이 언제 올지 모르는 데다, 나한테 딱 맞는 좋은 일자리를 잃고 싶지 않았기 때문이었죠.

그런 식으로 8주가 지났어요. 수도원장abbots과 궁술archery, 갑옷armor, 건축architecture, 아티카attica까지 필사를 마쳤습니다. 부지런히 서두르면 머지않아 B 항목으로 넘어갈 수 있겠다 싶었죠. 대판양지 사는 데 돈이 꽤 들었고, 제가 필사한 종이로 책장 선반 하나를 거의 채워가고 있었습니다. 그때 갑자기 그 모든 일이 끝장났답니다."

"끝장나다니요?"

"예, 그렇습니다. 오늘 아침 말입니다. 저는 평상시대로 아침 10시에 출근했는데 문이 잠겨 있더군요. 그리고 문짝 한가운데 압정으로 눌러놓은 작은 마분지 하나가 보였어요. 자, 여기요. 직접 읽어보시지요."

그가 공책 크기만 한 흰 마분지를 내밀었다. 거기에는 이런 글이 쓰여 있었다.

> 빨간 머리 연맹은 해체되었습니다.
>
> 1890년 10월 9일.

셜록 홈즈와 나는 이 짧은 공지문과 남자의 처량한 얼굴을 살펴보다가 그만 푸하하 웃음을 터트리고 말았다. 전개된 일이 너무 우스워서 남자의 사정을 완전히 잊어버린 것이다.

"뭐가 그리 웃긴지 이해가 안 가는군요."

그렇지 않아도 빨간 머리에 얼굴까지 온통 벌게진 의뢰인이 소리를 질렀다.

"고작 나를 비웃는 게 다라면 다른 곳을 찾아가겠소."

"아닙니다, 아닙니다."

막 자리에서 일어서려던 남자를 홈즈가 다시 의자로 끌어당겼다.

"선생의 사건을 절대 놓치고 싶지 않습니다. 이 사건은 비할 데 없이 참신하고 특이합니다. 이렇게 말씀드리는 게 죄송하긴 하나, 그러면서도 약간 재미있는 구석이 있군요. 문에서 공지문을 봤을 때 어떻게 하셨습니까?"

"그야, 비틀거렸죠. 어찌해야 할지 몰랐습니다. 그래서 근처 다른 사무실들에 들러서 물어봤는데 아무도 모르더라고요. 결국 저는 1층에 사는 건물주인 회계사에게 찾아가 빨간 머리 연맹이 어떻게 되었는지 물어봤어요. 그 사람은 그런 단체는 들어본 적도 없다더군요. 그래서 던컨 로스 씨를 아느냐고 물었더니 그런 이름조차 생소하다더군요.

'그 있잖소? 4번 사무실의 신사 양반 말이오.'

'아, 그 빨간 머리 남자요?'

'예.'

'이런, 그 사람 이름은 윌리엄 모리스인데? 변호사로 새 사무실이 준비될 때까지 임시로 그 사무실을 쓰고 있었던 거요. 어제 이사 나갔소.'

'그 사람 어디 가면 찾을 수 있을까요?'

'오, 새 사무실로 가보시오. 내게 주소를 말해주었소. 보자, 세인트 폴 성당 근처 킹 에드워드가 17번지네요.'

그래서 거기로 가봤죠. 그런데 찾아가 보니 거기는 인공 슬개골 공장이더군요. 거기에 윌리엄 모리스나 던컨 로스를 아는 사람은 아무도 없었고요."

"그래서 어떻게 했소?"

홈즈가 물었다.

"색스-코벅에 있는 집으로 돌아가 직원에게 의견을 물어봤죠. 하지만 그 친구는 아무 도움이 되지 않았어요. 그저 기다리면 우편으로 소식을 듣게 되겠거니 생각하더군요. 하지만 그런 말이 뭐가 도움이 되겠어요. 그렇게 좋은 일자리를 그냥 두 손 놓고 허무하게 잃고 싶진 않았어요. 그래서 곤경에 빠진 이들에게 큰 도움을 준다는 선생의 소문을 듣고 곧바로 선생을 찾아온 것입니다."

"잘하셨습니다. 선생의 일은 아주 흥미로운 사건이라 기꺼이 조사를 해보고 싶습니다. 지금 들려주신 이야기로 판단하자면 이 사건은 겉보기보다 더 큰 심각한 문제들과 연루되어 있을 가능성이 있습니다."

"심각하다마다요. 일주일에 4파운드나 날려버린 셈이니까요."

"선생 개인적으로 따져보면 이 기이한 연맹에 대해 불평할 일은 없어 보입니다. 오히려 선생은 30파운드가량 벌었잖습니까? 사전의 A 항목에 들어 있는 모든 단어들에 대해 얻은 세세한 지식은 차치하더라도 말입니다. 연맹 때문에 선생이 잃은 건 아무것도 없습니다."

"그렇긴 하지요. 하지만 전 그 사람들에 대해 알고 싶다고요. 그들이 누구인지, 저에게 이런 장난을 친 목적이 뭔지요. 장난이라면 말입니다. 따지고 보면 꽤 비싼 장난 아닙니까? 32파운드나 들었는데?"

"우리가 선생을 위해 조사해보겠습니다. 그런데 우선 윌슨 씨, 한두 가지 질문을 먼저 드려야겠군요. 그 광고를 처음 소개한 선생의 직원 있잖습니까? 같이 일한 지 얼마나 됐습니까?"

"당시 한 달 정도 됐습니다."

"처음에 어떻게 알게 되었죠?"

"제가 낸 광고를 보고 찾아왔습니다."

"그 사람이 유일한 지원자였습니까?"

"아닙니다. 열 명 정도 됐습니다."

"왜 그 사람을 뽑았죠?"

"그 친구가 솜씨도 좋고, 월급을 적게 줘도 돼서요."

"반값에요?"

"네."

"이 빈센트 스폴딩이란 친구는 어떤 사람입니까?"

"키가 작고 다부진 체격에 눈치가 빨라요. 얼굴에 수염은 없어도 서른은 넘었습니다. 이마에는 산이 튀어 생긴 흰 자국이 있어요."

홈즈는 꽤 흥미가 돋는 듯 자리에서 자세를 바로 하고 앉았다.

"아, 내 그럴 줄 알았지. 귀걸이를 하려고 귀를 뚫지는 않았나요?"

"예, 그래요. 어렸을 때 집시가 해줬다고 하더군요."

"흠!"

홈즈가 깊은 생각에 잠긴 듯 다시 뒤로 물러나 앉았다.

"아직도 같이 일합니까?"

"예, 그렇습니다. 방금 전에 보고 나왔는걸요."

"선생이 안 계셔도 가게는 잘 운영되었나요?"

"문제는 없었습니다. 오전엔 할 일이 그리 많지 않아요."

"그럼 됐습니다, 윌슨 씨. 하루 이틀 걸려 문제를 조사하고 의견을 드리겠습니다. 오늘이 토요일이니, 월요일이면 결론을 내릴 수 있을 겁니다."

의뢰인이 떠난 후 홈즈가 나에게 물었다.

"음, 왓슨. 이 사건 어떤 거 같나?"

"아무 판단도 안 서는데. 너무 알쏭달쏭한 사건 같네."

나는 솔직하게 대답했다.

"대체로 가장 기이하게 보이는 것이 알고 보면 결코 신비롭지 않은 법이지. 평범해 보이면서 특징 없는 범죄가 가장 풀기 어려운 문제야. 흔한 얼굴이 가장 식별하기 어려운 것처럼 말이지. 아무튼 난 이 문제를 신속히 처리할 생각이라네."

"어떻게 할 건데?"

"담배를 피워야지. 이건 파이프 세 개짜리 문제라네. 50분 동안만 말 시키지 말아주게나."

그는 마른 무릎이 매부리코에 닿을 정도로 자리에서 잔뜩 웅크리고는 눈을 감고 검은 사기 담뱃대를 기이한 새부리처럼 내밀었다. 나는 그가 잠이 들었다고 생각하고는 나 역시 꾸벅꾸벅 졸기 시작했다. 그러다 그가 갑자기 작심한 듯 자리에서 벌떡 일어나 담뱃대를 입에서 빼내더니 벽로 선반 위에 내려놓았다.

"오늘 오후 세인트 제임스홀에서 사라사테 연주회가 있어. 왓슨, 어때? 몇 시간 진료 빼도 문제없겠지?"

"오늘 그다지 할 일은 없다네. 뭐, 병원 일이 흥이 나는 것도 아니고."

"그럼 모자 쓰고 나가자고. 우선 시티 지역에 가봐야겠어. 가는 길에 점심도 먹고. 연주회 프로그램을 보니까 독일 음악이 많더라고. 내 취향에는 이탈리아나 프랑스 음악보다 독일 음악이 더 맞아. 내면을 성찰하는 음악이잖아. 내가 지금 필요한 게 바로 그거고. 자, 갑시다!"

우리는 지하철을 타고 올더스 게이트까지 갔다. 그런 후 조금 걸으니 오전에 들은 그 독특한 이야기의 현장인 색스-코벅 스퀘어가 나왔다. 그곳은 답답할 정도로 비좁고 영락했지만 체면을 차리는 분위기가 묻어났다. 칙칙한 2층짜리 벽돌집들이 네 줄로 늘어서서 중앙에 울타리가 쳐진 작은 공터를 향했다. 그 작은 공터에는 무성한 풀밭과 시든 월계수 덤불이 뿌연 연기로 뒤덮인 불쾌한 대기 속에 간신히 살아남아 있었다. 모퉁이 집 위에 흰색 글씨로 '하베즈 윌슨'이라고 쓰인 갈색 간판이 보였다. 그 옆에 세 개의 금박 공*이 걸려 있었다. 빨간 머리 의뢰인의 전당포라는 표시였다. 셜록 홈즈는 그 앞에 멈춰 서서 고개를 한쪽으로 갸우뚱하게 기울이고 자세히 살펴보았다. 찡그린 눈꺼풀 아래 눈빛이 밝게 빛나고 있었다. 그러고 나서 그는 천천히 길을 올라가더니 다시 모퉁이로 내려왔다. 여전히 예리한 시선으로 주변 집들을 살피고 있었다. 그는 마침내 전당포 앞으로 다시 돌아와 지팡이로 두세 번 보도를 힘차게 탁탁 치고는 문으로 다가가 노크를 했다. 이내 문이 열리며 깔끔하게 면도한 영리해 보이는 젊은이가 나오더니 들어오라고 청했다.

"감사합니다. 그저 여기서 스트랜드까지 가는 길을 물어보고 싶어서요."

"세 번째 블록에서 우회전하시고, 쭉 가시다 네 번째 블록에서 좌회전하세요."

직원은 즉각 대답하더니 문을 닫고 들어갔다.

*

가로 봉에 매달린 세 개의 금박 공은 전당포를 상징한다. 정확한 기원은 밝혀지지 않았으나 플로렌스의 메디치 가문에서 유래했다는 설이 가장 일반적이다.

"똑똑한 친구로군."

홈즈가 돌아 나오며 말했다.

"내가 보기에 저 친구는 런던에서 네 번째로 똑똑한 친구 같은데. 그리고 담력으로 치면 세 번째가 아닌가 싶어. 저 친구에 대해 좀 아는 게 있거든."

"보아하니 윌슨 씨의 직원이 빨간 머리 연맹 사건에 깊게 관여된 것 같은데? 길을 물어본 건 그저 저 친구를 한번 보기 위해서 그런 거지?"

"저 친구를 보려고 그런 게 아니라네."

"그럼 뭔데?"

"저 친구 바지의 무릎 부분을 확인하려고 그랬어."

"그래서 뭘 알아냈나?"

"내가 예상한 대로더군."

"보도 바닥은 왜 탁탁 친 건가?"

"이봐, 자네. 지금은 떠들 때가 아니라 관찰할 때야. 우리는 적의 영역에 잠입한 스파이란 말이지. 색스-코벅 스퀘어에 대해서는 확인했으니, 이제 저 뒤에 가려진 부분을 탐험해보자고."

한적한 색스-코벅 스퀘어에서 코너를 돌아 나오자 새로운 길이 나타났다. 새 길은 그림 앞뒷면처럼 큰 대조를 이루고 있었다. 그 길은 시티 지구를 북쪽과 서쪽으로 이어주는 주요 간선도로 중 하나였다. 도로는 물품을 실어 나르는 마차들이 끝도 없이 꼬리를 물고 이어져 양방향이 꽉 막혀 있었다. 보도 또한 분주하게 이동하는 인파로 새까맣게 보였다. 줄지어 선 멋들어진 상점들과 웅장한 업무 지구의 건물들을 보니, 바로 뒤쪽에 우리가 방금 빠져나온 쇠퇴하고 정체된 스퀘어와 화려한 이 지역이 접해 있다는 사실이 믿기지 않을 정도였다.

홈즈가 모퉁이에 서서 이쪽저쪽 훑어보며 말했다.

"보자. 여기 건물들의 순서를 외워야겠어. 런던을 꿰뚫어 볼 수 있는 정확한 지식을 쌓는 게 내 취미라네. 저기 담배 가게 모티머가 있고, 작은 신문 가게, 시티 앤드 서버번 은행 코버그 지점, 채식주의 식당, 맥팔레인 마차 차고가 이어져 있군. 그러고 나서 다른 블록으로 연결되고. 자, 의사 양반. 우리 일은 끝났으니, 이제 좀 즐길 시간이네. 샌드위치에 커피 한 잔 하고 나서 아름답고 우아하고 조화로운 바이올린의 세계로 갑시다. 그곳은 까다로운 수수께끼로 우리를 짜증나게 만드는 빨간 머리 의뢰인이 없는 곳이니 말이야."

내 친구는 음악에 대단한 열정을 품은 매우 빼어난 연주자일 뿐만 아니라 작곡 실력도 보통을 넘어선 인물이었다. 그는 오후 내내 자리에 앉아 황홀감에 젖은 채 음악에 맞춰 길고 가느다란 손가락을 까닥거렸다. 지금 홈즈의 부드럽게 미소 짓는 얼굴과 꿈꾸는 듯한 나른한 눈빛은 경찰견 슬루스 하운드 홈즈, 가차 없고 예리한 지략의 홈즈, 능수능란한 범죄 수사관 홈즈라고는 못 믿길 정도로 뚜렷한 대조를 이루었다. 그는 참으로 독특한 개성의 소유자로 이중적인 성격이 번갈아 드러나곤 했다. 나는 그의 극단적인 정확성과 명민함은 이따금 그에게서 드러나는 걸출할 정도로 돋보이는 시적이고 명상적 분위기와 대조되는 반작용이라고 생각하곤 했다. 그는 그토록 양극단의 기질을 동시에 지니고 있었다. 어느 때는 극단적일 정도로 무기력하다가도, 또 어느 순간 맹렬하게 타오르는 기운을 드러내기도 했다. 며칠씩 안락의자에 느긋이 기대앉아 즉흥 연주를 하거나, 고딕체 글씨의 고전에 빠져 지내는 모습을 보면 진정 경이롭기까지 했다. 그러고 나면 갑자기 범죄자를 추적해 사건을 해결하고자 하는 욕망이 솟구쳤는데, 빼어난 추론의 힘이 직관의 수준에까지 이르렀다. 그런 그의 방식에 익숙하지 않은 사람들은 홈즈가 이 세상 사람들이 절대 모르는 지식을 가지고 있는 게 아닌가 하며 의심스럽게 바라보곤 했다. 그날 오후 세인트 제임스홀에서 음악에 푹 빠진 그의 모습을 보고 있을 때, 이제 그가 사냥하기로 마음먹은 자들에게 불길한 시간이 닥칠 거라는 느낌을 받았다.

"왓슨, 자네 이제 집에 가고 싶겠지?"

홈즈가 홀에서 나오며 물었다.

"그러는 게 좋을 것 같군."

"난 할 일이 남아 있다네. 몇 시간 걸릴 것 같아. 색스-코벅 스퀘어의 이 일은 정말 심각해."

"어떤 면에서 심각하다는 거지?"

"큰 범죄를 꾸미고 있는 거라네. 그래도 늦지 않게 이 일을 막을 수 있을 거야. 하지만 오늘이 토요일이다 보니 문제가 복잡하게 되었네. 오늘밤 자네 도움이 필요할 거야."

"몇 시에?"

"10시면 충분할 것 같아."

"그럼 10시에 베이커가로 가겠네."

"그래, 좋아. 그리고 닥터! 좀 위험할 수도 있어. 그러니 주머니에 군대에서 쓰던 권총 꼭 챙겨 오게나."

홈즈는 손을 흔들고 방향을 바꾸더니 그 즉시 군중 속으로 사라졌다.

나는 주변 사람들보다 더 아둔하진 않다고 믿었다. 그러나 셜록 홈즈 앞에만 서면 언제나 내가 멍청한 것 같아 주눅 들곤 했다. 지금도 마찬가지다. 나는 그가 들은 것을 똑같이 들었고, 그가 본 것을 똑같이 보았다. 하지만 그가 한 말로 유추해보건대, 그는 어떤 일이 벌어진 건지 확실히 간파했을 뿐만 아니라 곧 무슨 일이 벌어질 건지도 이미 자명하게 알고 있었다. 반면 나는 그 모든 일이 여전히 혼란스럽고 괴상하기만 할 뿐이었다. 나는 켄싱턴가에 있는 집으로 향하면서 이 문제를 곱씹었다. 대영백과사전을 필사하는 빨간 머리 남자의 기이한 이야기부터 색스-코벅 방문과 헤어질 때 홈즈가 남긴 불길한 말까지 모두를 곱씹어 생각해보았다. 이 야밤의 탐험은 도대체 무슨 일이며, 왜 무장을 하고 가야 하는가? 어디로 갈 것이며, 무슨 일을 할 것인가? 홈즈는 번드르르한 얼굴의 전당포 직원이 만만치 않은 인물이라고 말했다. 대단한 음모를 꾸밀 수 있는 남자라니! 나는 수수께끼를 풀기 위해 이리저리 머리를 굴리다가 결국 낙담해 포기하고 말았다. 그러고는 밤이 오면 다 알게 될 거라 믿으며 문제를 제쳐두었다.

나는 9시 반에 집에서 출발해 공원과 옥스퍼드가를 거쳐 베이커가로 갔다. 그곳에는 이륜마차 두 대가 문간에 서 있었다. 복도로 들어가자 위층에서 말소리가 들렸다. 홈즈는 방에서 남자 두 명과 열띤 대화를 나누고 있었다. 그중 한 명은 경찰관 피터 존스였다. 나머지 한 명은 길고 야윈 얼굴에 슬픈 표정이 깃든 남자였다. 그는 반들반들 윤이 나는 모자와 답답할 정도로 점잖은 프록코트 차림이었다.

"하! 이제 일행이 다 모였군요."

홈즈가 더블 모직 재킷의 단추를 잠그고는 벽걸이에서 묵직한 승마 채찍을 꺼내 들었다.

"왓슨, 런던경찰국의 존스 씨는 알지? 자, 이분은 메리웨더 씨야. 오늘 밤 우리 모험에 동행할 분이라네."

"보시다시피 우리가 다시 모여 사냥을 나가게 되었군요, 닥터."

존스는 특유의 거드름 피우는 태도로 말했다.

"여기 우리 친구 홈즈 씨는 추격전에 달인이라오. 딱 개 한 마리만 있으면 사냥을 끝내버릴 수 있죠."

"우리의 추적이 닭 쫓던 개 지붕 쳐다보는 꼴이 아니기만을 바랍니다."

메리웨더 씨가 음울한 얼굴로 입을 열었다.

"선생, 홈즈 씨는 믿고도 남을 분이오."

경찰관이 자신만만하게 말했다.

"이분은 자신만의 방식이 있습니다. 이렇게 말씀드리는 건 좀 뭣하지만, 난 이분이 다소 이론적이고 기상천외하긴 해도 탐정의 모든 자질을 다 갖추고 있다고 본답니다. 숄토 살인 사건과 아그라 보물 사건을 보면 이분이 경찰보다 더 정확했다고 말해도 과언이 아니오."

"오! 존스 씨가 그렇게 보신다니, 좋습니다!"

메리웨더 씨가 경의를 표하며 말을 이었다.

"그래도 솔직히 브리지 카드를 못 하는 건 아쉽네요. 토요일 밤에 카드를 안 하기는 27년 만에 처음이랍니다."

"오늘밤에 그 어떤 때보다 더 큰 판돈이 걸린 게임을 하게 될 겁니다."

셜록 홈즈가 말했다.

"게다가 그 게임은 훨씬 더 재미날 겁니다. 메리웨더 씨, 당신을 위한 판돈은 3만 파운드에 육박할 겁니다. 그리고 존스, 당신에게는 그토록 잡고 싶어 했던 남자가 걸린 일입니다."

"메리웨더 씨, 존 클레이는 살인범이자 절도범입니다. 위폐 제조까지 했고요. 아직 젊은데도 그쪽 분야에서는 최고입니다. 저는 런던의 그 어떤 범죄자보다 그놈을 잡고 싶습니다. 존 클레이는 아주 뛰어난 놈입니다. 할아버지는 왕족 출신 공작이고, 그자 역시 이튼과 옥스퍼드를 나왔습니다. 손재주만 뛰어난 게 아니라 머리도 교활하기 그지없지요. 여기저기서 그자의 흔적을 다 확인했지만 붙잡는 게 도통 어려운 일이 아닙니다. 이번 주에는 스코틀랜드에서 강도질을 벌이고, 다음 주에는 콘월에 고아원을 짓기 위해 기금을 모으는 식이죠. 그자를 추적한 지 몇 년이나 되었는데, 난 아직 얼굴 한 번도 보지 못했습니다."

"오늘밤에는 부디 제가 그자를 소개시켜드릴 기쁨을 누렸으면 하네요. 저는 한두 번 존 클레이와 슬쩍 부닥친 적이 있어요. 그자가 자기 분야에서 최고라는 말엔 저도 동의합니다. 자, 이제 10시가 넘었으니 출발할 시간입니다. 두 분이 먼저 마차를 타고 출발하세요. 왓슨과 저는 다른 마차를 타고 가겠습니다."

마차를 타고 꽤 오래 이동했다. 하지만 셜록 홈즈는 별다른 말을 하지 않았다. 그는 뒷좌석에 앉아 그저 그날 오후 들은 곡을 흥얼거릴 뿐이었다. 마차는 덜컹덜컹 나아갔다. 가스등이 줄지어 선 미로 같은 길이 끝도 없이 이어지다가 마침내 패링던가가 나타났다.

"이제 거의 다 왔네."

내 친구가 입을 열었다.

"메리웨더 씨는 은행 이사인데 이 문제에 대해 개인적으로 이해관계가 있다네. 또 존스도 합류시키는 게 좋을 것 같다는 생각이 들었어. 그 친구는 형사로서는 완전히 바보지만 나쁜 놈은 아니니까 말이야. 한 가지 장점이 있긴 하지. 그건 바로 누구 하나 물었다 하면 불도그만큼 겁이 없고 바닷가재만큼이나 집요하다는 점이야. 자, 다 왔네. 둘이 우리를 기다리고 있군."

우리는 아침에 갔던 번잡한 도로에 도착했다. 우리는 마차를 돌려보내고 메리웨더 씨의 안내에 따라 좁은 통로를 지난 다음 어느 쪽문에 이르렀다. 그가 문을 열었다. 그 안으로 비좁은 통로가 이어졌고, 그 끝에 매우 육중한 철문이 보였다. 우리는 그 문을 통과해 나선형의 돌계단을 따라 내려가다가 또 하나의 육중한 문과 마주했다. 메리웨더 씨는 랜턴을 켠 다음 우리를 이끌고 흙냄새가 나는 어두운 통로로 나아갔다. 세 번째 문을 열고 들어가자 커다란 아치형 지하실이 나타났다. 그곳에는 나무 궤짝들과 육중한 상자들이 가득 쌓여 있었다.

"위에서 진입하는 건 쉽지 않겠군요."

홈즈가 랜턴을 들어 올려 주위를 살피며 말했다.

"아래쪽에서도 마찬가지입니다."

메리웨더 씨는 지팡이로 바닥 판석을 탁탁 쳤다.

"오, 속이 빈 소리가 나는군요!"

그가 놀란 눈으로 바닥을 내려다보았다.

"좀 조용히 해주시겠습니까."

홈즈가 가차 없는 태도로 말했다.

"선생 때문에 우리 일이 벌써 위험에 빠졌다고요. 자, 저기 상자들이 많으니, 아무 데나 걸터앉으세요. 부디 훼방 놓지 마시고요."

근엄한 메리웨더 씨는 자존심이 상한 표정으로 나무 상자에 걸터앉았다. 홈즈는 바닥에 무릎을 꿇고는 랜턴과 돋보기를 들고 돌 사이 갈라진 틈들을 면밀하게 조사하기 시작했다. 몇 초면 충분했다. 그는 다시 자리에서 일어나 돋보기를 주머니에 집어넣었다.

"최소 한 시간 정도 남았습니다. 저들이 전당포 주인이 잠자리에 들기 전까지는 움직이지 않을 거니까요. 그런 다음 단 1분도 놓치지 않을 겁니다. 일을 빨리 마칠수록 그만큼 도망칠 시간을 벌 수 있을 테니 말이죠. 왓슨, 자네도 분명 알아챘겠지만, 우리가 지금 있는 곳은 런던 주요 은행의 시티 구역 지점 지하라네. 은행 이사 모임의 이사장이신 메리웨더 씨가 런던에서 가장 대담무쌍한 범죄자들이 왜 지금 이 지하 금고를 노리고 있는지 그 이유를 설명해주실 거라네."

"우리가 보관하고 있는 프랑스 금화 때문입니다. 그걸 노리는 자들이 있다는 경고를 몇 차례 받았습니다."

이사장이 낮은 목소리로 속삭였다.

"프랑스 금화요?"

"예. 우리는 몇 달 전 지급준비율을 보강하기 위해 프랑스 은행으로부터 3만 나폴레옹을 빌렸습니다. 그런데 짐을 풀기도 전에 우리 지하실에 금화가 있다는 말이 돌았어요. 내가 지금 앉아 있는 나무 궤짝들에는 은박호일에 싸인 프랑스 금화 2만 프랑이 들어 있답니다. 현재 우리 보유고는 보통 하나의 지점에서 보관하는 양보다 훨씬 더 많습니다. 이사들이 이 문제에 대해 걱정하던 참이었습니다."

"그럴 만도 하지요."

홈즈가 말했다.

"자, 이제 계획을 짤 시간입니다. 한 시간 내에 결판이 날 겁니다. 메리웨더 씨, 그동안 우리는 저 랜턴에 휘장을 덮어씌워야 합니다."

"어둠속에 있으라고요?"

"그럴 수밖에요. 제가 주머니에 카드를 한 벌 챙겨왔습니다. 네 명이니까 선생이 바라던 대로 브리지를 할 수도 있지 않겠습니까? 그렇지만 저들이 곧 들이닥칠 것이니 불을 켜놓고 있을 수는 없습니다. 우선 각자 위치를 잡아야 합니다. 이자들은 대담하기 이를 데 없어요. 우리가 유리한 상황이긴 해도 조심하지 않으면 당할 수 있습니다. 저는 이 궤짝 뒤에 숨을 테니, 여러분도 각자 몸을 숨기세요. 제가 그놈들에게 불을 비추면 곧바로 공격해야 합니다. 왓슨, 그 놈들이 총을 쏘면 망설이지 말고 자네도 쏘게나."

나는 내가 쭈그려 앉아 있는 곳 바로 앞에 있는 나무 궤짝 위에 권총을 올려놓고 공이치기를 당겼다. 홈즈가 랜턴에 천을 덮자 칠흑 같은 어둠이 내려앉았다. 이전에 한 번도 경험해보지 못한 완벽한 어둠이었다. 그저 뜨거운 랜턴 냄새로 여전히 그곳에 빛이 존재한다는 사실을, 또 여차하면 바로 밝힐 수 있다는 사실을 알 수 있었다. 앞으로 닥칠 일 때문에 신경이 극도로 곤두선 나는 그렇지 않아도 차갑고 습한 지하실에 있다 보니 침울한 마음이었는데, 갑작스럽게 어두워지기까지 하자 마음이 더욱 짓눌리는 것 같았다.

"저놈들에게는 퇴로가 단 한 군데뿐이죠."

홈즈가 경찰관에게 속삭였다.

"거긴 바로 건물 뒤쪽에서 전당포가 있는 색스-코벅 스퀘어로 이어지는 통로입니다. 존스, 내가 부탁한대로 했죠?"

"앞문에 경감 한 명과 경관 두 명을 배치했습니다."

"그럼 모든 틈을 다 차단한 겁니다. 자, 이제 조용히 기다리죠."

시간이 어찌나 느리던지! 나중에 메모를 보니 그때 걸린 시간은 한 시간 15분 정도였으나, 내게는 밤이 다 지나고 동이 틀 것처럼 느껴졌다. 사지가 뻣뻣하고 힘이 없었다. 자세를 바꿀 엄두가 나지 않았다. 신경은 최고조로 팽팽해졌다. 청각도 너무나 예민해져서 동료들의 희미한 숨소리까지 들릴 정도였다. 아니, 들릴 정도가 아니라 은행 이사장의 한숨처럼 가느다란 숨소리와, 덩치 큰 존스가 내는 그보다 더 깊은 들숨을 구별할 수 있을 정도였다. 내가 있는 곳에서는 상자 너머 바닥을 볼 수 있었다. 그곳에서 갑자기 한 줄기 빛이 나타났다.

처음에 그 빛은 돌바닥에 번뜩이는 한 줄기 섬광에 지나지 않았다. 그런 다음 점차 길어지다가 노란 줄이 되었고, 다시 어떤 경고나 소리도 없이 틈이 갈라지더니 손이 하나 나왔다. 여자 손처럼 희고 고운 손이 빛이 비추는 작은 틈새를 더듬고 있었다. 바닥에서 올라온 그 손은 1~2분 정도 더 꿈틀거렸다. 그러고는 나타날 때와 마찬가지로 갑작스럽게 사라졌다. 그러자 다시 돌판 사이 틈으로 새어 나오는 그 번뜩이는 한줄기 섬광 이외에 모든 게 어둠 속에 빠졌다.

그러나 손이 사라진 건 한순간뿐이었다. 무언가를 찢고 째는 소리와 함께 넓은 흰 돌판 하나가 위로 번쩍 오르더니 뒤집어졌다. 그 자리에 네모나게 뻥 뚫린 구멍이 생겼다. 그 구멍으로 랜턴 불빛이 쏟아져 나왔다. 그런 다음 말끔하게 면도한 소년 같은 남자의 얼굴이 빠끔 나타났다. 남자가 예리한 눈으로 주변을 살피더니 열린 구멍 양쪽에 손을 대고는 어깨 높이까지, 그런 다음 허리 높이까지 쑥 올라왔다. 그런 후 이제 한쪽 무릎을 가장자리에 걸쳤다. 그는 곧 바로 구멍 옆으로 올라서서 동료를 끌어당겼다. 그 남자도 마찬가지로 작고 유연했다. 얼굴은 하얗고 머리는 매우 붉고 풍성했다.

"좋아, 문제없어."

그가 속삭였다.

"끌과 가방 챙겼지? 아니, 이런 젠장! 빨리 뛰어내려, 아치! 뛰어내려! 난 돼졌다!"

셜록 홈즈는 후다닥 뛰어가 침입자의 목덜미를 붙잡았다. 다른 한 놈이 구멍으로 뛰어내렸는데, 존스가 그의 코트를 붙잡았다. 옷이 찢어지는 소리가 들렸다. 불빛에 권총이 번쩍였다. 그러나 홈즈가 승마 채찍으로 남자의 손목을 내리치자 권총이 덜컥 소리를 내며 돌바닥에 나뒹굴었다.

"소용없어, 존 클레이."

홈즈가 담담하게 말했다.

"넌 다 끝났어."

"그런 것 같군요."

그가 아주 뻔뻔한 태도로 답했다.

"그래도 내 친구는 괜찮을 거요. 코트 뒷자락이 찢어지긴 했지만요."

"문 앞에서 그 친구를 맞으려고 세 명이 기다리고 있다네."

"아, 그렇겠지요. 일을 아주 완벽하게 해냈군요. 칭찬드립니다."

"나도 자넬 칭찬해야겠어. 빨간 머리 아이디어는 아주 신선하고 효과적이었으니까."

"네 친구는 금방 다시 보게 될 거야."

옆에서 존스가 말했다.

"그 친구 구멍을 기어 내려가는 게 아주 잽싸던데. 수갑

채우게 손 내밀어.”

“그 더러운 손이 제 몸에 닿지 않게 해주시죠.”

수갑이 손목에 닿자 우리의 죄수가 말했다.

“아시려나 모르는데, 제 몸엔 왕족의 피가 흐르거든요. 그러니 절 대할 땐 항상 ‘선생님’이란 호칭과 ‘해주세요’라는 말을 붙여주시기 바랍니다.”

“좋아, 좋아.”

존스가 그를 빤히 쳐다보며 낄낄거렸다.

“흠, 그, 선생님, 위층으로 올라가주시겠어요? 올라가서 마차로 폐하를 경찰서까지 모시려고 하거든요?”

“훨씬 낫군요.”

존 클레이가 차분한 어조로 대꾸했다. 그는 우리 셋에게 짐짓 고개 숙여 인사하더니 수사관의 손에 붙들려 조용히 걸어 나갔다.

그들을 따라 지하실에서 나가며 메리웨더 씨가 말했다.

“홈즈 씨, 정말 우리 은행에서 어떻게 감사를 드려야 할지, 어떻게 보답해야 할지 모르겠군요. 선생은 분명 가장 대범한 은행 강도 사건 하나를 아주 완벽하게 간파해 일당을 붙잡았습니다.”

“저 자신이 존 클레이에게 갚아줘야 할 한두 가지 빚이 있었답니다. 이 사건에 들어간 소액의 비용이야 뭐, 은행에서 보상해줄 테죠. 그것 말고는 여러 가지 측면에서 독특한 경험을 했다는 점과, 또 빨간 머리 연맹에 대한 매우 흥미로운 이야기를 들었다는 점으로 충분히 보상을 받은 거나 다름없습니다."

"왓슨, 그게 말이야."

이른 아침 베이커가에서 소다수를 탄 위스키 한 잔을 마시며 앉아 있을 때 홈즈가 말을 걸었다.

"이건 처음부터 아주 자명한 사건이었어. 그자들이 연맹 광고며 대영백과사전 필사라는 터무니없는 일을 벌인 건 자기들 하는 일에 방해가 되지 않도록 그다지 똑똑하지 못한 전당포 주인을 매일 몇 시간씩 집 밖으로 내보내기 위해 벌인 일임이 자명하다는 말이라네. 정말 색다르게 일을 꾸미기는 했지. 진짜 그보다 더 좋은 방법을 찾는 게 어려울 정도로 말이야. 그건 분명 클레이가 자기 공모자의 머리색을 보고 착안해낸 독창적인 아이디어야. 일주일에 4파운드라면 그 사람을 끌어들일 만한 미끼가 되면서도 수천 파운드를 노린 그들에게는 껌 값이었겠지. 광고를 낸 다음 한 놈은 임시 사무실을 내고, 다른 놈은 그 전당포 주인을 꼬드겨 지원하게 만든 거지. 그렇게 둘이 같이 매일 아침 전당포 주인이 자리를 비우도록 꾀를 부린 거야. 직원이 임금의 반만 받고 일한다는 이야기를 듣는 순간부터 나는 그자가 반드시 거기서 일해야 할 이유가 따로 있다고 확신했다네."

"하지만 그 이유가 뭔지 어떻게 알아냈나?"

“집 안에 여자가 있었다면 그저 통속적인 계략이 있겠거니 생각했겠지. 하지만 그건 아니었어. 그 전당포야 영세한 가게라 그 집 자체를 노리고 그토록 정교한 준비를 할 일도 없거니와 큰 비용을 치를 이유도 없겠지. 그렇다면 집 밖의 무언가와 관련된 것일 텐데, 그럼 그게 뭘까? 나는 직원이 사진 찍는 일을 좋아한다는 사실에 주목했다네. 지하실로 들어갈 구실을 만든 거 아닌가. 지하실이라! 거기가 바로 이 뒤엉킨 실타래의 종착지란 말이지. 그래서 이 알 수 없는 직원의 뒤를 좀 캤고, 결국 런던에서 가장 뻔뻔하고 대담무쌍한 범죄자라는 사실을 알아냈어. 그자가 지하실에서 뭔가를 하고 있다? 몇 달 동안 쭉 하루에 몇 시간씩 걸리는 일? 그럼 그게 뭘까? 결국 그자가 다른 건물로 연결되는 굴을 뚫는다는 것 말고 다른 게 뭐가 있겠나?

자, 난 그걸 다 간파했고, 우린 이제 범죄 현장을 방문한 거야. 내가 지팡이로 보도를 탁탁 쳐서 자네가 의아해하지 않았나? 지하실이 앞으로 연결되는지 뒤로 연결되는지 확인해본 거라네. 앞이 아니었지. 그런 다음 나는 벨을 눌렀고, 다행히 내가 바라던 대로 직원이 직접 나왔어. 우리는 전에 슬쩍 부닥친 적이 있었지만 한 번도 서로를 눈여겨보지 않았거든. 난 그자의 얼굴은 거의 신경도 쓰지 않았다네. 내가 보고 싶었던 건 무릎이었거든. 자네도 봤다면 그 무릎 부분이 얼마나 닳고 쭈글쭈글하고 때가 묻었는지 단번에 알아챘을 거야. 그건 바로 오랜 시간 굴을 파느라 생긴 흔적이었어. 이제 유일하게 남은 문제는 굴을 왜 파느냐 하는 점이었지. 그런 다음 모퉁이를 돌았잖아. 시티 앤드 서버번 은행이 우리 친구의 건물에 맞닿아 있다는 점을 곧바로 확인할 수 있었고. 자, '이제야 알겠군' 싶었다네. 공연을 보고 나서 자네가 집으로 돌아간 후 나는 런던 경찰국에 들렀고, 다음으로 은행 이사장을 찾아갔지. 그렇게 된 거야."

"그럼 그자들이 바로 오늘 밤에 일을 벌인다는 사실은 어떻게 알아냈나?"

"음, 그들이 연맹 사무실을 폐쇄했다는 건 더 이상 하베즈 윌슨이 있건 없건 신경 쓰지 않는다는 점을 보여주는 신호였지. 즉 굴을 완성했다는 말이야. 그런데 일당은 반드시 최대한 빨리 그 굴을 이용할 수밖에 없어. 발각될 수도 있고 금화가 다른 곳으로 이동할 수도 있으니까 말이야. 토요일처럼 딱 그자들 목적에 부합하는 날은 없을 테지. 왜냐하면 도망치는 시간을 이틀이나 벌 수 있으니까. 이런 이유들 때문에 오늘 일을 벌일 거라고 생각했다네."

"참으로 기가 막힌 추리로군."

나는 말 그대로 감탄을 쏟아냈다.

"정말 긴 사슬인데 서로 아귀가 딱딱 맞다니, 정말 대단해."

"이 일로 권태에서 벗어났다네."

홈즈는 하품을 했다.

"아아! 그런데 벌써 다시 권태가 찾아오는 거 같아. 내 삶은 뻔한 일상에서 벗어나기 위한 긴 몸부림일 뿐이야. 이 작은 문제들이 그런 몸부림에 조그마한 도움을 준다네."

"자네는 세상에 덕을 베푸는 거 아닌가."

내가 그렇게 말하자 그가 어깨를 으쓱했다.

"음, 어쩌면 다소 도움이 되기는 하겠지. '인간은 아무것도 아니야. 그들의 업적이 전부인걸.' 귀스타브 플로베르가 조르지 상드에게 한 말처럼 말이야."

마크하임

로버트 루이스 스티븐슨

"그래요."

가게 주인이 말했다.

"생각지도 못한 횡재 같은 물건은 아주 다양하답니다. 무식한 손님들이 좀 있죠. 그러면 난 뛰어난 지식으로 이득을 톡톡히 취하는 셈이죠. 하지만 어떤 손님들은 사기를 치려고 들어요."

여기서 그는 촛불을 들어올렸다. 그러자 강렬한 불빛이 손님에게 쏟아졌다.

"그래도 나에겐 미덕이 있으니까 그럴 경우에도 충분히 대처 가능하답니다."

마크하임은 대낮에 바깥에서 가게 안으로 막 들어온 참이라 조명이 비추는 곳과 어둑한 곳이 섞여 있는 실내에 아직 눈이 적응 안 된 상태였다. 그는 너울거리는 불빛 앞에서 주인의 모난 말을 들으면서 괴로운 듯 눈을 깜박거리다가 고개를 모로 틀었다. 가게 주인이 껄껄거렸다.

"크리스마스에 우리 가게에 찾아오시다니! 거기다 점원도 없이 혼자서 셔터도 다 닫고 장사를 하지 않는다는 걸 빤히 알 텐데. 흠, 그 대가는 치르시겠죠? 시간을 허비할 수는 없잖습니까? 장부를 정리해야 할 시간인데 말이죠. 게다가 오늘 손님한테는 무언가 낌새가 남다르다는 게 느껴지는군요. 난 그런 거 그냥 넘어갈 사람이 아니란 말입니다. 내 분별력은 으뜸이거든요. 곤란한 질문 따위는 하지 않을게요. 하지만 손님이 내 눈을 똑바로 보지 못할 때는 뭐, 그냥 넘어갈 순 없죠."

주인은 다시 껄껄거렸다. 그러더니 이내 평상시의 사무적인 말투로 돌아왔다. 그래도 빈정거리는 분위기는 남아 있었다.

"물건을 어떻게 손에 넣게 되었는지 평소대로 명확하게 설명해줄 수 있겠습니까? 또 손님 삼촌의 캐비닛에서 구한 물건인가요? 그분은 참 대단한 수집가죠, 안 그래요?"

가게 주인은 키가 작고 등이 구부정하고 얼굴은 다소 창백했다. 그는 거의 까치발을 한 채 고개를 까닥거리며 금테 안경 너머로 남자를 바라보았다. 누가 봐도 남자를 불신하는 태도가 드러났다. 마크하임도 주인을 마주 보았다. 무한한 연민, 그리고 약간의 두려움이 섞인 시선이었다.

"오늘은 사장님이 잘못 아셨네요. 물건을 팔러 온 게 아니라 사러 왔습니다. 이제 처분할 골동품 따윈 없어요. 삼촌 캐비닛은 바닥까지 동났거든요. 그게 꽉 채워져 있다 하더라도 마찬가지랍니다. 주식으로 재미 좀 봤으니까요. 그러니까 이젠 그 캐비닛을 채우면 채웠지 빼낼 일은 없단 말입니다. 그리고 오늘 볼 일은 아주 간단한 겁니다. 숙녀에게 줄 크리스마스 선물을 사러 왔어요."

그는 준비해온 말을 술술 쏟아내며 점점 더 거침없이 말을 이었다.

"그리고 이런 사소한 일로 사장님을 방해해서 죄송하네요. 신세를 많이 지게 되었군요. 어제 왔어야 하는데 일이 이렇게 돼버렸네요. 아무튼 오늘 저녁에 선물을 줘야 해서요. 아시잖아요? 부자와 결혼하는 건데 소홀할 수는 없잖아요?"

잠시 침묵이 흘렀다. 그동안 주인은 남자의 말이 못 미더운 듯 생각에 잠겼다. 가게 안 잡다한 골동품 사이에서 수많은 시계들이 째깍거리는 소리와 근처 도로를 달리는 희미한 승합마차 소리가 침묵의 자리를 메우고 있었다.

"좋소, 손님. 그러시던가. 어차피 단골이시니. 손님 말마따나 부자와 결혼하게 되었다면 제가 훼방을 놓으면 안 되니까요. 자, 여기 숙녀에게 어울리는 예쁜 거울이 있소이다. 이 손거울은 15세기 물건으로 보증서까지 있답니다. 훌륭한 수집가한테 얻은 물건이라오. 하지만 내 고객을 위해서 이름은 밝히지 않으리다. 그 고객은 딱 손님처럼 훌륭한 수집가의 조카이자 유일한 상속인이랍니다."

주인은 그런 식으로 천연덕스럽게 신랄한 말을 늘어놓

으면서 물건을 꺼내기 위해 몸을 수그렸다. 주인이 그러는 동안 마크하임에게는 충동이 훑고 지나갔다. 손발 모두 움찔거렸다. 격정이 일듯 얼굴까지 씰룩거렸다. 하지만 충동은 올 때처럼 재빨리 사라졌고, 이제 거울을 잡은 손이 살짝 떠는 정도 이외에는 아무 흔적도 남지 않았다.

"거울이라……"

그가 쉰 목소리로 말하다가 이내 말을 멈추었다. 그리고 다시 좀 더 또렷한 목소리로 반복했다.

"거울이요? 크리스마스에? 그건 아니지 않나요?"

"안 될 거 뭐 있소? 거울이 왜 안 된다는 거요?"

마크하임은 막연한 표정으로 주인을 쳐다보았다.

"왜 안 되냐고요? 이거 보시오, 거울 한번 들여다보시란 말이오! 거울을 들여다보고 싶소? 아니지, 아니야! 나는 아니오! 그 누군들 보고 싶겠소?"

마크하임이 갑작스레 거울을 들이밀자 체구가 작은 주인은 깜짝 놀라 뒤로 물러섰다. 그러나 그의 손에 다른 물건이 없는 것을 확인하자 껄껄거리며 입을 열었다.

"예비 신부가 미인은 아닌가 보네?"

마크하임이 대꾸했다.

"크리스마스 선물이라고 했는데, 이런 걸 주시다뇨! 세월의 흔적, 죄를 짓고 한심하게 산 흔적을 보여주는 이 빌어먹을 물건을 내밀다니요! 손에 들고 다니며 양심을 비춰 보라고요! 진심으로 그러는 겁니까? 생각이란 걸 하고 내

미는 물건입니까? 말 좀 해보세요. 장난하지 말고 솔직하게 말하는 게 좋을 겁니다. 아니, 사장님에 대해 얘기해보세요. 그럴 것 없이 제가 맞춰보죠. 사실은 남몰래 많이 베푸는 관대한 사람 아닙니까?"

주인은 손님을 면밀히 들여다보았다. 마크하임이 웃음기 없이 저런 말을 내뱉었다는 사실이 매우 이상했다. 얼굴에 무언가 열렬한 기대를 품은 듯한 불꽃이 느껴졌으나 즐거워하는 분위기는 전혀 없었다.

"도대체 원하는 게 뭐요?"

"본인이 관대하지 않다는 말인가요?"

마크하임이 음울하게 반문했다.

"관대하지 않다? 경건하지 않다? 양심적이지 않다? 사랑을 주지도 않고 사랑을 받지도 못한다? 돈을 받고 금고에 저장하고, 그게 다예요? 세상에, 그게 답니까?"

"내, 뭔지 말해주리다."

주인이 신랄한 태도로 말을 꺼내며 다시 껄껄거렸다.

"가만 보니 연애한다고 이러는 것 같은데, 애인 생각하며 한잔한 모양이네?"

"아하!"

마크하임은 이상한 호기심이 이는 것 같았다.

"사랑해본 적 있어요? 그럼 얘기 좀 해주시죠."

"내 원 참! 별소릴! 내가, 내가 사랑이라니! 난 바쁜 사람이오. 오늘 이런 허튼수작에 말려들 시간 따위 없단 말이지. 거울 살 거요, 말 거요?"

"뭐, 서두를 게 있나요? 여기서 이렇게 이야기하고 있으니 아주 즐겁기만 한데요. 인생은 짧고 언제 어떻게 될지 누가 알겠습니까. 즐거운 일이 있으면 즐겨야지 서둘러 피할 이유가 있나요? 아무렴요, 이렇게 소소한 즐거움도 마다하면 안 되죠. 우린 말입니다, 아무리 사소한 거라도 붙들 수 있으면 붙들어야 해요. 벼랑 끝을 붙잡고 버티는 사람처럼 말이죠. 일분일초가 낭떠러지에 선 신세라고요. 생각해보세요. 1마일 높이의 벼랑에서 떨어지면 산산조각 난다고요. 1마일 정도면 인간의 형체가 흔적도 없이 바스러질 만큼 충분한 높이라고요. 그러니까 즐겁게 이야기하는 게 최고예요. 서로에 대해 얘기 좀 해봅시다. 우리가 이런 가면을 쓸 이유가 뭡니까? 속속들이 털어놓자고요. 누가 알아요? 서로 친구가 될지?"

"딱 한마디만 하리다. 물건을 사든가, 그렇지 않으면 이 집에서 나가든가!"

"좋아요, 좋아. 노닥거리는 건 이만하면 됐고, 일이나 봐야지. 다른 거 있으면 보여주시죠."

주인은 다시 한 번 몸을 수그렸다. 이번에는 거울을 선반에 다시 올려놓기 위해서였다. 그렇게 몸을 수그리니 주인의 성긴 금발이 눈을 덮었다. 마크하임은 방한외투 주머니에 한 손을 넣은 채로 조금 더 가까이 다가섰다. 그러고는 자세를 똑바로 펴고 숨을 들이마셨다. 얼굴에는 수많은 감정이 들끓었다. 공포와 전율, 결의와 매혹, 육체적 혐오감. 윗입술을 일그러뜨리며 말아 올리자 치아가 드러났다.

"어쩌면 이게 괜찮을지도 모르겠군."

주인은 그렇게 말하고는 다시 몸을 세우기 시작했다. 마크하임은 주인의 뒤에서 돌진했다. 긴 꼬챙이처럼 생긴 단도가 번쩍이더니 그대로 팍 내리꽂혔다. 주인은 암탉처럼 몸을 뒤틀다가 쿵하며 관자놀이를 선반에 부딪쳤다. 뒤이어 털썩 바닥에 고꾸라졌다.

가게 안에서는 재깍재깍 시간을 알리는 무수히 많은 소리가 들렸다. 일부 시계들은 골동품이 된 세월만큼 느리고 웅장한 소리를 냈고, 또 다른 것들은 조급하게 재잘거리는 소리를 냈다. 이 모든 시계들이 똑딱똑딱 복잡한 합창을 이루며 시간을 삼키고 있었다. 그때 거리에서 한 청년이 다다닥 뛰는 소리가 들렸다. 그러자 마크하임은 퍼뜩 정신을 차리고 두려움에 빠져 주변을 돌아보았다. 한 줄기 바람이 일자 카운터에 서 있던 초가 일렁거리며 장엄한 분위기를 연출했다. 그런 사소한 움직임에 의해 실내 전체가 소리 없는 소동으로 가득 차며 바다처럼 계속 부풀어 올랐다. 키 큰 그림자들이 고개를 끄덕였고, 어둠 속 큰 점들이 마치 호흡하듯 부풀어 오르다 사그라지기를 반복했다. 초상화와 도자기 속 얼굴들이 물속에 비친 그림처럼 모습을 바꾸며 너울거렸다. 안쪽 문은 비스듬히 열려 있었다. 한 줄기 긴 햇빛이 마치 손가락질하듯 안쪽의 그림자들을 가리켰다.

마크하임은 공포에 사로잡혀 두리번거리다 다시 희생자의 시신으로 눈길을 돌렸다. 시신은 등을 구부린 채 사지를 쭉 뻗은 자세였는데, 살아 있을 때보다 놀랄 정도로 작고 기이할 정도로 비루해 보였다. 저 볼품없는 자세로 누워 있는 딱하고 궁색한 옷차림의 가게 주인은 마치 톱밥 뭉치 같았다. 마크하임은 그 모습을 바라보는 게 두려웠다. 그렇지만 아아! 이제 그게 뭐라고! 그가 바라볼수록 이 낡은 옷가지 뭉치와 피 웅덩이에 지나지 않은 시신은 능변의 목소리를 내기 시작했다. 시신은 그저 그렇게 거기 누워 있었다. 교묘하게 관절을 움직이게 만들 마법도, 살아 움직이게 만들 기적도 없었다. 그저 그렇게 누군가에게 발견될 때까지 거기 누워 있을 것이다. 발견된다면? 그럼 어떻게 되지? 그러면 이 죽은 육신은 비명을 지를 것이다. 그 소리가 영국 전역에 울려 퍼지고 온 세상을 메아리로 채울 것이다. 그렇다! 죽었건 아니건 그는 여전히 원수다. '지나간 시간엔 뇌수가 터지면'*이란 대사가 생각났다. 그러자 '시간'이라는 단어가 마음속에 꽉 박혔다. 이제 행위를 저질렀으니 시간은, 그러니까 희생자에게 닫힌 시간은 살인자에게는

*
『맥베스』 3막 4장 중 '지나간 시절엔 뇌수가 터지면 사람이 죽었고 그것으로 끝이었다'에서 인용한 문구다.

긴박하고 중차대해졌다.

그런 생각이 여전히 그의 마음속에 들어차 있을 때 제각기 다른 속도와 소리를 지닌 시계가 오후 3시를 알리기 시작했다. 하나는 대성당 첨탑의 종소리처럼 깊은 소리였고, 또 하나는 왈츠의 서곡처럼 고음으로 울리는 소리였다.

침묵이 지배하던 실내에 그토록 많은 소리들이 갑작스럽게 폭발하자 마크하임은 비틀거렸다. 그는 초를 들고 이리저리 서성거리기 시작했다. 움직이는 그림자들에 둘러싸여 우연이 만들어내는 모양들에 영혼까지 화들짝 놀라곤 했다. 영국산, 베니스산, 암스테르담산 등 호화롭게 장식된 수많은 거울 속에서 자신의 얼굴이 수도 없이 비치는 모습이 마치 첩자 무리인 것 같았다. 거울 속 수많은 눈들이 자신을 바라보고 탐색했다. 바닥을 디디는 자신의 가벼운 발소리가 사방의 고요를 깨뜨렸다. 그는 끊임없이 주머니를 채우면서도 마음속으로 자신이 저지른 수천 가지 잘못에 대해 신물이 날 정도로 반복해서 스스로를 비난했다. 좀 더 조용한 시간을 골랐어야 했다. 알리바이를 준비했어야 했다. 칼을 쓰지 말았어야 했다. 좀 더 주의를 기울였어야 했고, 가게 주인을 죽일 게 아니라 결박하고 입에 재갈을 물렸어야 했다. 아니, 좀 더 대담하게 하녀까지 죽였어야 했다. 모든 걸 다르게 했어야 했다.

통렬한 후회가 일었다. 머릿속이 분주했다. 바꿀 수 없는 일을 변화시키고, 이제는 소용없는 일을 계획하고, 돌이킬 수 없는 과거를 다시 재정비하고 싶어 안달이 났다. 그러는 한편 이 모든 생각의 뒤편에서 잔인한 공포가 제멋대로 날뛰었다. 두려움은 마치 황량한 다락에서 허둥거리며 달리는 쥐처럼 머릿속 외진 방들을 가득 채웠다. 경관의 손이 어깨 위에 무겁게 내려앉을 것이다. 신경은 낚시에 채인 물고기처럼 홱 당겨질 것이다. 그는 피고석, 감옥, 교수대, 검은 관이 주마등처럼 빠르게 지나가는 장면을 보았다.

길거리 사람들에 대한 공포가 포위군처럼 마음을 에워쌌다. 그는 불가능하다는 걸 알면서도 가게 안에서 공격을 벌인 일이 사람들에게 들렸을 것이고, 그들의 호기심을 한껏 자극했다는 생각이 들었다. 지금 이웃의 모든 집들 안에서 사람들이 귀를 쫑긋 세우고 있으리라. 과거의 기억에 매달려 크리스마스를 홀로 보낼 외로운 사람들이 달콤한 상념에서 화들짝 깨어나 귀를 기울일 것이다. 또 식탁에 둘러앉아 행복한 파티를 벌이고 있던 가족이 일순간 침묵에 빠지며 어머니가 손가락을 입에 가져다 대리라. 온갖 지위, 나이, 기질의 사람들이 각자의 집 난롯가에 둘러앉아 귀를 기울이고 염탐하며 그의 목에 두를 밧줄을 잣고 있으리라.

아주 조심스럽게 살금살금 움직여도 소리가 나는 것만 같았다. 높다란 보헤미아 술잔들이 쨍그랑거리는 소리가 종소리처럼 시끄럽게 울렸다. 똑딱거리는 소리에도 놀라며 시계를 꺼버리고 싶은 충동을 느꼈다. 그러다가 금세 또 다른 두려움이 찾아오며 적막감이 위험처럼 느껴졌다. 그러니까 바로 그 정적이 지나가는 행인을 그 자리에 얼어붙게 만드는 건 아닌가 하는 생각이 들었다. 그러자 그는 좀 더 대담한 발길로 가게 안 물건들 사이를 요란하게 돌아다니며 제 집처럼 편안하게 돌아다니는 분주한 사람 시늉을 하는 게 낫겠다 싶었다.

그럼에도 마크하임은 여러 가지 다른 불안에 휩싸였다. 마음속 한 부분은 여전히 방심하지 않고 약삭빠르게 작동하면서도, 다른 한편에서는 광기의 경계선에 서서 와들와들 떨고 있었다. 특별히 한 가지 환각이 강력하게 마음을 사로잡았다. 창가에 서서 창백한 얼굴로 귀를 기울이고 있는 이웃, 끔찍한 추측이 들어 길을 가다 말고 인도에 멈추어 선 행인에 대한 환상이었다. 그래 봤자 그들은 추측만 할 뿐 알 수는 없으리라. 벽돌로 된 벽과 셔터가 쳐진 창문을 통해서는 오직 소리만이 통과할 수 있을 뿐이다.

그런데 여기 이 집 안에는 과연 그 혼자만 있을까? 그는 혼자라는 사실을 알고 있었다. 하녀가 낡았지만 제일 좋은 옷으로 한껏 멋을 부리고 만면에 '오늘은 외출'이란 티를 내며 연인을 만나러 나가는 모습을 보았기 때문이다. 그렇다, 물론 그는 혼자다. 그러나 머리 위 빈방에서 살그머니 바닥에 닿는 발소리가 들리는 것 같았다. 그는 분명 인지할 수 있었다. 불가해하지만 어떤 존재가 있다는 사실이 느껴졌다. 분명 그렇다. 그는 그 존재를 따라 머릿속에서 집 안의 모든 방, 모든 구석을 훑고 있었다. 이제 그 존재는 얼굴은 없지만 볼 수 있는 눈이 있었다. 지금 그 존재는 자신의 그림자였다. 그림자는 다시 교활함과 증오심에 가득 찬 채로 죽은 가게 주인의 모습을 보고 있었다.

마크하임은 때로 무진 애를 써가며 여전히 자신의 시선을 밀어내는 것 같은 열린 안쪽 문을 흘끔거리곤 했다. 집은 층고가 높았고, 천창은 작고 더러웠다. 날은 안개로 뿌옜다. 1층으로 내려오는 빛이 아주 희미해서 문간이 너무 흐릿했다. 어쨌든 그 의심스러운 한 줄기 빛 속에서 어떤 그림자 하나가 서성거리지 않았나?

바깥 거리에서 갑자기 어떤 신사 한 명이 지팡이로 가게 문을 두드리기 시작했다. 신사는 매우 쾌활한 태도로 농담을 섞어가며 큰 소리로 가게 주인을 불렀다. 마크하임은 화들짝 놀라 그 자리에 얼어붙은 채 죽은 남자를 내려다보았다. 하지만 그렇지! 그는 여전히 쥐 죽은 듯 누워 있었다. 그는 문 두드리는 소리나 고함 소리 따위를 들을 수 없는 아주 먼 곳으로 떠난 것이다. 그는 침묵의 바다 아래로 가라앉았다. 한때 포효하는 폭풍 속에서도 알아들을 수 있었던 그의 이름은 이제 텅 빈 소리가 되었다. 쾌활한 신사는 이내 노크를 그만두고 자리를 떴다.

그렇다, 그것은 지체하지 말고 당장 해야 할 일을 서둘러야 한다는 명백한 신호였다. 죄를 고해바칠 이웃으로부터 한시바삐 벗어나야 한다. 런던의 군중 속에 묻힌 후, 밤이 되면 다시 안전한 안식처이자 외견상 결백을 보장해주는 침대에 다다라야 한다. 손님이 한 명 온 걸 보니 이제 언제라도 또 다른 이가 올 수 있을 것이다. 게다가 그이는 좀 전 손님보다 더욱 집요하게 주인을 부를 수도 있다. 어쨌든 일을 저질러놓고 수익을 거두지 못하는 건 결코 용납할 수 없는 실패이지 않은가. 이제 마크하임의 관심사는 돈이며, 그 돈을 얻기 위해서는 열쇠를 찾아야 했다.

그는 어깨너머 열린 문을 흘긋거렸다. 그곳에는 여전히 그림자가 흔들리며 머뭇거리고 있었다. 자신이 죽인 희생양의 시신 가까이로 다가가자 마음속에 혐오감이 일진 않았지만 속이 울렁거렸다. 시신에는 이미 인간의 품격이 사라지고 없었다. 밀기울로 반쯤 채운 옷처럼 사지가 뿔뿔이 흩어져 있었고, 몸통은 굽혀져 있었다. 시신을 보니 불쾌해졌다. 추레하고 하잘것없어 보이지만 만지는 일에는 더 많은 의미가 담길 것 같아 꺼려졌다. 그래도 그는 시신의 어깨를 붙잡고 자세를 바로잡았다. 시신은 이상할 정도로 가볍고 유연했다. 시신은 마치 사지가 부러진 듯 기이한 자세가 되었다. 얼굴은 모든 표정이 지워졌으나 밀랍처럼 창백했다. 한쪽 관자놀이가 피범벅이 된 모습에 소름이 끼쳤다.

마크하임은 그 모습을 보니 한 가지 불쾌한 기억이 떠올랐다. 그 순간 한 어촌 마을에서 벌어졌던 축제의 날이 떠올랐던 것이다. 바람이 날카롭고 요란한 흐린 날이었다. 거리에는 사람들이 가득했다. 나팔 소리, 드럼 소리가 쩌렁쩌렁 거리에 울리고 있었다. 발라드 가수가 콧소리 섞어 노래

하는 소리도 들렸다. 한 소년이 군중 틈에 머리까지 파묻힌 채 이리저리 휩쓸리고 있었다. 소년은 마음속에 흥미와 두려움을 동시에 품은 채 돌아다니다가 사람들이 가장 많이 모여 있는 중앙 광장에 이르렀다. 그곳에 가판대와 그림이 그려진 칸막이가 보였다. 그림들은 음울한 구성에 요란하고 조잡한 색으로 칠해져 있었다. 브라운리그와 그녀의 견습생*, 매닝 부부와 그들이 살해한 손님**, 터텔에게 살해당하는 위어*** 등 다수의 악명 높은 범죄들을 묘사한 그림이었다. 환영이었지만 아주 또렷했다. 그는 다시 그 시절의 작은 소년이 되었다. 이렇게 다시 한 번 그 야비한 그림들을 바라보자 당시와 똑같은 혐오감이 온몸을 감쌌다. 그는 여전히 쿵쿵거리는 드럼 소리에 놀란다. 그날의 음악한 소절이 떠올랐다. 그러자 처음으로 양심의 가책이 몰려왔다. 메스꺼움이 밀려오며 갑작스럽게 관절에 힘이 빠졌

*

엘리자베스 브라운리그는 산파로 일하다 구빈원의 가난한 여성들을 돌보는 감독으로 임명되었다. 그러나 가난한 소녀들을 집안에 들여 고문하고 학대했다. 그중 메리 클리포드를 살해한 혐의로 1767년 교수형에 처해졌다.

**

마리 매닝은 남편과 함께 자신의 연인 패트릭 오코너를 집으로 초대해 살해한 혐의로 1849년 부부 둘 다 공개 처형당했다.

***

존 터텔은 윌리엄 위어에게 도박 빚을 지고 있었는데, 그가 돈을 요구하자 총으로 살해했다. 1824년 교수형에 처해졌다.

다. 즉각 그에 맞서 이겨내야 한다.

마크하임은 밀려드는 생각을 피해 도망치는 것보다 맞닥뜨리는 게 더 분별 있다고 판단했다. 죽은 자의 얼굴을 좀 더 대담하게 바라보고 마음을 기울여 자신이 저지른 범죄가 무엇인지, 그게 얼마나 심각한 일인지 헤아려보려 했다. 불과 조금 전까지만 해도 저 얼굴은 온갖 기분에 따라 표정을 바꾸며 살아 움직였고, 저 창백한 입은 말을 내뱉었으며, 저 몸은 기운을 내뿜으며 활력을 드러냈다. 그러나 이제 저 하나의 생명은 시계공이 손으로 시계바늘을 붙잡아 멈추듯 그의 손에 의해 작동을 멈추었다. 그는 이리저리 머리를 굴려보았으나 다 헛된 생각이었다. 더 이상 양심의 가책 따위는 느끼지 않았다. 범죄를 묘사한 그림 앞에서 전율했던 심장이 이 현실 앞에서는 아무런 감정을 자아내지 못했다. 세상을 마법의 정원처럼 꾸밀 수 있는 재능을 가졌으나 허사가 되어버린 사람, 마음껏 살지도 못하고 이제는 죽은 사람, 이 가게 주인에 대해 기껏 어렴풋한 연민만을 느꼈다. 그러나 참회하는 마음은 눈곱만큼도 들지 않았다.

그는 이내 이러한 생각들을 떨쳐내고 열쇠를 찾은 다음 열린 문으로 다가갔다. 바깥에는 비가 세차게 내리기 시작했다. 지붕을 때리는 빗소리가 침묵을 몰아냈다. 물이 똑똑 떨어지는 동굴처럼 이 집의 방들에 끊임없이 이어지는 메아리가 가득 들어찼다. 귓전을 때리는 그 소리에 똑딱거리는 시계 소리가 가세했다. 마크하임이 조심스러운 발걸음으로 문을 향해 다가가는 순간이었다. 그의 발소리에 대한 화답인 듯 어떤 이가 계단을 오르는 소리가 들리는 것 같았다. 문간에는 여전히 그림자가 희미하게 너울거리고 있었다. 그는 결심을 다지듯 한껏 힘을 줘 문을 밀었다.

바닥과 계단에 뿌옇고 희미한 빛이 가물거렸다. 층계참에 도끼를 손에 들고 투구를 쓴 채 서 있는 빛나는 갑옷 모형이 어스레하게 보였다. 어둑한 목제 조각들도, 노란색 웨인스코트 패널에 걸린 그림들도 축축하고 몽롱한 빛 속에 싸여 있었다. 온 집을 때리는 빗소리가 하도 요란하다 보니 급기야 마크하임의 귀에는 그것이 여러 가지 다른 소리들로 구별되기 시작했다. 발소리와 한숨 소리, 멀리서 행군하는 부대의 행진 소리, 땡그랑거리며 돈을 세는 소리, 끼이익거리며 살그머니 문 여는 소리가 똑똑똑똑 돔 지붕에 떨어지는 물방울 소리와 배관을 타고 흐르는 거친 물소리에 뒤섞여 있는 것 같았다.

혼자가 아니라는 감각이 점차 커져갔다. 그는 가히 광기의 경계에 이른 것 같았다. 사방에 각종 존재들이 그를 둘러싸고 있는 듯했다. 위층 방들에서도 서성거리는 소리가 들렸다. 가게 안에서는 망자가 자리에서 일어나는 소리가 들렸다. 마크하임은 무진 애를 쓰며 계단을 오르기 시작했다. 그러자 그의 앞에서 발걸음 소리가 조용히 사라지더니, 그의 뒤에서 살그머니 따라오기 시작했다. 그는 차라리 귀가 먹었다면 마음이 얼마나 차분할까 싶었다. 그러나 이

내 한껏 귀를 기울이며 또다시 쉬지 못하는 감각에 감사했다. 그런 감각이 전진기지처럼 자신의 목숨을 지키는 믿을 만한 파수꾼 역할을 한다는 사실에 다행이라는 생각이 들었다. 그는 끊임없이 고개를 갸웃거렸다. 눈알이 밖으로 튀어나올 듯 쉬지 않고 사방을 살펴보았다. 그렇게 사방을 살피는 일에 보답이라도 하듯 항상 무언가 알 수 없는 존재가 휘익 사라지는 모습이 보였다. 2층으로 이르는 스물네 계단은 스물네 가지 번뇌와 다름없었다.

2층에는 방문들이 비스듬히 열려 있었다. 그중 셋은 마치 복병처럼 느껴졌다. 대포 포문처럼 신경을 곤두서게 만들었다. 그는 감시하는 사람들의 눈에서 절대 안전하게 숨을 수 없을 것 같다고 느꼈다. 사방이 벽으로 둘러쳐진 집으로 돌아가 그저 이불을 뒤집어쓰고 싶었다. 신이야 어쩔 수 없지만 그렇게 인간에게서라도 숨고 싶었다. 그런 생각이 들자 한편으로 호기심이 일었다. 다른 살인자들의 이야기가 떠올랐다. 그들이 하늘의 복수자, 그러니까 천벌을 받을까 봐 두려움에 떤다는 이야기가 떠올랐다. 어떻든 자신은 그렇지 않았다. 그가 두려워하는 건 자연의 법칙이었다. 그 무정하고 변치 않는 자연의 법칙으로 인해 결국 자신을 옭아맬 범죄의 증거가 보존될까 봐 두려웠다. 그가 천벌보다 열 배는 더 두려워하는 것이 있었는데, 그건 바로 일종의 맹목적이고 미신적인 공포였다. 그건 연속적으로 이어지는 인간 경험의 어떤 단절, 그러니까 자연이 벌이는 어떤 고의적 위법성이라고나 할까. 그는 기술이 승패를 결정짓는 게임을 벌인 것이다. 그는 규칙에 좌우되어 원인으로부터 결과를 도출할 수 있는 게임을 좋아했다. 그런데 패배한 폭군이 장기판을 뒤집어엎는 것처럼, 만약 자연이 자연법칙의 틀을 깨부수면 어찌 해야 할까? 그런 일이 나폴레옹에게 일어나지 않았는가? 역사가들이 말하듯 시절도 모르고 겨울이 제 존재를 들이밀지 않았던가?*

자신에게도 그와 같은 일이 일어나지 말란 법이 없다. 견고한 벽이 투명해져서 마치 유리 벌집 속 벌들의 움직임처럼 자신이 벌인 소행을 드러낼지도 모른다. 튼튼한 바닥판들이 흐르는 모래처럼 발밑에서 가라앉아 자신을 옴짝달싹 못 하게 붙들지도 모른다. 아, 그렇다! 어쩌면 그보다 더 현실적으로 가능한 사고가 일어나 자신을 파멸에 이르게 할지도 모른다. 이를테면 집이 무너져 자신이 죽인 희생자의 시신 옆에 자신을 가두어버리는 일이 벌어질지도 모른다. 또는 옆집에 불이 나서 사방에서 소방관들이 자신에게 몰려들지도 모른다. 그는 이런 것들이 두려웠다. 그리고 어떤 의미에서는 이런 것들이 죄악을 벌하기 위해 내린 신의 손길이라고 할 수도 있을 것이다. 그러나 그는 신 자체

*

1812년 나폴레옹이 러시아 원정에서 모스크바를 정복한 후 11월 초부터 눈이 내리는 등 혹독한 추위로 결국 전쟁에 패한 사실을 말한다.

에 대해서는 마음이 편했다. 그의 행동은 분명 이례적이긴 하나 그의 변명도 마찬가지이며, 그 점은 신 또한 알고 있다. 마크하임이 자기가 정당하다고 확신하는 것은 그 점 때문이며, 인간들 때문이 아니다.

무사히 응접실로 들어가 문을 닫았을 때, 그는 잠시 불안에서 벗어났다고 느꼈다. 그 방은 상태가 엉망이었다. 카펫도 깔리지 않았으며, 궤짝들과 잡동사니가 널브러져 있었다. 창 사이 벽에 거는 큰 체경體鏡 여러 개에 자신의 모습이 비쳤다. 무대 위 배우처럼 서 있는 자신의 모습이 동시에 여러 각도로 보였다. 많은 그림들이 일부는 액자에 끼운 상태로, 일부는 액자가 없는 상태로 벽을 바라보고 서 있었다. 아름다운 셰라턴풍의 서랍장 하나, 상감 세공 캐비닛 하나, 태피스트리 장식이 달린 고풍스럽고 커다란 침대 하나가 보였다. 바닥부터 나 있는 창문은 열려 있었다. 다행히도 창문 하단 셔터가 닫혀 있어서 이웃의 시선은 차단된 상태였다.

이제 마크하임은 궤짝 하나를 캐비닛 앞으로 끌고 와 열쇠 뭉치에서 우선 캐비닛 열쇠를 찾기 시작했다. 열쇠가 많아 시간이 오래 걸렸다. 게다가 진력나는 일이었다. 결국 캐비닛 안에 아무것도 없을지도 모르는데, 시간은 쏜살같이 흘러가고 있었다. 어쨌든 전력을 쏟아 집중하다 보니 마음이 침착해졌다. 그는 곁눈질로 문을 흘긋거렸다. 때로 적에게 포위된 지휘관처럼 방어 상태를 확인하기 위해 가끔 시선을 돌려 문을 똑바로 쳐다보고는 안심하기도 했다. 그는 실로 마음이 평온했다. 거리에 내리는 빗소리가 자연스럽고 상쾌하게 들렸다. 이내 맞은편에서 피아노로 연주하는 찬송가 음악이 들렸다. 아이들의 목소리가 울려 퍼졌다. 장중한 선율은 듣는 이를 얼마나 기분 좋게 만드는가! 아이들의 목소리는 얼마나 신선한가! 마크하임은 열쇠를 골라내며 미소를 띠고 귀를 기울였다. 마음속에 그에 상응하는 이미지들이 솟아났다. 교회로 향하는 아이들과 울려 퍼지는 오르간 소리, 바깥에서 놀고 있는 아이들, 냇가에서 물놀이하는 사람들, 덤불이 우거진 공원에서 산책하는 사람들, 구름이 둥실 떠다니는 바람 부는 하늘에 연을 날리는 사람들. 그때 또 다른 운율의 찬송가가 울리기 시작했다. 그러자 또다시 교회의 풍경이 떠올랐다. 나른한 여름날의 일요일 교구목사의 점잖 떠는 높은 목소리(그 생각에 슬며시 미소가 떠오른다)와 제임스 1세풍의 무덤들과 성상 안치소에 새겨진 십계명의 희미한 글자들도…….

한편 분주하고 또 한편 멍한 상태로 그렇게 앉아 있을 때, 그는 깜짝 놀라 자리에서 벌떡 일어섰다. 번쩍하고 온몸에 차갑게 소름이 덮쳤다. 그러더니 다시 화들짝 불에 덴 듯 벌게졌고, 피가 거꾸로 솟구치는 듯했다. 그는 오싹해지며 그 자리에 꼼짝 못 하고 얼어붙었다. 천천히 꾸준하게 계단을 오르는 발소리가 나더니, 이내 문손잡이에 손이 닿고 딸깍 자물쇠가 돌아가며 문이 열렸다.

마크하임은 말 그대로 옴짝달싹 못 하고 공포에 사로잡혔다. 도대체 무슨 일이 벌어지는지 알지 못했다. 죽은 자가 걸어오는 건지, 정의를 바로 세우려는 경관이 찾아온 건지, 또는 우연히 사건을 목격한 이가 무턱대고 들어와 그를 교수대로 끌고 가려는지 도무지 알 수 없었다. 그때 어떤 이가 불쑥 문틈으로 얼굴을 들이밀고 방 안을 휘 둘러보다가 그와 눈이 마주쳤다. 그러더니 마치 지인을 알아본 듯 고개를 끄덕이며 미소를 지었다. 그러고는 다시 나가 문을 닫았을 때, 마크하임은 더 이상 두려움을 참지 못하고 날카롭게 비명을 내질렀다. 그가 비명을 내지르자 그 방문객이 다시 돌아왔다.

"날 불렀나요?"

방문객이 유쾌한 어조로 물었다. 그러더니 방 안으로 들어와 문을 닫았다. 마크하임은 가만히 서서 눈을 휘둥그레 뜨고 그를 바라보았다. 어쩌면 그의 눈에 일종의 막이 쳐진 건지도 몰랐다. 방문객은 가게 안 흔들리는 촛불 속 신상처럼 모습이 흔들리며 바뀌는 듯했다. 마크하임은 간간이 그 방문객을 알고 있다는 생각이 들었다. 또 간간이 그자가 자신을 닮았다고 생각했다. 그런 생각을 하는 동안 그는 줄곧 살아 있는 공포의 종기를 경험하듯, 이것은 지상의 존재도 신의 영역에 속한 존재도 아니라는 확신이 들었다.

그 존재가 미소를 띠고 마크하임을 바라보고 있을 때 이상하게도 그에게서 평범한 분위기가 났다. 게다가 그가 "돈을 찾고 있지요?"라고 물었을 때의 말투에는 일상에서 흔히 접할 수 있는 정중한 태도가 묻어났다.

마크하임은 아무런 대꾸를 하지 않았다.

"한 가지 경고를 해드릴게요. 하녀가 평소보다 일찍 애인과 헤어졌거든요. 곧 이곳으로 올 겁니다. 마크하임 씨가 이 집에 있는 게 발각된다면 그 결과가 어찌 될지 굳이 설명드릴 필요는 없겠지요."

"나를 알아요?"

살인자가 소리 질렀다. 방문객이 미소 지으며 답했다.

"난 당신을 오랫동안 좋아했지요. 오랫동안 당신을 관찰하면서 자주 도와주려고 애썼답니다."

"당신 뭡니까? 악마인가요?"

"내가 뭐건 당신에게 드릴 도움과는 아무 상관없어요."

"상관이 왜 없죠? 당연히 상관있지! 당신에게 도움을 받으라고? 아니, 그건 절대 안 돼. 당신한테는 절대 안 돼! 당신이 나에 대해 뭘 알아? 나 참! 당신은 날 모른다니까!"

"잘 알아요."

방문객은 엄중하면서도 다소 단호한 태도로 답했다.

"당신 영혼까지 잘 알고 있습니다."

"날 안다고! 하! 누가 날 알아? 내 삶은 모조품일 뿐이야. 난 스스로를 비방했을 뿐이라고. 난 본성을 속이며 살아왔어. 모든 사람들이 다 그래. 사람들은 누구나 다 가면을 쓰고 살아. 누구나 다 이놈의 가면보단 낫단 말이지. 가면이 점점 커지면서 자신을 옥죄는 거야. 다 각자 삶에 질질 끌려 다니는 거야. 자객에게 붙잡혀 망토로 덮어씌워 질질 끌려가는 것처럼 인생에 의해 끌려가는 거란 말이야. 사람들이 어디 제 삶에 대한 통제력이 있나? 만약에 있다면, 당신이 사람들의 진짜 얼굴을 들여다볼 수 있다면, 모두 완전히 다른 사람으로 보일 거라고. 영웅이건 성인이건 그딴 모습으로 빛나겠지! 나는 개중 최악이야. 나는 그 누구보다 더 숨 막히게 덮어씌워져 있단 말이야. 내 변명을 아는 이는 나 자신과 신뿐이야. 하지만 아아! 시간만 있다면 나는 진정한 나 자신을 보여줄 수 있어."

"나에게 말입니까?"

방문객이 물었다.

"누구보다 당신에게 먼저. 당신은 영리하다는 생각이 들어. 나는…… 그러니까 당신이 이렇게 존재하잖아……. 그러니까 나는 당신이 마음을 읽는 능력이 있다고 생각해. 그런데 당신은 그저 나의 행동을 가지고 날 심판하겠다고 들이대다니! 생각해봐. 내 행동이라니! 나는 거인의 나라에서 태어나 자랐어. 내가 어머니 배 속에서 나오고 나서 줄곧 거인들이 내 손목을 잡고 질질 끌고 다녔지. 상황의 거인들 말이야. 그런데 당신은 그저 내 행동으로 심판하려고 해. 내 내면을 볼 수 없다는 게 말이 돼? 내가 악을 증오한다는 사실을 이해하지 못해? 내 안에 똑똑히 쓰여 있는 양심이라는 글자를 왜 못 보는 거지? 물론 너무 자주 등한시하긴 했지만 제 아무리 궤변을 부려도 지워지지 않는 이 글자를? 인간이라면 누구나 공통적으로 가지고 있는데 날 이해하지 못해? 죄를 지었지만 본의가 아니었다는 사실을 왜 못 보는 거지?"

"상당히 흥분한 것 같군요. 하지만 그런 건 나와 상관없습니다. 그렇게 일관되게 펼치는 당신의 주장은 내 영역 밖의 문제입니다. 난 당신이 올바른 방향으로 간다면야 어떤 강요를 받아 끌려왔는지 조금도 신경 쓰지 않아요. 그러나 시간은 흐르고 있습니다. 하녀가 행인들의 얼굴을 살피기도 하고 광고판을 들여다보기도 하며 시간을 끌지만, 어쨌든 계속 가까이 다가오고 있으니까요. 명심하세요. 그건 마치 크리스마스 분위기가 무르익은 거리를 지나 교수대 자체가 당신을 향해 성큼성큼 다가오는 것과 마찬가지라는 사실을요! 도와줄까요? 난 모든 걸 알고 있어요. 돈이 어디에 있는지 알려줄까요?"

"대가가 뭔데요?"

마크하임이 물었다.

"크리스마스 선물이라고 생각하세요."

마크하임은 자기도 모르게 씁쓸한 기분이 들면서도 의기양양하게 미소 지었다.

"아니오. 난 당신이 주는 건 아무것도 받지 않겠어. 목이 말라 죽을 것 같아도, 당신 손에 내 입술을 축일 물 주전자가 있다 하더라도 난 용기를 내 거절할 것이오. 어리석은 판단일 수도 있지만 악마에게 나 자신을 팔아넘길 생각 따윈 없어."

"임종 자리에서 회개를 하겠다면 난 반대하지 않아요."

방문객이 말했다.

"그 효력을 믿지 않기 때문이겠지!"

마크하임이 소리 질렀다.

"그런 말이 아닌데요? 하지만 난 이러한 것들을 다른 측면에서 바라봅니다. 그리고 생이 마감되면 나의 관심도 함께 사라지지요. 인간은 날 섬기며 살아왔어요. 종교라는 색채를 덧입혀 암울한 표정을 퍼뜨리거나, 당신이 그러는 것처럼 무력하게 욕망에 굴복해 밀밭에 독보리를 뿌리면서* 말입니다. 그러다가 이승을 떠나야 할 시간이 다가오면 치를 수 있는 의식은 단 한 가지만 남죠. 그건 바로 회개하고 웃으면서 죽는 겁니다. 그리하여 남아 있는 더 소심한 나의 추종자들에게 자신감과 희망을 심어주는 거지요. 나는 그토록 냉혹한 주인이 아닙니다. 나를 시험해봐요. 내 도움을 받아들여요. 지금까지 그랬던 것처럼 당신 하고 싶은 대로 해요. 좀 더 과감하게 당신 자신의 비위에 맞게 행동해봐요. 마음껏 즐겨보란 말입니다. 내 장담하는데, 밤이 되어 커튼까지 치고 나면 양심과의 싸움도 사그라질 테니

*
「마태복음」 13장 25절을 인용한 말이다.

까요. 신에게 알랑거리며 평정심을 찾는 것도 훨씬 쉬울 테지요. 나는 방금 그런 임종의 자리에 있다 왔어요. 그 방은 죽어가는 이의 마지막 말을 듣기 위해 모인 사람들로 가득했습니다. 그러고는 진정으로 애도하더군요. 들여다보니 자비 따위는 모르는 냉혹한 그 얼굴에 희망으로 미소 짓는 표정이 어려 있더군요."

"그럼 당신은 나를 그런 존재로 여기는 겁니까? 당신은 내가 죄를 짓고 또 짓고 또 짓다가 마지막에 슬그머니 천국으로 기어들어가는 것 말고는 더 이상 고결한 야망이 없다고 생각합니까? 생각만 해도 분통이 터지는군. 당신이 인류에게서 경험한 게 그런 건가요? 아니면 날 그렇게 야비하게 여기는 이유가 내가 살인을 저지른 걸 알기 때문인가요? 이 살인의 죄가 선의 샘 자체를 마르게 할 만큼 그토록 불경한 겁니까?"

"살인은 내게 특별한 범주가 아니랍니다. 모든 죄가 살인이나 마찬가지니까. 모든 삶이 전쟁이니까요. 내가 볼 때 당신네 종족은 뗏목에 탄 굶주린 선원들이나 마찬가지예요. 굶주림에 허덕이는 사람의 손에서 빵 조각을 빼앗고 서로를 잡아먹는 꼴이지요. 나는 그들이 죄의 행위를 저지르는 순간뿐만 아니라 그 너머까지 죄를 좇는답니다. 마지막에는 그들 모두에게 결국 죽음이 찾아오지요. 그리고 내 눈에는 무도회에 가기 위해 제 어머니를 괴롭히는 예쁜 처녀 또한 당신 같은 살인자만큼이나 두 손을 인간의 피로 물들입니다. 내가 죄를 따라간다고 말했지요? 나는 또한 미덕도 좇습니다. 죄와 미덕은 백지 한 장 차이도 나지 않아요. 둘 다 죽음의 천사가 휘두르는 낫이나 다름없지요. 내 존재의 이유인 악은 행위에 있는 것이 아니라 인격에 있어요. 나에게 소중한 건 나쁜 행위가 아니라 나쁜 사람입니다. 우리가 만약 돌진하는 세월의 폭포를 따라가서 볼 수만 있다면, 악행이 맺게 될 과실이 아주 진귀한 미덕의 결실보다 훨씬 더 축복받을 만한 것임을 알 수 있어요. 그리고 내가 당신이 도망갈 수 있도록 도와주겠다고 제안하는 것은 당신이 가게 주인을 죽였기 때문이 아니라 당신이 마크하임이기 때문이죠."

"당신에게 다 터놓으리다."

마크하임이 말을 이었다.

"당신이 목격한 이 범죄는 나의 마지막 범죄입니다. 범죄를 저지르면서 나는 교훈을 많이 얻었소. 그 자체가 교훈, 그러니까 중대한 교훈입니다. 지금까지 나는 어쩔 수 없이 반항을 했지만, 결국 내가 절대 바라지 않는 지점까지 억지로 끌려 왔소. 나는 빈곤의 노예로 채찍질당하면서 억지로 끌려왔단 말이오. 이런 유혹들을 막아낼 수 있는 굳건한 미덕들이 있겠지요. 하지만 나의 미덕은 이겨내지 못했소. 나는 쾌락에 대한 갈망이 있었소. 하지만 오늘 이 행위로 말미암아 나는 경고를 받았을 뿐만 아니라 자산도 얻었소. 달리 말해 나 자신이 되기 위한 힘이자 신선한 결의를 얻었다는 말이오. 나는 세상 모든 일에서 자유롭게 행동할 수 있는 사람이 되었습니다. 나는 완전히 변한 나 자신의 모습을 보기 시작했소. 이 손은 선을 행할 것이며, 이 가슴은 평화를 얻을 것이오. 과거로부터 무언가가 내게 다가오고 있습니다. 안식일 저녁 교회의 오르간 소리를 들으며 꿈꿨던 것, 고귀한 책들을 읽으며 눈물을 흘릴 때 생각했던 것, 또한 순진무구한 아이로서 어머니와 이야기를 나눌 때 내다보았던 것들 말입니다. 거기에 나의 삶이 있습니다. 나는 오랜 세월 방황했지만 이제 다시 나의 목적지였던 도시가 보입니다."

"이 돈을 주식 사는 데 쓸 셈이죠?"

방문객이 물었다.

"그리고 내가 알기로 주식 투자로 이미 몇 천 파운드를 날렸고요?"

"아! 하지만 이번에는 확실한 게 있소."

"이번에도 당신은 잃을 것입니다."

방문객이 조용히 알려주었다.

"아, 하지만 반은 가지고 있을 건데."

마크하임이 소리 질렀다.

"그것마저 잃을 것이오."

마크하임의 이마에 땀이 솟기 시작했다. 그가 다시 소리 질렀다.

"뭐, 그렇다고 뭐가 문제요? 잃는다고 칩시다. 내가 다시 빈곤의 나락으로 빠진다고 칩시다. 그래도 나의 일부분, 그러니까 나쁜 면이 선한 부분을 끝까지 짓밟을까요? 선과 악은 내 안에 둘 다 아주 강하게 작동합니다. 양쪽 모두로 나를 잡아끈다고요. 나는 한 가지만을 사랑하지 않습니다. 둘 다 사랑합니다. 나는 위대한 행동을 하겠다고 결심할 수도 있고, 금욕과 순교를 할 생각도 있소. 비록 내가 살인이라는 범죄에 빠지고 말았지만 내게도 연민은 아주 익숙한 감정이란 말이오. 나는 가난한 사람들을 연민합니다. 그들의 시련을 나보다 더 잘 아는 사람이 있을까요? 나는 그들을 동정하고 돕는단 말이오. 나는 사랑을 소중히 여깁니다. 또 정직한 웃음을 사랑합니다. 이 세상에는 선한 것도 진실한 것도 없지만 나는 진심으로 이 세상을 사랑해요. 그런데 내 삶을 이끄는 건 오직 내 악덕뿐이란 말이오? 미덕은 그저 마음속에 방치된 쓸데없는 짐짝처럼 아무런 영향력 없이 가만히 있단 말이오? 아니지, 절대 그렇지 않아! 선 또한 행위를 낳는 원천이란 말이오."

내 말에 방문객은 손가락을 치켜 올렸다.

"당신은 이 세상에 36년을 살았소. 나는 당신이 수많은 변화를 겪고 기질도 다양하게 변화하며 점차 몰락하는 모습을 지켜봤지요. 15년 전에는 도둑질 같은 걸 생각만 해도 움찔했죠. 3년 전 당신은 살인이란 걸 생각만 해도 하얗게 질리곤 했다오. 자, 이제 그 어떤 범죄라 해도 아직도 움츠러드는 게 있나요? 잔인한 짓이건 야비한 행위건 그런

게 있을까요? 나는 5년 후에도 죄를 저지르는 현장에서 당신을 찾아낼 겁니다! 당신이 향할 길은 아래로 이어져 있어요. 당신은 끝도 없이 나락으로 떨어질 거고, 당신을 막을 것은 죽음 말고는 아무것도 없어요."

마크하임은 쉰 목소리로 대답했다.

"인정합니다. 난 어느 정도 악덕에 물들어 살았지요. 하지만 그건 모든 사람이 다 마찬가지예요. 성인들조차 일상을 살아가는 행위에서 언제나 고상함을 유지할 수 있을까요? 그들도 주위 환경에 맞출 수밖에 없다고요."

"한 가지 간단한 질문을 해보죠. 대답을 듣고 내가 당신 도덕상의 별점을 밝혀주겠습니다. 당신은 살아오면서 많은 면에서 점점 더 방종해졌어요. 어쩌면 그러는 게 당연할 수도 있고. 어쨌든 그런 점은 다른 사람들도 다 마찬가지겠죠. 하지만 그렇다 하더라도 그 어떤 한 가지 일에 있어, 그러니까 그게 아무리 사소한 일이라 해도 당신 행동에 불만을 느끼진 않습니까? 아니면 모든 일에 있어 아무런 거리낌 없이 고삐 풀린 것처럼 행동하나요?"

"한 가지 어떤 거요?"

마크하임이 번민에 빠진 태도로 되물었다. 그러다가 그는 절망스럽게 대답할 수밖에 없었다.

"아니오. 그런 거 없습니다. 나는 모든 면에서 나락에 떨어졌소."

"그렇다면 지금 그대로 당신의 모습에 만족하세요. 왜

냐하면 당신은 절대 바뀌지 않을 테니. 이 국면에서 당신이 한 말은 이제 돌이킬 수 없습니다. 이미 다 기록되었으니."

마크하임은 오랫동안 침묵에 빠져 서 있었다. 침묵을 깬 건 방문객이었다.

"그러니, 돈이 어디 있는지 알려줄까요?"

"그러면 은혜는요?"

마크하임이 소리 질렀다.

"그건 이전에 시도해보지 않았습니까? 2~3년 전에 내가 부흥회 연단에서 당신을 봤는데? 당신이 가장 목청 높여 찬송가를 부르던데?"

"맞아요. 그리고 이제 나는 내 의무가 무엇인지 똑바로 알겠습니다. 영혼을 울리는 교훈을 주셔서 감사합니다. 이제 난 눈이 뜨였습니다. 마침내 나 자신이 있는 그대로 보입니다."

바로 그때 문이 열리는 날카로운 종소리가 집 안에 울려 퍼졌다. 그리고 종소리가 마치 기다리고 있던 예정된 신호라도 되는 듯 방문객은 단번에 태도를 바꾸었다.

"하녀라오! 내가 경고한 대로 하녀가 돌아왔소. 이제 당신 앞에 더 어려운 관문이 하나 남았소. 당신은 하녀에게 주인이 아프다고 말해야만 하오. 진지하면서도 느긋한 태도로 인사하시오. 웃어도 안 되고 과장되게 행동해서도 안 되오. 내가 성공을 약속하리다! 하녀가 일단 안으로 들어오고 문이 닫히면 가게 주인을 제거할 때 보인 기민한 동작으로 처리하시오. 그러면 당신 길에 놓인 마지막 위험에서 벗어날 수 있을 거요. 그 이후부터 당신은 저녁 시간을, 필요하다면 이 밤 전체를 다 쓸 수 있소. 집 안의 보물을 샅샅이 챙기고 나서 안전하게 도망치시오. 이것이 바로 위험이라는 가면을 쓰고 당신에게 찾아온 도움이란 말이오. 자! 빨리 움직여요, 친구! 당신 목숨이 저울에 매달려 흔들리고 있소. 어서, 서둘러요!"

마크하임이 상대를 빤히 바라보았다.

"내가 사악한 행동을 할 저주에 빠졌다 해도 여전히 자유를 향해 열린 문이 하나 있소. 나는 행동을 멈출 수 있소. 내 삶이 사악한 것이라면 그걸 내려놓을 수 있단 말이오. 물론 당신 말마따나 나는 온갖 작은 유혹에도 여차하면 넘어가는 사람이지요. 그래도 단 한 번의 결정적인 몸짓으로 모든 유혹의 손길에서 벗어날 수 있소. 선을 사랑하는 내 마음은 불모지가 되어버렸소. 진짜 그럴지도 모르지만, 그러라지! 어쨌든 난 여전히 악을 증오하는 마음을 가지고 있소. 당신은 실망하고 화가 나겠지만, 그 마음으로부터 내가 용기와 기운을 얻을 수 있다는 걸 목격할 거요."

그때 방문객의 모습이 놀랍도록 아름답게 변화하기 시작했다. 애정이 깃든 승리에 찬 표정으로 변하더니, 이내 밝아지고 편안해지기 시작했다. 그렇게 모습이 밝아지다가 점차 사그라지더니, 심지어 지워지기 시작했다. 그러나 마크하임은 눈길조차 돌리지 않았다. 그는 그런 변화를 그저 이해하려고 애쓰면서 생각에 빠진 채 문을 열고 아주 천천히 아래층으로 내려갔다. 그의 과거가 온전히 그의 눈앞을 스쳤다. 그는 있는 그대로 바라보았다. 악몽처럼 추하고 격렬했다. 과실치사처럼 무작위였다. 패배가 이어지는 장면이었다. 그렇게 돌아보니 삶은 더 이상 그를 유혹하지 못했다. 그는 더 깊고 먼 곳에 자신의 배가 정박할 조용한 안식처가 있다는 사실을 감지했다. 그는 복도에서 걸음을 멈추고 가게 안을 바라보았다. 시신 옆에선 아직도 초가 타고 있었다. 이상할 정도로 조용했다. 그렇게 바라보며 서 있자니 가게 주인에 대한 생각이 마음속을 파고들었다. 그때 참을 수 없다는 듯 종소리가 다시 한 번 요란하게 울렸다.

그는 미소 비슷한 표정을 띠고 문간에서 하녀와 마주쳤다.

"경찰서에 가시죠. 내가 가게 주인을 죽였습니다."

옮긴이의 말

『나의 더블: 도플갱어 작품선』
—자아로 융합될 수 없는 다양한 불순물의 결합

도플갱어

도플갱어(Doppelgänger)는 독일어로 '쌍으로 걸어 다니는 자'란 뜻이다. 보통 신화와 픽션에서 인간과 똑같이 생긴 유령이나 초자연적 존재로 묘사된다. 또한 도플갱어는 영어로 '더블(double)'이라고 하는데, 여기서 더블은 '제2의 자아', '분신', '유령', '쌍둥이' 등 여러 가지 함의를 내포하는 표현이다.

일반적으로 도플갱어는 죽음이나 불운을 몰고 오는 존재로 여겨진다. '나와 똑같이 생긴 사람'이라는 흥미로운 개념인 도플갱어가 이토록 무서운 함의를 지닌 이유는 무엇일까? 나와 똑같이 생긴 또 하나의 자아는 합일된 자아라는 개념을 허무는 자아의 분열을 의미한다. 또 자아가 분열한다는 것은 자기 안의 이질적인 요소들이 무의식의 막을 뚫고 표면으로 떠오름을 뜻한다. 여기서 이질적인 요소란 인간 발달 과정에서 필요한 기제에 의해 억압된 욕망들이다. 바로 인간 본성에 대한 불안과 두려움의 상징인 것이다. 정신 분석학의 창시자 지그문트 프로이트는 익숙한 것이 낯설어 보이는 현상인 '언캐니(the uncanny, 독일어로는 unheimlich. 여기서 heim은 집(home)을 뜻하기에 unheimlich는 영어로 unhomely라는 뜻이다. 익숙하고 편안한 집이 어느 순간 알 수 없는 비밀을 품은 낯설고 공포스러운 대상이 된다는 의미다)를 설명하면서 더블의 의미를 파헤친다. 그는 정신 분석학자 오토 랭크의 연구를 인용하여 "거울에 비친 모습이나 그림자, 수호천사" 등으로 대변되는 더블이 원래 자아(ego) 발달 시기에 유아의 원초적 나르시시즘으로 인해 "죽음의 힘에 대한 강렬한 부정"의 작용을 한다고 말한다. 반면 그 단계가 지나면 더블은 "죽음의 언캐니한 조짐"으로 변한다고 주장한다.[1] 그 이유는 더블이 바로 유일무이한 자아 정체성에 대한 위협이 되기 때문이다.

그리 포홀트는 문학에서 도플갱어를 재현하는 두 가지 방식을 설명한다. 첫 번째는 "'제2의 자아(alter ego)' 또는 주인공과 똑같은 더블"로서 "흉내 내는 초자연적 존재"나 "망상에 의한 환각"으로 나타나는 현상이다. 포홀트는 그 예로 독일 소설가 호프만의 『악마의 묘약』, 도스토옙스키의 『분신』, 이 작품집에도 소개된 에드거 앨런 포의 「윌리엄 윌슨」을 든다. 두 번째는 "주인공의 분열된 인격 또는 사악한 반쪽의 형태"로 나타나는 현상이다. 그 예로 메리 셸리의 『프랑켄슈타인』의 괴물, 로버트 루이스 스티븐슨의 『지킬

박사와 하이드 씨』의 하이드를 든다.[2]

이뿐만이 아니다. 도플갱어는 픽션에서 심지어 그림(오스카 와일드의 『도리언 그레이의 초상』에서의 그림)이나 물체(포의 『어셔가의 몰락』에서의 집)로 표현되기도 한다. 지금 언급한 작품들은 우리에게 잘 알려진 도플갱어가 소재로 쓰인 대표적인 고전들이다. 『분신』에서는 주인공과 똑같은 이름, 똑같은 생김새를 지녔지만 주인공의 성격적 결함과 대조되는 인물이 도플갱어로 나오고, 『악마의 묘약』에서는 주인공이 묘약을 마시고 사악한 도플갱어에 영혼을 지배당한다. 『지킬 박사와 하이드 씨』에서는 점잖은 신사 지킬이 자신이 만든 약을 마시고 스스로 하이드로 변신한다. 둘은 대조되는 특징을 드러내는 적대자 관계를 맺는다. 『도리언 그레이의 초상』은 주인공 그레이의 세월의 흔적, 즉 타락과 죄의 흔적을 드러내는 그레이의 초상화가 등장한다. 포의 『어셔가의 몰락』에서는 '집안'을 뜻하면서도 '집' 자체를 의미하는 '가家'가 의인화된 모습을 보이며 몰락하는 주인공 남매와 운명을 함께한다. 이렇듯 도플갱어 이야기는 다양한 변주를 통해 자아의 분열, 다층적 무의식, 외면과 내면의 모순, 자아 내의 타자성을 보여준다.

19세기 고딕소설

도플갱어는 특히 환상적이고 '언캐니'한 면모로 인해 고딕적 숭고(여기서 '숭고'는 '아름다움'과 대비되는 개념으로, 아름다움이 작고 섬세하며 균형 잡힌 대상이 불러일으키는 미학적 경험이라면, 숭고는 보는 이를 압도하는 규모로 공포를 자아내 카타르시스를 유도하는 그로테스크한 미학적 개념이라고 에드먼드 버크는 설명한다)[3]를 고취할 수 있기에 고딕소설에서 단골 소재로 쓰인다. 유령 출몰이나 마법, 알 수 없는 소리 등 고딕의 초자연적 장치는 도시화와 세속화가 가속되는 19세기 들어 차츰 그 양상이 바뀐다. 초기 고딕소설은 귀족계층과 신권력층으로 부상하는 부르주아의 대결 등 세대 대결과 계급 갈등을 다루면서 주로 외적인 공포 요소를 반영한 반면, 19세기 고딕소설은 산업화, 도시화된 다층적 세계를 사는 복잡한 인간의 심리를 반영한다. 초기의 정형화된 인물 묘사가 19세기 들어 선과 악으로 이분화할 수 없는 뉘앙스를 지닌 인간으로 바뀐 이유가 바로 그것이다. 공포의 진원지가 이렇게 변모할 때 그 양상을 가장 잘 재현할 수 있는 고딕적 장치 중 하나가 바로 도플갱어다. 인간 내면에 자리하는 이질적인 욕망이나 사악함이 바로 도플갱어 모티프로 투사되는 것이다. 이제 가부장제가 야기한 불평등, 보수적 가정 이데올로기, 젠더 갈등, 억압적 섹슈얼리티, 계급 갈등, 도시화와 식민화가 유발한 인종 갈등 등이 인간 내면의 공포 재료가 되었다.

억압적이고 틀에 박힌 빅토리아 시대의 도덕관과 사상은 개인으로 하여금 자신의 계급과 젠더에 따라 정형화된 사회적 행동을 요구했고, 그에 어긋나는 말과 행동은 처벌과 사회적 낙인이 뒤따르게 되었다. 특히 신사 계급은 욕망을 겉으로 드러내지 못하고 억눌러야 했는데, 그렇게 억압된 욕망은 반드시 다른 방식으로 분출되기 마련이었다.

고딕 더블 이야기의 대표로 상징되는 『지킬 박사와 하이드 씨』를 보면 그 양상이 잘 드러난다. 소설 속 신사 계급 남성들인 지킬과 어터슨, 엔필드는 모두 공허하고 무미건조한 불모의 삶을 살아간다. 지킬은 인간의 양면성을 직시하기를 거부하고 선과 악을 분리하고자 연구하나 그 결과는 공포 그 자체다. 즉 사회적 코드에 맞추어 점잖은 삶을 사는 지킬 박사는 활력이 없는 불모의 삶에 대한 탈출구를 더블이라는 장치를 통해 찾는다. 그리하여 암시되는 하이드 씨의 행적을 보면 성적 타락과 폭력성이 드러난다.

도플갱어 소설에서 인간 내면의 분열은 도시 공간의 분열/이중성과 맞물려 재현된다. 19세기 런던은 '도시 고딕'의 배경에 딱 부합하는 공간을 제공한다. 대표적으로 점잖은 거리인 웨스트엔드와 모든 면에서 그 반대인 허름하고 수상한 이스트엔드가 구별될 뿐만 아니라, 점잖은 거리 안에서도 골목 하나를 경계로 범죄와 타락의 온상인 매음굴과 술집이 혼재했다. 그리하여 신사들은 낮과 밤의 이중생활에 쉽게 빠져들었고, 그러다가 노동자 계층으로부터 공갈 협박을 받는 등 스캔들에 연루되기도 했다. 즉 경직된 사회구조와 억압적인 시대정신이 신사 계층의 일탈을 불러

와 이중생활을 유도했고, 이런 사회상이 픽션에서 도플갱어라는 모티프로 반영되었다.

『나의 더블』에 실린 이야기들은 모두 도플갱어를 소재로 한 단편들이다. 여기에 소개된 각 소설은 양상이 다른 더블을 보여준다. 조셉 콘래드의 「비밀 동반자」에서는 주인공이 우연히 만나게 된 타인을 주인공 스스로 자신의 '분신', 또는 '제2의 자아'라고 지칭한다. 화자이자 주인공인 선장은 의문의 남자와 생김새가 같지 않다고 스스로 강조하면서도 끊임없이 자신과 남자를 동일시한다. 에드거 앨런 포의 「윌리엄 윌슨」에서는 주인공이 학창 시절 이름과 생김새, 심지어 생년월일까지 똑같은 도플갱어를 만나 일생동안 그 존재에게 시달리는 이야기를 전한다. 엘리자베스 개스켈의 「클라라 수녀 막달렌」에서는 여성 도플갱어가 등장한다. 순진무구한 처녀 루시가 저주로 인해 자신과 똑같지만 사악한 악령인 도플갱어에게 시달린다. 로버트 루이스 스티븐슨의 「마크하임」에서는 주인공이 살인을 저지른 후 어쩐지 자신과 닮은 신비스러운 남자와 마주치는데, 이 작품은 주인공의 환상인지 현실인지 불분명하고 모호하게 서사가 이루어진다. 마지막으로 아서 코난 도일의 「빨간 머리 연맹」에서는 직접적으로 도플갱어가 나오진 않지만 탐정 셜록 홈즈와 쌍벽을 이룰 만한 제2의 자아로 간주되는 인물이 출현한다.

비밀 동반자

먼저 콘래드의 「비밀 동반자」를 보면, 주인공이자 화자인 선장이 아시아의 바다에서 고국으로 돌아갈 항해를 준비한다. 이야기에서는 대해에 떠 있는 선박의 내부와 바다가 배경일 뿐, 선원 공동체 이외의 인간사회는 나오지 않는다. 주인공은 망망대해가 제공하는 담백한 삶을 선호하며 일관되게 인간사회를 멀리하고 싶은 욕망을 드러낸다. 그런 모습은 작품의 초반 아무도 없는 갑판에서 완벽한 고요를 즐기며 배와의 교감에 기쁨을 느끼는 장면에서 잘 드러난다. 그는 배에서 늘 스스로를 '이방인'으로 묘사한다. 『암흑의 핵심』이나 『로드 짐』 등 콘래드의 소설 속에 등장하는 여러 인물들처럼 염세주의자이자 인간 혐오자의 면모가 강한 인물이다. 그에게 인간사회는 불안을 야기하는 피해야 할 장소일 뿐이다. 따라서 그는 작품 전반에 걸쳐 일관되게 선원들을 부정적으로 묘사한다. 어떻게든 교묘하게 피하거나 자신의 권위로 억누를 대상으로만 여긴다.

주인공이 죄를 지은 다른 배의 선원을 자신의 선실에 숨기고는 그 인물을 자신의 제2의 자아로 여기는 장면은 의미심장하다. 그는 스스로 둘의 생김새가 전혀 같지 않다면서도, 혹시라도 누가 선실에 나란히 앉아 있는 둘을 보면 두 겹의 인간으로 볼 것 같다고 말하는 모순을 드러낸다. 이러한 모순은 어쩌면 화자 자신의 낭만적인 욕망이 투여된 것인지도 모른다. 그는 이렇게 말한다. "나는 모든 사람이 속으로 자기 자신을 평가할 때 각자 생각하는 이상적 성격의 개념이 있을 거라 믿는다. 그런 면에서 따지고 보면 나 자신이 얼마나 그 이상적 모습에 부합할까 자문하지 않을 수 없었다." 즉 주인공은 무의식적으로 남자를 처음 본 순간부터 자신에게 결여된 면모를 간파하고 끌린 건지도 모른다. 그렇기에 끊임없이 그에게 자신을 투사하는 게 아닐까.

스스로를 이방인으로 규정하고, 선원들이나 배에 대해서도 알지 못함을 강조하며 불안한 모습을 보이는 화자는 남자의 말소리를 들으며 "남자가 침착한 태도를 보이자 내 마음도 차분해졌다"고 털어놓는다. 또한 "그 고요하고 어두운 열대의 바다 한복판에서 이미 우리 둘 사이에는 신비로운 교감이 이루어졌다"고 고백한다. 화자는 남자를 숨겨주는 내내 언제나 자기통제력을 잃지 않는 남자의 강건한 태도에 감탄하며 자신과 그를 동일시한다. (화자가 남자에게 자신을 투사하는 면모는 거의 동성애적 욕망이 읽힐 정도다). 이야기가 마무리되는 시점에 배가 좌초의 위기에서 벗어나 완벽하게 운항에 성공하는 장면도 오직 남자와의 교감 덕분으로 읽힐 수밖에 없다. 자신과 남자를 연결해주는 모자가 결정적 역할을 했기 때문이다.

일견 그렇게 주인공이 변화하는 모습을 보고 일부 평론가들은 주인공이 자신의 더블을 통해 선원으로, 또 인간으로 성장하는 빌둥스로망(Bildungsroman, 성장소설)으로 평가

하기도 한다. 그러나 앞서 언급한 것처럼 화자인 선장은 오로지 배와 망망대해로 상징되는 우주와 하나 되는 낭만주의적 합일만을 중시하며, 살인죄를 저지른 선원인 레갓을 도망시키는 데 일말의 양심의 거리낌도 보이지 않는다. 인간사회의 윤리에는 전혀 무감한 태도는 작품의 시작부터 결말까지 일관된다. 따라서 히로요시 모치즈키는 화자의 세계관이 "처음이나 끝에 변한 게 없기" 때문에 빌둥스로망이 아니라고 본다.[4] "나와 배 사이를 가로막을 자는 아무도 없다"고 하듯, 화자는 사회 속의 삶에 아무런 관심이 없다는 것이다.

또한 수전 이는 주인공을 낭만주의적으로 이상화된 자아가 한발 더 나아간 "유아론(唯我論)적이고 과대망상적인 자아"로 본다.[5] 유아론이란 실존하는 것은 개인의 자아일 뿐 외부 세계는 실재하는 것인지 허상인지 인식이 불가능하다고 간주하는 관념론의 극단적인 형태다. 이 작품의 화자는 세계를 '나의 세계'로 보며 자신의 사고와 경험에만 절대적 가치를 부여하고 외부 세계를 극단적으로 거부하거나 혐오한다는 점에서 유아론자로 볼 수 있다. 따라서 화자는 레갓이 분명 살인이라는 중죄를 지은 인물이지만 배를 지키기 위해 어쩔 수 없이 저지른 일이라는 그의 말을 그대로 수용한다. 게다가 레갓을 수색하는 세포라호 선장의 말은 옮길 필요조차 없다고 치부해버린다. 배가 좌초의 위기에 빠진 것도 애초에 육지 가까이 가지 않아도 되는 상황에서 오직 레갓을 위해 무리수를 두어 승선한 선원 모두를 희생시킬 수 있는 위험한 모험을 걸었기 때문이었다.

화자의 최종 진술은 독자를 더욱 어리둥절케 만든다. "나의 두 번째 자아인 것처럼 내 선실과 내 생각을 공유한 비밀의 남자가 스스로 벌을 받기 위해 물속으로 들어간 그 자리에 떠 있던 모자를. 이제 새로운 운명을 찾아 힘차게 앞으로 나아가는 자유로운 남자, 자랑스러운 수영 선수."

로렌스 데이비스는 '벌'이라는 말과 '자유'라는 말을 병치한 이 단락에 의문을 제기한다. "왜 자유가 벌인가?" 또한 "주인공은 레갓을 통해 더 나은 선장이 되었는가? 또는 더 나쁜 선장이 되었는가?" 데이비스는 이 작품이 "많은 해석을 낳지만 동시에 똑같은 힘으로 그 해석들을 물리친다"고 평하면서 전통적 독해가 지닌 알레고리를 거부하고 도덕적 난제를 제공하는 모더니즘 작품이라고 평가한다.[6]

윌리엄 윌슨

에드거 앨런 포의 「윌리엄 윌슨」에 등장하는 1인칭 화자 또한 유아론적 인물로 볼 수 있다. 특히 윌슨은 유아론자의 전형적 특성인 과대망상증을 보인다. 그는 아주 어린 시절부터 부모도 제어할 수 없을 만큼 고집이 세고 자신의 의지를 끝까지 관철시키는 독불장군이었다고 스스로를 묘사한다. 아주 어린 시절부터 자신의 말이 "집안의 법"이 되었고, 학교에서도 또 다른 윌슨을 제외한 모든 동료들에게 "전횡적인 명령"을 내릴 뿐만 아니라 공부와 스포츠, 싸움에서도 "감히" 그 아이만이 도전했다면서 과대망상에 빠진 사람 특유의 언어를 구사한다. 윌슨은 자신의 말이 "집안의 법이 되었다"는 점으로 미루어 "아버지의 법을 내재화하는 데 실패함으로써 초자아가 형성되지 않았다"고 볼 수 있다.[7]

또한 윌슨은 유아론자의 특성인 수치심이나 당혹감 등 사회적 감정이 결여된 모습을 보인다. 유일하게 그런 감정을 불러일으키는 대상은 물론 그의 더블뿐이다. 예를 들어 그는 또 다른 윌슨이 자신의 독단적인 행동에 방해를 일삼으면서도 자신에게 애정을 내비치는 점에 굴욕감을 느끼고, 옥스퍼드에서 벌인 도박판에 나타나 자신의 사기 행각을 만천하에 드러냈을 때 수치심을 느낀다. 이렇듯 분신에게만 그런 감정을 느끼는 이유는 도플갱어가 말 그대로 윌슨의 초자아, 또는 양심의 역할을 하기 때문이다. 따라서 윌슨의 분신은 윌슨이 타락한 행동을 하거나 사악한 계획을 품을 때마다 어김없이 나타난다. 분신은 윌슨이 닥터 브랜스비의 학교를 떠나 이튼에 다닐 때도, 옥스퍼드에서 방탕하게 생활할 때도 그를 가로막는다. 그러다가 급기야 학교를 떠나 유럽 대륙의 여러 나라를 떠돌며 방탕한 생활을 이어갈 때도 양심의 역할을 멈추지 않는다. 그런 의미에서 「윌리엄 윌슨」은 심리적 알레고리, 또는 도덕적 알레고리로 분석할 수 있다. 작품을 알레고리로 본다면 윌슨은 한 사람이며 윌슨의 도플갱어는 그의 분열된 자아로 볼 수 있다. 작품에서는 윌슨의 분신이 속삭임 이상으로 목소리를 내지 못한다는 점, 그리고 분신이 나타날 때마다 그의 얼굴이 어둠이나 가면에 가려져 있다는 사실로 이를 암시한다.

그러나 초자연적 이야기, 또는 공포 이야기의 대가인 포는 독자로 하여금 작품을 단순한 알레고리 차원으로만 보도록 놔두지 않는다. 작가는 또 다른 윌슨을 별개의 인격을 지닌 실제 인물로 볼 수 있는 여지도 남겨놓았다. 그 경우 또 다른 윌슨은 윌슨 자신이 갖추지 못한 사회적 자아를 갖춘 인물로 볼 수 있다.

수전 앰퍼는 작품을 '심리적 알레고리'로 보는 대신 범죄자 윌슨의 자기변명으로 보며, 윌슨과 그의 더블이 한 사람이 아닌 별개 인물이라고 주장한다. 더 나아가 또 다른 윌슨이 윌슨을 모방하는 게 아니라 오히려 윌슨이 그를 모방한다고 분석한다. 즉 윌슨이 '돈과 작위'를 동기로 벌인 범죄 고백을 화자가 구사할 수 있는 표현 방식을 교묘히 이용해 독자로 하여금 '심리적 해석'을 하도록 유도한다는 것이다. 달리 말해 윌슨이 "나는 사실 그게 그의 얼굴임을 확인했지만, 그 얼굴이 아니라고 생각했다."처럼 교묘한 암시, 빗댐을 통해 독자로 하여금 자신의 희생양이 "피와 살로 이루어진 인간이 아니라 무언가 다른" 존재로 보도록 유도하는 살인자의 술수를 펼친다는 것이다.[8]

포는 이렇듯 이야기에 다층적 해석의 여지를 남긴다. 이 작품은 『어셔가의 몰락』처럼 서사의 신빙성이 의심되는 화자의 분열로 보이는 이야기를 실제 벌어진 이야기로도 해석할 수 있게 펼쳐놓음으로써 알레고리로도, 범죄소설이나 공포소설로도 읽히며 다채롭게 해석할 수 있다.

클라라 수녀 막달렌

엘리자베스 개스켈의 「클라라 수녀 막달렌」에는 여성 더블이 등장한다. 여성 도플갱어를 소재로 여성 작가가 쓴 작품이기 때문에 19세기 당시 빅토리아 시대의 여성의 삶과 한계, 여성의 섹슈얼리티 등을 엿볼 수 있다. 개스켈은 목사의 아내이자 네 아이의 어머니로, 외형적으로는 빅토리아 시대 여성상과 잘 부합하는 인물이다. 그러나 작가는 당시 열악한 노동자의 삶, 나락에 떨어진 여성의 삶에 관심을 두고 계급성과 소외 계층의 삶에 천착한 작품을 썼다. 이 작품에서도 도플갱어라는 고딕 장치를 이용해 직접적으로 묘사할 수 없는 여성의 내밀한 문제의식을 은유의 언어로 풀어낸다.

이야기는 스타키 가문에서 하녀로 일하는 브리짓 피츠제럴드라는 여성과 브리짓의 딸 메리, 그리고 다시 메리의 딸 루시에 이르기까지 여성으로 이어진 삼대의 파란만장한 삶을 전한다. 브리짓은 강인한 성격의 소유자로 열정이 넘치고 주변 사람을 장악하는 능력이 있다. 그녀는 스타키 집안을 주도적으로 관리하면서 하나뿐인 딸에게 강렬한 집착을 보인다. 신분이 높은 남자와 결혼한 후 딸을 낳고 혼자가 된 브리짓의 열정은 딸 메리에게 고스란히 대물림된다. 그리하여 메리는 드넓은 세상에 나아가 새로운 경험을 추구하길 열망하며 어머니 브리짓과 갈등을 겪는다.

메리의 열정은 당시 사회에서 여성과 하인 계급이라는 이중의 속박에서 자유로울 수 없다. 따라서 대륙의 넓은 세상으로 나아가도 역시나 하녀로 일할 수밖에 없고, 대신 자신의 강렬한 욕망을 신분이 높은 남자와 사랑에 빠지는 방식으로 풀 수밖에 없다. 그렇게 메리의 열정이 향한 곳은 어쩔 수 없이 가부장제를 상징하는 남성이다. 기즈번은 강한 성정의 군인으로 성적 욕망을 채우고도 책임을 지지 않으며, 화를 통제하지 못하고 함부로 생명을 죽이는 폭력성을 지닌 인물이다. 메리는 그런 남성에게 이용당했으나 결국 그 대가를 치르는 것은 역설적이게도 메리 본인과 자신의 딸 루시다. 가부장제의 폭력적 틀 안에서 계급과 여성성이라는 코드를 깬 도전에 대해 벌을 받는 것으로도 해석할 수 있다.

브리짓과 메리의 후손인 루시는 작품에서 한없이 여리고 천사 같은 모습으로 그려진다. 빅토리아 시대 가부장제에서 이상화된 여성의 모습인 '가정의 천사'에 정확히 부합하는 인물이다. 그런데 루시를 관찰하고 묘사하는 인물은 사랑에 빠진 남성 화자다. 「비밀 공유자」와 「윌리엄 윌슨」이 유아론적 인식을 드러내는 1인칭 화자의 서사로 이루어져 서사의 신빙성이 떨어진다면, 이 작품은 사랑에 빠지고 고딕적 숭고를 경험함으로써 심신이 나약해진 1인칭 화자가 주관적으로 이야기하기에 또한 신빙성이 의심된다.

츠베탕 토도로프는 판타스틱 문학의 이야기는 1인칭 화자가 서사를 이끌기 때문에 인물이 전하는 이야기가 진실인지 거짓인지 알 수 없다고 본다. "화자의 서술은 진실의 검증을 겪을 필요가 없지만 화자는 인물로서 거짓을 말할 수 있다"는 것이다.[9] 이렇듯 불안한 화자의 눈에 비친 모습이기에 루시에 대한 묘사는 왜곡이 있을지 모른다. 달리 말해 화자는 루시가 지닌 모계의 강인한 성정은 보기를 거부하고 가부장적 관점에서 이상화된 여성의 모습만 부각하는 건지도 모른다. 그렇기에 루시를 모친과 외조모와는 완전히 다른 성향을 지닌 인물로 묘사한다.

그러나 루시의 숨은 모습은 바로 그녀의 도플갱어에서 확연히 대조를 이루어 드러난다. 루시의 더블은 정원을 짓밟으며 춤을 추거나 남자 하인들과 무람없이 웃고 떠드는 등 당시 신사 계급의 여성으로서는 할 수 없는 행동을 보인다. "회색 눈에는 조롱과 관능의 빛이 번갈아" 엿보이는 루시의 더블에게는 성적이고 사악한 모습이 그대로 표출된다. 작품에서 이렇듯 극명하게 대조되는 루시와 더블의 극단적 분열은 또 하나의 고딕적 비유로 해석이 가능하다. 즉 작품은 "선조의 죄가 후손에게 되물림된다"는 고딕적 비유에 들어맞도록 루시가 둘로 나뉠 수밖에 없는 운명임을 시사한다. 이 작품은 브리짓과 메리, 루시 삼대의 여인을 따로따로 살피는 대신, 억압적인 사회구조 내에서 혈연에 의해 하나로 이어진 '여성' 일반으로 간주해 살펴보면 더 이해하기 쉽다. 그렇게 보면 시대가 거부하는 강렬한 열정과 힘을 지닌 윗대와는 완전히 다르게 그려진 루시가 그 자체로 '판타지'이며, 따라서 판타지로서 더블이 나타날 수밖에 없는 운명임을 깨달을 수 있다.

루시가 처음으로 자신의 더블을 보는 장면은 그런 깨달음을 시사한다. "맞은편 커다란 거울에 제 모습이 보였어요. 그리고 바로 그 뒤로 사악하고 무시무시한 또 하나의 자아가 보였어요. 저와 너무나 똑같아 보여 저는 영혼까지 바들바들 떨렸습니다. 저와 똑같이 생긴 저 몸이 누구의 몸인지 도대체 알 수가 없었어요."

루시는 거울에 비친 몸이 누구의 것인지 알 수 없을 만큼 정체성의 혼란을 겪는다. 이 장면은 자신 안에 있는 무의식, 억압된 이질적 요소가 분출된 것으로 볼 수 있다. 그런데 애나 코우스티노디는 이것이 루시 본인의 욕망이 아니라 선조의 무의식이 전이된 것으로 본다(코우스티노디는 프로이트 연구를 통해 한 사람의 무의식이 의식을 거치지 않고도 다른 이에게 영향을 끼칠 수 있다고 주장한다). 코우스티노디는 거의 통제가 불가능할 정도로 열정적인 브리짓과 메리의 관계에서 나타나듯 "서사의 중심에 그림자처럼 드리운 유령 같은 전능한 어머니상이… 이미 사악한 더블의 존재의 원천으로 자리 잡고 있다"고 주장한다.[10] 거울을 통해 루시가 마주하는 모계의 강렬한 욕망, 또는 성적으로 표출되는 '관습에 대한 도전'은 보는 이를 전율케 할 만큼 파괴적인 힘을 지니고 있다. 여기서 관습에 대한 도전(transgression)은 고딕소설 속 전형적 대결 구도에서 보수적 힘에 맞서 기존 틀을 부수고자 하는 세력이 대변하는 고딕 장르의 대표적 모티프다.

샌드라 길버트와 수전 구바는 『다락방의 미친 여자』에서 도플갱어 이야기를 풀어내는 여성 작가에 대해 이렇게 말한다.

> "결국 여성 작가는 더블의 폭력을 통해 남성의 집과 남성의 텍스트에서 도망치고자 하는 맹렬한 욕망을 재현하는 한편, 동시에 불안한 작가는 더블의 폭력을 통해 더 이상 억제할 수 없을 때까지 억압된, 대가가 큰 분노의 파괴적 힘을 스스로에게 표현한다."[11]

즉 「클라라 수녀 막달렌」은 여성 삼대의 비극에서 출현한 루시의 더블을 통해 여성이 억압적 가부장제에서 열정을 펼칠 수 없음을 보여준다. 더 나아가 더블의 출현은 그런 여성이 열정을 품으면 마녀화될 수밖에 없다는 여성의 딜레마를 극단적으로 드러낸다. 그런 딜레마가 여전히 해결되지 않은 상태에서 브리짓의 죽음으로 마무리되는 이야기의 결말은 따라서 루시의 미래에 대해 아무런 보장을 해주지 못한다. 루시가 결국 화자와 결혼하게 되는지, 또한 루시가 더블의 영향력에서 완전히 벗어나는지 알 수 없이 이야기는 모호하게 끝날 수밖에 없다.

마크하임

로버트 루이스 스티븐슨의 「마크하임」은 살인을 저지르고 갈등하는 주인공의 이야기다. 마크하임은 골동품점 주인을 죽이고 재산을 털기 위해 집 안을 뒤지다가 자신의 더블을 만난다. 작품은 주인공이 가게 주인을 죽이는 범죄로 시작해 이후 판타스틱으로 나아간다.

토도로프는 "판타스틱은 우리가 알고 있는 현실 세계의 법칙으로 설명이 불가능한 사건이 일어날 때 발생한다"고 설명한다.[12] 작가는 판타스틱의 서막을 골동품 상점 안의 수많은 시곗바늘 소리와 지붕을 때리는 빗소리, 그리고 흔들리는 초와 창을 통해 들어오는 희미한 빛과 어둠이 공존하는 실내의 모습 등 시각과 청각적 장치를 함께 활용해 알린다.

이 작품을 심리학적으로 본다면 마크하임의 내면을 자극해 분열의 전조를 일으키는 것은 바로 실내외의 각종 소리와 빛과 어둠이다. 주인공의 자아 분열을 암시하는 또 하나의 장치는 바로 거울이다. 마크하임에게 살해당하기 직전 가게 주인은 크리스마스 선물로 거울을 추천한다. 그러나 마크하임은 거울에 대해 "세월의 흔적, 죄를 짓고 한심하게 산 흔적을 보여주는 이 빌어먹을 물건"이라며 격노한다. 그러면서 거울 자체를 '양심'이라고 칭한다. 겉모양에 가려진 또 다른 자아를 비추는 마술적 장치가 바로 거울임을 암시하는 것으로 볼 수 있다. 특히 악령인지 구원의 천사인지 모호한 마크하임의 도플갱어가 나타나기 직전, 그가 거울을 보는 장면은 더욱 의미심장하다. "영국산, 베니스산, 암스테르담산 등 호화롭게 장식된 수많은 거울 속에서 자신의 얼굴이 수도 없이 비치는 모습이 마치 첩자 무리인 것 같았다. 거울 속 수많은 눈들이 자신을 바라보고 탐색했다." 루시의 거울이 극명하게 나뉜 두 자아를 보여준다면 마크하임의 수많은 거울들은 그의 내면을 가득 채우는 후회와 공포를 드러낼 뿐만 아니라 시간을 거슬러 과거의 자아까지 보여준다. 어쩌면 그의 더블이 지적하는 것처럼 36년이라는 전 생애에 걸쳐 수많은 변화를 겪고 타락을 거듭해온 주인공의 시간을 주마등처럼 보여주는 마술적 장치로 볼 수 있다.

이러한 판타지 요소들은 독자로 하여금 현실을 벗어나 환상의 세계로 인도한다. 그뿐만 아니라 주인공 내면의 여러 층위를 자극해 분열된 자아를 맞이할 준비를 하도록 만든다. 그의 더블이 "나를 불렀나요?"라고 물으면서 방 안으로 등장하는 장면은 그 존재가 마크하임 자신이 소환한 제2의 자아임을 증명한다. 더블은 마크하임에게 집 안에서 돈을 찾을 수 있는 곳을 알려주겠다고 제안하고 하녀가 돌아오면 하녀마저 살해하라고 부추긴다. 그러면서 자신 안에 선과 악에 대한 성향이 공존하기에 자신이 어떻게 할지 선택할 수 있다는 마크하임의 주장을 일관되게 반박한다.

작품을 심리학적으로 독해하는 평론가들은 선과 악의 갈등을 통해 주인공이 다다르는 결말을 도덕적, 또는 허무주의적 관점에서 바라본다. 즉 허무주의적 관점에서는 마크하임의 자수를 자포자기로 보고, 도덕적 관점에서는 자신의 죄를 인정하는 것으로 본다. 그러나 케이트 엘레너 갈랜드는 작품을 캘빈 사상과 장로파주의로 파악하며 '더블이 무엇이냐'가 아니라 '더블이 무엇을 하느냐'에 초점을 맞춘다. 이런 기독교적 관점에서는 거울을 '영적 자기성찰'의 도구로, 빛을 은혜의 약속으로 보는 것처럼, 도플갱어를 "종교적 성찰 과정에 필요한 장치"로 본다. 또한 캘빈 사상으로 분석해보면 악마는 신의 도구이며, 더블이 표면적으로 마크하임에게 또 다른 살인을 부추기는 행위는 결국 주인공을 구원으로 이끄는 반심리학적 이용이다. 즉 마크하임의 죄 지음과 뒤이은 갈등을 '예정설'에 따라 신의 선택을 받은 자가 의심에서 확신으로 이르는 캘비니즘적 노정으로 해석한다. 따라서 갈랜드는 주인공의 더블을 '구원자로서의 제2의 자아'로 여긴다.[13] 포의 「윌리엄 윌슨」이 알레고리로도, 범죄 이야기로도 읽을 수 있는 것처럼, 「마크하임」 또한 도덕적 알레고리로도, 종교적 구원의 이야기로도 읽을 수 있는 해석의 여지를 열어놓는다.

빨간 머리 연맹

코난 도일의 「빨간 머리 연맹」은 앞서 살펴본 이 책에 수록된 다른 이야기들과는 달리 직접적인 도플갱어가 등장하지 않는다. 망상이건 판타지건 주인공의 자아가 분열되어 제2의 자아나 사악한 반쪽이 나타나는 이야기가 아니다. 그러나 이 작품은 도플갱어가 내포하는 이중성, 또는 양가성이라는 아이디어가 잘 구현된 작품으로 볼 수 있다. 활력과 무기력, 또는 냉철한 이성과 불안한 침잠을 넘나드는 홈즈, 화려하면서도 음침한 도시, 모순된 성격을 지닌 인물들이 이야기를 다채롭게 만든다. 특히 범죄자 존 클레이는 탐정 홈즈의 제2의 자아라고 평가할 만한 특징을 드러낸다.

「빨간 머리 연맹」은 하베즈 윌슨이라는 인물이 그 아이디어도 기상천외한 '빨간 머리 연맹'이라는 곳에서 대영백과사전을 필사하는 일을 하다가 어느 날 갑자기 연맹이 해산되었다는 소식을 듣고 홈즈를 찾아와 미스터리를 해결해달라고 요청하는 장면에서 시작한다. 홈즈는 특유의 관찰력으로 똑같은 대상을 두고 남들이 보지 못하는 사실을 읽어내는 추리력을 드러낸다. 그는 평범한 것에 스며든 비범하고 기발한 면모를 밝혀내는 통찰력으로 추리를 이어간다. 사건이 지목하는 것처럼 윌슨이 빨간 머리 연맹 사무실로 매일 아침 출근한다는 사실이 아니라 오히려 전당포에서 윌슨의 부재에 주목하고, 그런 다음 다시 전당포 주인의 집이 아니라 그 집의 이면, 즉 지하실로 이어진 다른 구역에 주목한다. 사건의 손가락이 가리키는 방향이 아니라 이면을 바라보며 일견 단순해 보이는 현상의 숨은 의미를 탐색하는 것이다. 그런 방식으로 '빨간 머리 연맹'이나 대영백과사전처럼 사람의 주의를 딴 데로 돌려 사건 해결에 방해가 되는 요소인 '레드 헤링(red herring)'을 간파한다.

사건의 표면과 이면의 병치는 인물의 양가성과 맥이 통한다. 우선 범인은 윌슨이 전당포에 있을 때는 사진에 취미가 있다는 허울을 쓴 빈센트 스폴딩이 되고, 윌슨이 연맹 사무실에 있을 때는 주도면밀하고 비범한 범죄자 존 클레이가 된다. 클레이는 여러 면에서 홈즈의 제2의 자아로 볼 수 있다. 그는 신사 계급인 홈즈 못지않은, 오히려 왕족의 피가 흐르는 귀족 가문의 자제로 등장한다. 또한 그는 홈즈처럼 지략이 뛰어나고 손재주가 좋으며 도회적이고 독창적이다. 그는 검거된 상황에서도 당당하게 존칭을 요구하는 태도를 보이며 자신감이 넘치고 도도한 성정을 드러낸다. 더 나아가 "이번 주에는 스코틀랜드에서 강도질을 벌이고,

다음 주에는 콘월에 고아원을 짓기 위해 기금을 모으는" 식의 모순된 정체성을 보이는데, 이는 코카인에 기대고 우울증으로 보이는 극심한 침잠을 겪는 시기와 사냥개와 같은 맹렬한 활력 사이를 넘나드는 홈즈의 양면성과 기묘한 쌍을 이룬다.

홈즈는 클레이가 "런던에서 네 번째로 똑똑"하고 담력에 있어서는 셋째 가는 인물이라고 평가하며 그에게 자신과 맞먹는 능력이 있음을 간파한다. 자신의 삶이 "뻔한 일상에서 벗어나기 위한 긴 몸부림일 뿐"이라고 말하며 오직 자신을 권태에서 구할 수 있는 사건의 독창성, 기발함만을 높이 평가하는 홈즈는 시리즈 전체를 관통해볼 때 사건의 도덕적 가치 평가에는 완전히 무관심하다. 그런 그가 내린 "런던에서 가장 뻔뻔하고 대담무쌍한 범죄자"란 평가는 어쩌면 최고의 찬사와 다름없지 않을까.

인물의 이중성은 또한 공간의 이중성에 의해 부각된다. 윌슨의 전당포가 자리한 "한적한 색스-코벅 스퀘어에서 코너를 돌"면 나오는 다른 구역은 "그림 앞뒷면처럼 큰 대조를" 이룬다. 화자는 쇠퇴하고 정체된 스퀘어와 화려한 업무 지구가 바로 인접해 있다는 "사실이 믿기지 않을 정도"라고 말한다. 등을 맞댄 상이한 두 구역은 도플갱어 이야기의 대표작이라 할 수 있는 『지킬 박사와 하이드 씨』에 등장하는 집의 구조와 유사하다. 즉 부유하고 안락한 분위기가 묻어나는 지킬의 집과 하이드가 기거하는 낡고 허름한 해부실이 등을 맞대고 있는 것과 같은 셈이다.

홈즈는 바로 이런 이중적인 도시의 공간을 탐험하며 일상에 숨겨진 어둠을 찾아낸다. 밝고 분주한 낮의 거리와 가스등이 줄지어 선 적막한 밤으로 대조를 이루는 도시 공간은 요소요소에 클레이 같은 인물이 활동하는 음침하고 어두운 구멍이 존재한다. 평범한 도시 한복판의 거리에 어느 순간 빨간 머리 남자들로 가득한 '판타스틱하고 언캐니한 공간'으로 변할 수 있는 구멍이 잠재하는 것이다. 이렇듯 이 작품은 밋밋해 보이는 현실의 표면 아래 숨겨진 기이하고 그로테스크한 이면을 병치함으로써 하이드 씨가 지킬 박사에게 비롯되었듯, 클레이의 세계와 홈즈의 세계는 밤과 낮처럼 나란히 존재한다는 사실을 암시한다.

나의 더블

『나의 더블』은 대가들이 도플갱어라는 흥미로운 소재로 펼쳐놓은 신비로운 이야기 모음집이다. 「비밀 공유자」는 말 그대로 주인공이 인간사회에 대놓고 고백할 수 없는 내면의 비밀을 타인에게 투사하여 펼쳐놓는다. 주인공은 자신의 더블을 통해 사회의 잣대와 결이 맞지 않는 자신만의 자유와 소통, 공감을 추구한다. 「클라라 수녀 막달렌」은 사회제도에 억눌린 개인이 충돌하는 욕망들 사이에서 자신의 욕망으로 빚은 도전을 통해 폭력적 인간사회의 비극을 펼쳐놓는다. 「윌리엄 윌슨」은 한 범죄자의 고백을 통해 사회적 자아와 끊임없이 충돌하는 내면의 갈등을 강렬한 날것의 언어로 회고하며 한껏 날선 감정을 의미심장하게 풀어놓는다. 「마크하임」 역시 살인을 저지른 범죄자가 도덕적 참회, 또는 종교적 구원으로 향하는 내면의 변화를 철저하게 파헤친다. 「빨간 머리 연맹」은 현실 이면에 언제나 존재하는 그로테스크한 현상을 병치함으로써 평범함과 기이함이 종이 한 장 차이라는 사실을 기발한 이야기로 전달한다.

무의식의 심연을 뚫고 나오는 내면의 잡다한 감정들, 언어로 묘사될 수 없는 그 이질적 찌꺼기들은 꿈속처럼 그로테스크한 형상을 얻는다. 그것들은 때로 악령이 될 수 있고, 때로는 내가 갈망했으나 숨겨놓았던 또 다른 '나의 더블'로 출현하기도 한다. 어쩌면 도플갱어란 자아로 융합될 수 없는 그 다양한 불순물의 결합인지도 모른다.

미주

1 Freud, Sigmund: "The Uncanny". In Strachey, J. (ed.) *The Standard Edition of the Complete Psychological Works of Sigmund Freud, Vol. XVII (1917-1919): An Infantile Neurosis and Other Works.* London: Hogarth Press: 235.

2 Faurholt, Gry. "Self as Other: The Doppelgänger." *DOUBLE DIALOGUES 10* 'Approaching Otherness' (Summer 2009)

3 Burke, Edmund, *A Philosophical Enquiry into the Origin of Our Ideas of the Sublime and Beautiful (1757)*, ed. Adam Philips, Oxford, Oxford University Press, 1990.

4 Mochizuki, Hiroyoshi. "Conrad's 'The Secret Sharer': The Art of Narrative". *J. Agric. Sci., Tokyo Univ. Agric.*, 53 (4), 349-362 (2009)

5 Sencindiver, Susan Yi. "Shared Secrets: Motherhood and Male Homosexuality in Doppelganger Narratives" https://kontur.au.dk/ 41.

6 Davies, Laurence. "Telling Them Apart: Conrad, Stevenson, and the Social Double." https://www.academia.edu/

7 Sencindiver, Susan Yi. "Fear and Gothic Spatiality." https://www.academia.edu/ 27.

8 Amper, Susan. "Poe's Masquerade: Murder and Identity in 'William Wilson'" https://www.academia.edu/

9 Todorov, Tzvetan. 1973. *The Fantastic: A Structural Approach to a Literary Genre*, trans. Richard Howard, Cleveland and London: Press of Case of Western Reserve University.

10 Koustinoudi, Anna. "Looking Backward: Narrative Discordances and Transgenerational Traumas: Elizabeth Gaskell's 'The Poor Clare'" https://www.academia.edu/

11 Gilbert, Sandra, and Susan Gubar. *The Madwoman in the Attic: the Woman Writer and the Nineteenth-Century Literary Imagination*. New Haven: Yale University Press, 1979. 85.

12 Todorov, Tzvetan. 1973. *The Fantastic: A Structural Approach to a Literary Genre*, trans. Richard Howard, Cleveland and London: Press of Case of Western Reserve University.

13 Garland, Kate Eleanor. "'Man is not truly one, but truly two': A Positive Reading of Robert Louis Stevenson's Double" 2017. https://eprints.nottingham.ac.uk/

옮긴이 장용준

한국외국어대학교, 성균관대학교, 동국대학교 등에서 주로 '문학 번역', '영상 번역' 등을 강의했다. 현재 고딕, 공포, 판타지, 스릴러, 추리 등 장르 소설 위주로 번역과 출판 일을 하고 있다. 옮긴 책으로는 『신들의 전쟁』(상), 『신들의 전쟁』(하), 『비트 더 리퍼』, 『리포맨』, 『숲속의 로맨스』 『공포, 집, 여성: 여성 고딕 작가 작품선』, 『이동과 자유』, 『엉클 사일러스』 등이 있다.

나의 더블 도플갱어 작품선

초판1쇄 발행 2023년 7월 14일

지은이 엘리자베스 개스켈, 조셉 콘래드, 에드거 앨런 포,
아서 코난 도일, 로버트 루이스 스티븐슨
옮긴이 장용준
펴낸이 장용준
편집 허승
디자인 박연미

펴낸곳 고딕서가
출판등록 2020년 5월 14일 제2020-000054호
주소 서울시 종로구 새문안로 42 피어선빌딩 1116호
이메일 27rui05@hanmail.net
팩스 0504-202-9263

값 18,500원
ISBN 979-11-976141-4-9 03840